Für Mama

Unsere Seelen umarmen sich im Traum

Mehr zur Autorin finden Sie auf
www.kristina-moninger.de,
www.facebook.com/InaMon85/ und
www.feuerwerkeverlag.de/moninger/

Abonnieren Sie auch unseren Verlags- und Autoren-Newsletter und erfahren Sie so als Erster von unseren **Neuerscheinungen**, **Autorennews** und exklusiven **Buch-Gewinnspielen**:
www.feuerwerkeverlag.de/newsletter/

Originalausgabe August 2016

Maracuja GmbH, Laerheider Weg 13, 47669 Wachtendonk
Herstellung: Books on Demand GmbH
Umschlaggestaltung: Judith Jünemann
Lektorat und Bearbeitung: Anke Unger
ISBN: 978-3-945362-23-5
Printed in Europe

Aus Datenschutzgründen und zum Schutz der Persönlichkeitsrechte wurden alle Namen der handelnden Personen geändert. Übereinstimmungen oder Ähnlichkeiten mit weiteren realen Personen sind zufällig und unbeabsichtigt.

Nur eine Ewigkeit mit Dir

Kristina Moninger

Lilly

Ich stehe auf einer Brücke. Fest entschlossen, mich herunter zu stürzen. Meine dunklen Jahre sind vorbei.

Ich hätte mir eine Eisenbahnbrücke aussuchen können. Die Fußgängerbrücke am Fahrradweg. Oder die Brücke über die Schnellstraße zur Autobahn hin. Aber ich habe mich dazu entschlossen, die alte Stahlbrücke hier zur Todesbrücke zu machen, weil sie meiner Wohnung am nächsten ist. Bis auf das dumpfe Rauschen der Autos herrscht Stille. Keine Waggons, die alle weiteren Geräusche für wenige Sekunden abschneiden. Keine lärmenden Kinder auf ihren Rädern. Nur ich und einige Meter Luftstrecke, die mich vom ewigen Nichts trennen.

Genau genommen stehe ich nicht nur auf einer Brücke, sondern auf der Brüstung. Asphalt hinter mir, Asphalt unter mir. Ich halte meine Arme von meinem Körper gestreckt wie ein frisch dem Nest entflohener Vogel, der seine ersten Flugversuche unternimmt. Dieser Vogel wird nur einen einzigen Flug machen und das ist gut so. Ich beende mein Leben mit einem Knall, einem Aufschlag auf dem Asphalt. Die leichte Theatralik ausgestreckter Arme gestehe ich nur mir selbst zu. An diesem Tag, zu dieser Uhrzeit ist die Brücke hier noch keine Todes-, aber doch eine Geisterbrücke. Nur meine Geister und ich befinden sich hier, keine weitere Menschenseele. Ich fühle mich nicht nur allein auf dieser Welt, ich bin es auch bei meinem letzten Schritt. Es gibt nichts mehr, was mich halten kann, weil es nichts mehr gibt, woran ich mich festhalten kann. Wenn es keinen Halt mehr gibt, führt das unweigerlich zum Sturz.

Ich werde warten, bis die Ampel dort unten vor der Brücke auf Rot schaltet. Weil ich niemandem auf die Motorhaube springen möchte. Weil ich nicht will, dass ein Kind meine toten Augen durch die Windschutzscheibe sehen muss. Weil nicht irgendein alter Herr meine Überreste von seinem polierten Wagen kratzen soll.

Die Grünphase scheint unendlich. Nun kann ich den Wind spüren, der mir durch das dünne T-Shirt pfeift. Ich bekomme eine Gänsehaut, dabei will ich doch nichts mehr spüren. Meine Locken haben sich unentwirrbar auf meinem Kopf ineinander verknotet, aber was kümmert mich das schon. Ich werde sie schließlich nicht mehr kämmen.

Immer noch grün. Der Wind wird stärker, meine Balance wackeliger. Unten rauschen die Autos durch eine nicht enden wollende grüne Welle. Noch sind alle meine Sinne scharf. Ich spüre den Wind auf meiner Haut, rieche die Reste des Regens in der Luft, schmecke den fahlen Geschmack von Lebensmüdigkeit auf meiner Zunge. Ich sehe das verhasste Grün und ich höre... eine Stimme.

„Lene“, ruft ein Mann, „Lene, warte. Nicht, Lene, bitte nicht.“

Ich will mich hastig umdrehen, nachsehen, wer mich und meinen Todesgang stört. Bis mir einfällt, dass ich auf einem Brückengeländer stehe und hastige Bewegungen unangebracht sind.

Also drehe ich mich vorsichtig so weit um, dass ich ihn sehen kann. Inständig hoffend, dass es kein Bekannter ist. Zeugen, auch solche, die ich nicht kenne, sind heute absolut unerwünscht und abhalten wird mich ohnehin niemand. Als er näher kommt und ich sein Gesicht besser erkennen kann, stelle ich fest, dass ich ihn nie zuvor gesehen habe. Er kommt immer näher, mit großen Schritten, und das sollte der Moment sein, in dem ich mich vom Brückengeländer und von meinem Leben löse. Stattdessen aber kann ich meinen Blick unerklärlicherweise noch nicht von ihm lösen. Er ist jung, wenige Jahre älter als ich. Die Schwärze seiner Haare wird von seinen dunklen Augen fast noch übertroffen. Obwohl ich auf dem Geländer deutlich über ihm stehe, wirkt er groß.

„Lene, nicht!“, ruft er nun wieder und sieht mich dabei direkt an.

„Ich heiße nicht Lene. Glauben Sie etwa, nur weil ich auf einer Brücke stehe, habe ich bereits Augen, Ohren und Verstand verloren?“, sage ich, halte meine Arme weiterhin ausgestreckt. Ich komme mir ein wenig albern dabei vor. Inzwischen tue ich es nicht mehr um der Dramatik willen, sondern schlicht, um das Gleichgewicht zu halten, bis der Irre sich verzogen hat und ich endlich das zu Ende bringen kann, was ich begonnen habe. Rot hat sicherlich wieder mit grün gewechselt.

„Könnte man fast meinen, zumindest das mit dem Verstand. Ich habe dich nicht beim Namen genannt, ich sagte nur, komm' da runter, sonst komme ich hoch“, ruft er.

Es gibt Dinge, die eigentlich ohne große Bedeutung sind und dennoch in uns wohnen wie sorgsam gehütete Erbstücke. Wie Seifenblasen auf brüchigem Asphalt. Ein Satz, ein Wort, das jahrelang nachhallt, ohne dass es als Echo gesprochen wurde. So ist es gar nicht die Ankündigung, zu mir auf das Geländer zu kommen, oder die Gewissheit den Namen „Lene“ aus seinem Mund gehört zu haben, sondern vielmehr seine Stimme, die eine Art Erinnerung in mir wachruft. Das Gefühl von Vertrautheit hält mich für den Moment davon ab, einfach zu springen.

„Sie haben mich ganz klar Lene genannt“, sage ich trotzig und richte nun meinen Blick wieder zurück auf die Straße. Vertrautheit hin oder her. Er kann mich mal. Ich nehme die Arme herunter.

Aus den Augenwinkeln kann ich ihn unbeirrt näher kommen sehen. Schneller als zuvor. Er stört mich, seine Gegenwart ärgert mich. Ich sehne mich so sehr nach der bevorstehenden Ruhe in meinem Kopf, dem Ende aller Gedanken. Warum lässt er mich nicht einfach springen? Ich rufe ihm zu:

„Hauen Sie ab, was geht Sie mein Leben an? Tun Sie einfach so, als hätten Sie mich nicht gesehen.“

„Lene, bitte! Ich helfe dir hinunter“, schreit er. Ein wenig hysterisch, wie ich finde. Die Menschen in ihren Autos da unten sehen vielleicht noch grün, ich dagegen sehe langsam rot. Es hat bisher keinen gestört, wie es mir geht, warum sollte es jetzt stören, wenn ich gehen will? Es sollte mich also auch nicht interessieren, wenn mich irgendein Kerl, der offensichtlich gewaltig einen an der Klatsche hat, beim falschen Namen ruft. Es ist ja sowieso alles egal. In ein paar Sekunden, spätestens Minuten. Unter mir steht die Ampel auf Rot. Eine Signalfarbe, mein Signal. Das letzte.

„Nein, danke. Ich springe lieber von einer Brücke in die sichere Unendlichkeit als in die Arme eines Psychopathen.“

Auf einmal steht er neben mir. Mit einem katzenartigen Satz ist er mühelos zu mir auf die Brüstung gesprungen. Augenblicklich muss ich an diese Doppelselbstmörder denken, die vor wenigen Wochen

Schlagzeilen gemacht haben, weil sie - scheinbar ohne einander überhaupt zu kennen - gemeinsam von einem Münchner Hochhaus gesprungen sind. Wie das wohl ist, wenn man zum gleichen Zeitpunkt stirbt wie ein anderer Mensch? Verbindet einen der Tod, wenn es das Leben nicht getan hat?

Vielleicht hätte ich doch die Eisenbahnbrücke nehmen sollen. Weniger Passanten, weniger Verrückte, die einen davon abhalten wollen, mit gebrochenem Genick auf dem Boden aufzuschlagen.

„Lilly, bitte, gib mir deine Hand. Ich muss dir etwas erklären", sagt er, während er neben mir auf dem Geländer steht.

Diese Stimme. Das Gefühl, ihn zu kennen, wird übermächtig, beinahe mächtiger als mein Wunsch zu springen. Und es hat nichts damit zu tun, dass er mich diesmal beim richtigen Namen genannt hat.

Bevor ich fragen kann, woher er weiß, dass ich Lilly heiße, bevor ich überhaupt etwas sagen kann, bevor ich springen kann, weil das Gefühl ihn zu kennen nicht dafür ausreicht es zu lassen, überwindet er den letzten, minimalen Abstand, der noch zwischen uns besteht. Er fasst mich am Handgelenk und zieht mich hinunter. Ich falle in seine Arme und in eine andere Zeit.

Ich stehe nicht mehr auf einer Brücke, sondern in einem alten, dreckigen Hof. Kein Beton, kein Pflaster, nur Erde. Trockene, dreckige, zertrampelte Erde. Ich weiß irgendwie, dass ich auf etwas warte. Auf eine weitere Kanne Milch. Den Holzkarren, der bereits schwer beladen ist, muss ich heute selbst ziehen. Üblicherweise hilft mir Asko, der Hofhund, beim Ziehen. Eingespannt in ein selbstgefertigtes Hundegeschirr, gar nicht unähnlich dem eines Pferdes oder Ochsen, zieht er meist ohne Murren den Wagen zur Milchsammelstelle. An der kleinen Anhöhe kurz vorm Dorf muss ich kräftig mitziehen und dabei gut aufpassen, dass der Wagen nicht kippt. Aber ansonsten ist Asko doch eine große Hilfe bei dieser mühsamen Plackerei. Gestern ist er jedoch von einer der Milchkühe getreten worden und fällt daher erst einmal aus. Es ist Sommer und ziemlich heiß. Ich sehe an mir herunter, ich trage ein farbloses Kleid, das mir bis zu den Knien reicht und eine gepunktete Schürze darüber. Als ich mit meinen Händen an meinen Kopf fasse, finde ich meine Haare geflochten und zur Hälfte unter einem Kopftuch versteckt vor. An den Füßen trage ich die Schuhe der Mutter. Sie sind viel zu klein und drücken am äußeren Rand so sehr, dass ich meine kleinen Zehen nicht mehr richtig spüren kann. Es sind braune Schuhe mit einem niedrigen Absatz, damit man nicht zu sehr im Dreck versinkt, und einem Riemen mit einer großen Schnalle. Alt sind sie und alt sehen sie aus. Aber Geld für Schuhe ist nicht da und Mutter hat keine Verwendung mehr für Kleidung. Der Weg zur Milchsammelstelle stört mich nicht. Ich kenne härtere Arbeit und zumindest kann man sich im Dorf etwas ausruhen und ein Schwätzchen halten. Auf dem Weg gut nachdenken, ohne dass einem die Geschwister am Rockzipfel hängen und mit viel Glück könnte ich ihn treffen. Sicher nicht an der Milchsammelstelle, aber vielleicht später beim Bäcker. Der Vater hat mir ausnahmsweise erlaubt, Brötchen zu kaufen. Ich gedachte, mich auf dem Heimweg sehr zu beeilen und so etwas mehr Zeit beim Bäcker zu verbringen zu können, um die Wahrscheinlichkeit, ihn zu treffen, zu erhöhen.

„Gut, Lene, das war's, kannst los."

Alle nennen mich Lene. So lange schon, dass ich - die eigentlich Helena heißt - mich selbst schon mit Lene vorstelle, wenn ich nach meinem Namen gefragt werde.

Nur meine Mutter hat stets Helena zu mir gesagt. Meine Mutter. Ich schiebe den Gedanken an sie beiseite und schüttele mich unbewusst. Es ist zu schmerzhaft, in Gedanken an meine Mutter zu versinken. Und ich habe auch keine Zeit dafür. Das Leben besteht aus Arbeit, von jeher und umso mehr, seit Mutter nicht mehr ist. Im Kindsbett ist sie gestorben, bei der Geburt der dritten Tochter und des fünften Kindes unserer Familie. Drei davon sind noch am Leben. Mein Bruder Andreas, meine kleine Schwester Marie und ich. Einer meiner Brüder ist mit drei Monaten den Masern erlegen. Ich kann mich kaum an das weinerliche, rote kleine Wesen erinnern. Das fünfte Kind, das sie zu früh geboren hat, war kurz nach der Geburt ebenfalls gestorben. Es hatte gerade so viel gewogen wie ein Päckchen Butter. Vater hatte auf einer modernen Geburt in der Klinik bestanden. Aber als die Wehen einsetzten, war es zu spät, um den weiten Weg in die Klinik zu fahren. Die Hebamme war da gewesen, aber sie hatte nichts ausrichten können gegen den Tod von Mutter und Kind. Der Vater war untröstlich und hat sich von einem fröhlichen, lebenslustigen Menschen in einen wortkargen, eigenbrötlerischen Grantler verwandelt. Er weigert sich standhaft, sonntags die Kirche zu besuchen, da ihm „der Herrgott schließlich die geliebte Frau genommen hat". Ich habe Mühe, ihn überhaupt zum Essen zu bewegen. Vater hat Mutter aufrichtig und wahrhaftig geliebt. Nicht selbstverständlich in meiner Zeit. Das und des Vaters Verhalten machen meinen eigenen Schmerz nur schlimmer. Meist gelingt es mir, meine Gefühle zu unterdrücken und die aufsteigende Sehnsucht hinunterzuschlucken. Manchmal aber habe ich das Gefühl, daran zu ersticken. Mit der Schwester kann ich nicht reden. Sie ist mit ihren neun Jahren zu jung, um ihr noch zusätzlich fremdes Leid aufzubürden. Andreas, mein älterer Bruder, ist viel zu stolz und vielleicht auch zu unbeholfen, um seinen Schwestern beizustehen.

So bin ich alleine, mit einer ungewollten und ungewohnten Rolle als Frau im Haus. Selbst fast noch ein Kind, bin ich nun Muttersatz der Schwester, mit einem Haushalt, den zu führen ich kaum vermag, und möcht' dabei doch so gern in die Welt hinaus fahren, etwas erleben, Neues lernen.

Der Vater hat sich längst umgedreht und ist zurück in den Stall gelaufen. Nicht zum ersten Mal frage ich mich, wie er es noch schafft, den Hof zu bewirtschaften. Nicht nur seine Seele ist krank vor Trauer, auch sein Körper hat sich in den letzten eineinhalb Jahren merklich verändert. Alt ist er geworden, obwohl kaum fünfzig. Grau und abgemagert. Die so geliebten Lachfalten ähneln nun eher den Furchen eines Ackers, und er hat aufgehört, auf sein Äußeres zu achten. Wenngleich ich seine Kleider regelmäßig wasche und ausbürste, so hilft dies nicht gegen den Körpergeruch und den Gestank der Ställe, dem man nur mit regelmäßigem Baden etwas entgegensetzen kann.

Ich seufze und schüttele die Gedanken von mir. Ich habe schließlich Arbeit zu verrichten. Mit einem kräftigen Ruck setze ich den Wagen in Gang, so dass die Milchkannen scheppern. Das Milchhäuschen befindet sich mitten im Ort, und meine Familie wohnt etwas außerhalb in einer kleinen Siedlung bäuerlicher Anwesen. Eine halbe Stunde später stehe ich in einer Reihe von Menschen und warte darauf, meine

Ware abgeben zu können. Es wird eine Weile dauern, bis ich an der Reihe bin.

Ich ziehe ein altes Haushaltsheft aus der Tasche.

Dort trage ich meine Gedanken, Gedichte ein und manchmal eine Geschichte, für Marie, wenn mir spontan etwas einfällt. Der Vater weiß nichts davon, würde es sicher auch „Zeitverschwendung und Humbug" nennen. Das Heft aber ist mein kleiner Seelentröster. Und meine Freundin Henriette. Die ruhige, ordentliche und gewissenhafte Tochter des örtlichen Bäckers, die ich nur Henny nenne, und mit der mich seit Kindertagen eine innige Freundschaft verbindet.

Ich nehme meinen Holzbleistift aus der Tasche meiner Schürze, setze mich auf eine kleine Mauer und lese meinen Eintrag des letzten Tages.

„Ängstlich ist die heimliche Liebe, fürchtet zu verlieren ..."

Weiter komme ich nicht. Jemand tippt mir an die Schulter. Henny. Wir fallen uns in die Arme. Ein herzliches Willkommen. Wie immer, wenn auch zu selten.

„Du Lene, er ist bei uns im Laden", sagt Henny und zwinkert verschwörerisch.

„Ach ja, und was interessiert mich das?", antworte ich und spüre, wie meine Wangen heiß werden.

„Ich weiß, dass dich das interessiert, du weißt es und er weiß es auch", grinst Henny.

„Du meinst, er weiß, ... das ist ja schrecklich!"

Ich schlage die Hände vor mein Gesicht. Meine abgearbeiteten, trockenen, rissigen, zermürbten, traurigen Hände. Hände, die wollen, dass sie einer festhält und nicht mehr loslässt.

„Natürlich weiß er, dass du ihn gut findest. Was ist auch schlecht daran? Du gefällst ihm, er gefällt dir. So ist das mit den Mannsbildern und den Weibern. Und er ist nicht der Dümmste."

„Nein, das ist er nicht. Aber was mache ich denn jetzt?"

„Das ist einfach, du gehst in den Laden, ich warte hier bei deinen Milchkannen. Du kaufst dir ein paar Brötchen. Weißt ja, kriegst Nachlass bei uns, und dann sprichst du mit ihm."

„Aber was soll ich denn sagen?"

„Das fragst du mich? Erzähl etwas vom Wetter. Frag ihn, ob er auf's Tanzfest zur Rathauseinweihung geht. Irgendetwas wird dir schon einfallen."

Es ist, als wäre ich Augenzeuge meiner eigenen Nachtphantasie, stiller Beobachter eines historischen Films, Zeitreisender eines Science-Fiction-Buches. Ich halte mir meine Hände vor die Augen, drehe sie. Es sind meine Hände, sauber und ohne Schwielen. Ich bin zurück in meinem Leben mit meinem Namen, Lilly Gresler. Was war das denn? Ich kann die Schweißtropfen spüren, die mir die Stirn hinunter laufen. Wovon? Vom Wagen ziehen? Habe ich das jetzt geträumt? Bin ich tot? Nein, ich stehe noch auf der Brücke, wenngleich nicht mehr auf der Brüstung, sondern sicher davor, und fühle mich auch sonst recht lebendig. Ich zittere, man zittert sicherlich nicht mehr, wenn man von einer Brücke gesprungen und mausetot ist. Außerdem schwitzt man dann bestimmt auch nicht mehr und man riecht sicherlich auch nichts mehr, hier aber stinkt es übel nach Benzin und Autoabgasen, was mir vorhin gar nicht aufgefallen ist. Da war mir ja auch alles egal. „Und jetzt?", frage ich mich selbst.

Jetzt ist mir immer noch alles egal, nur nicht, was hier eben gerade passiert ist. Der Fremde hat mich von der Brücke gezogen und dann weiß ich nichts mehr, nur dass ich plötzlich dachte, ich sei eine Frau namens Lene und lebte in einer anderen Zeit. Es hat sich verdammt real angefühlt. Ich konnte sie spüren, als stecke ich in ihrer Haut. Ich wusste instinktiv, so wie ich es über mich weiß, was für ein Mensch sie ist, wie sie lebt und was sie bewegt. Verrückt. Ich stehe einen Moment einfach nur so da, angeekelt von dem Autogestank und mache gar nichts. Es ist ein wenig wie nach dem Aufwachen, nach einer Tiefschlafphase, wenn man nicht weiß, wo man sich gerade befindet, welchen Tag man schreibt und warum man schon wieder auf der Couch eingeschlafen ist. Nicht, dass ich viele Tiefschlafphasen hätte, meine Nacht ist eher durchwacht als durchschlafen und voller verwirrender Träume. Aber ich werde doch nicht hier auf der Brücke eingeschlafen sein und die ganze Geschichte nur geträumt haben, oder?

Ich sehe mich um, aber der wirr daher redende Kerl ist nicht mehr da und es gibt keinen Beweis dafür, dass er es überhaupt jemals war. Vielleicht hatte ich eben auch so eine Art Nahtoderfahrung. Soll es ja geben.

Nachdem ich mich wieder etwas gefangen habe, kommt das bleischwere Gefühl zurück. Und auf einmal fühle ich mich so sehr angekommen im Hier und Jetzt, dass ich mich nur noch weg wünsche. Ich will Leichtigkeit, ich will Frieden, ich will nicht mehr grübeln, ich will nicht mehr trauern und ich will Ruhe. Kein Gestank, kein Gerede. Ich will blankes, pures, süßes Nichts.

Aber obwohl dieser Kerl nicht mehr da ist, er ist einfach verschwunden, fühle ich mich, als wäre er noch immer bei mir. Als hielte er mich davon ab, wieder auf die Brüstung zu steigen und das zu Ende zu bringen, was ich angefangen habe.

Ich stehe noch einige Zeit, es können Minuten, aber auch Stunden sein, das Gefühl dafür habe ich verloren. Ich stehe auf der Brücke, aber ich werde nicht springen. Nicht heute. Vielleicht morgen. Zuerst muss ich herausfinden, was mit mir passiert ist. Es ist die Vorstellung davon, aus dem Leben zu scheiden und das spannendste Buch desselben noch nicht zu Ende gelesen zu haben, die mich abhält, wieder auf die Brüstung zu steigen. Ja, ich schätze, das ist es. Dieses Gefühl, das ich schon lange nicht mehr gespürt habe: Neugier.

Ich brauche eine Ewigkeit bis zu meiner Wohnung, ich gehe und jeder Schritt ist zentnerschwer, jeder Meter kilometerlang und jeder Atemzug unheimlich anstrengend. Ich fühle mich so am Leben wie lange nicht mehr, so bleiern und schwerfällig.

Zu Hause will ich den Haustürschlüssel aus der Jacke ziehen und merke, dass sich noch etwas anderes darin befindet. Ein kleiner Zettel. Alt und zerknüllt. Die Schrift sieht aus wie Omas Handschrift. Ich kann es kaum entziffern.

Ängstlich ist die heimliche Liebe.
Fürchtet
zu verlieren,
was noch nicht gewonnen

und zittert
um der Heimlichkeiten wegen.
Sie wagt nicht und kämpft nicht,
zu groß der Einsatz,
Verlust der Illusion,
eine Wirkliche zu werden.

Was soll das bedeuten? Ich habe das nicht geschrieben. Aber ich weiß instinktiv, dass es diese Lene war. Was hat das mit mir zu tun und welche Rolle spielt der Fremde? Was passiert gerade mit meinem Leben, das es eigentlich schon gar nicht mehr geben sollte?

Die Fragen machen mich noch müder. Meine Glieder sind unendlich kraftlos und drücken mich nieder. Ich muss schlafen, jetzt sofort, danach wird alles klarer sein, danach kann ich darüber nachdenken, was ich tue.

Ich lege mich auf mein Bett und schlafe sofort ein, es ist 18:32 Uhr, als ich das letzte Mal auf die Uhr sehe. Das Telefon klingelt, ich nehme es noch wahr, aber nicht mehr ab. Ich muss dringend schlafen.

Es ist 07:14 Uhr am nächsten Morgen, als ich wieder auf die Uhr sehe. Ich habe seit Jahren nicht mehr so lange geschlafen, nicht mal halb so lang. Mein Schlafzimmer ist in sanftes Licht getaucht, die Rollos nicht heruntergelassen, die arme Orchidee am Fenster braucht dringend Wasser, der Staub auf der Kommode muss gewischt werden. Ich habe Hunger. Nachdem ich gegossen, gewischt und ein paar Kekse gegessen habe, sitze ich da, betrachte meine sauberen, glatten Hände und weiß nicht, was ich mit mir anfangen soll. Diesen Tag sollte es schließlich gar nicht geben für mich. Dieser Tag sollte der erste Tag nach meinem Tod sein. Für solche Tage plant man nicht. Aber irgendwie kann ich mich nicht dazu bringen, wieder zur Brücke zu gehen. Es kommt mir so unsinnig vor, so seltsam und so völlig abwegig. Ich weiß zwar noch allzu gut, warum ich die hässliche alte Betonbrücke zu einer Todesbrücke machen wollte, und ich kann immer noch sehr gut fühlen, dass ich nicht mehr ich sein will, aber da ist etwas, das gestern noch nicht da war. Unschlüssig sitze ich auf meinem rot lackierten, knarrenden Küchenstuhl und weiß nicht, was ich tun soll. Ich sitze da, untätig und stumpfsinnig an die Wand sehend, und lausche dem leisen Ticken der Wanduhr. Dann habe ich plötzlich das dringende Bedürfnis, mich zu bewegen. Ich war einmal eine gute Läuferin. Ich war auch einmal eine Tochter. Ich war einmal ein fröhlicher, glücklicher Mensch.

Die Lilly, die ich einmal war, wäre nicht im Traum auf die Idee gekommen, von einer Brücke zu springen. Die alte Lilly hielt es für unglaublich dumm, das eigene Leben zu beenden - wenn es doch irgendwann ohnehin endet. Die neue Lilly aber weiß, dass sich ihr Leben so dramatisch und unwiederbringlich verändert hat, dass ein Ende als einzig richtig erschien. Erschien. Da ist sie wieder, die Vergangenheitsform. Präteritum. Eine abgeschlossene Handlung oder ein Fakt/Zustand der Vergangenheit. Habe ich mit dem Abschließen so schnell abgeschlossen? Es ist ja nicht so, dass mir von heute auf morgen eingefallen wäre, mein Leben zu beenden.

Mit dem Verlust eines geliebten Menschen beginnt eine neue Zeitrechnung. Monate, Wochen, Tage werden unbedeutend. Es gibt ab dem Zeitpunkt fortan für immer nur ein Vorher und ein Nachher. Jedes Bild, das ich betrachte, teile ich danach ein. Ich sortiere und ordne zu. Erinnerungen, Ereignisse, Gefühle, alles wird fein säuberlich in seine Schublade gesteckt. Ich lebe nicht im aktuellen Jahr, ich lebe in einem zweiten Leben: Dem Leben ohne uneingeschränkte Freude, dem Leben danach.

All diese Gedanken werden mir schon wieder zu schwer. Ich möchte laufen. Wer einmal eine Läuferin war, der bleibt es. Die Muskeln erinnern sich daran, was sie einmal leisten konnten, auch wenn es Monate her ist.

In den ersten Monaten des neuen Zeitabschnitts bin ich unglaublich viel gelaufen. Ich war regelrecht süchtig danach. Dabei bin ich nicht nur so vor mich hingetrabt oder habe stupide Runden durch den Park gedreht, nein, es musste extrem sein. Im Mai bin ich den Tough Mudder gelaufen, einen Hindernislauf, durch Matsch und Dreck. Ich habe Betonwände erklommen, bin durch offenes Feuer gerannt, habe Baumstämme geschleppt und mich durch eiskaltes Wasser gekämpft. Zwei Monate später bin ich im Braveheartbattle über Strohballen gesprungen, über Autoreifen geklettert und im Dreck unter Eisenstangen durchgerobbt. Ich habe mich so lebendig gefühlt. Vielleicht würde ich das heute noch, vielleicht wäre ich die Queen of Tough Mudder oder die Princess of Krassfit oder sogar die Strongwoman of Germany.

Fakt ist, mit den Hindernisläufen und mit dem Laufen überhaupt war urplötzlich Schluss und ich weiß, dass sich das so angefühlt hat, als würde man einem Heroinsüchtigen auf Turkey mit der Spritze vor der Nase herumwedeln und sie dann im Klo herunterspülen. So oder so ähnlich, mit richtigen Drogen habe ich keine Erfahrung gemacht, sonst hätte ich vermutlich auch nicht erwogen, von einer Brücke zu springen. Hätte, da war es wieder.

Was Lene wohl dazu sagen würde? Zu Hindernisläufen und Drogensüchtigen und Frauen, die sich von irren fremden Typen von Betonbrückenbrüstungen ziehen lassen? Ich schüttele den Kopf, Unsinn, Lene ist schließlich nicht real. Ich sollte mir klar darüber werden, dass das gestern auf der Brücke eine psychotische Episode war. Wäre ich religiös, könnte ich es immerhin auf Gott schieben. Ich bin aber nun mal nicht gläubig, und esoterisch veranlagt bin ich auch nicht. Und ich würde ja gerne glauben, dass meine Mutter den Irren geschickt hat, um mich vor dem Suizid zu bewahren, aber auch das halte ich nicht für wahrscheinlich.

Dennoch, entgegen aller Logik, habe ich das Gefühl, dass hier etwas Unerklärliches, Magisches passiert ist, etwas, das im Kontrast zu jeglicher Vernunft der Realität entspricht. Der Fremde war auf wundersame und unerklärliche Art vertraut, beinahe so, als stünde er mir nah, als kannten wir uns. Vielleicht beschäftigt dieses seltsame Ereignis mich aber auch deshalb so sehr, weil ich Realist bin. Der Realist geht jetzt laufen, vielleicht weiß er danach weiter.

Als ich das Haus verlasse, kommt es mir viel zu hell und warm vor. Die ersten Schritte sind ungewohnt. Wie ein Kleinkind, das vorsichtig unbekanntes Terrain erforscht, trotte ich noch recht langsam auf dem Fußgängerweg in Richtung Naturschutzgebiet, dorthin, wo sich der Teer in weicher Erde und feinen Steinchen verliert und meine Füße immer sicherer werden. Jeder Meter bringt ein fast vergessenes Körpergefühl zurück. Ich laufe und laufe, und es tut so unglaublich gut. Mein Körper ist zwar nah an seiner Erschöpfungsgrenze, aber ich kann und will nicht aufhören. Die vielen Stunden Schlaf der letzten Nacht haben gut getan, meine Muskeln reagieren, meine Beine finden ihren Rhythmus, und das Atmen bereitet mir nach den ersten zwei Kilometern keine Probleme mehr. Mmmff, mmmf, haa. Mmmff, mmmff, haa. Ein fester einstudierter Klang, eine starre Abfolge von zweimal einatmen durch die Nase, einmal ausatmen durch den Mund. Mmmff, mmmf, haa. Mmmff, mmmff, haa.

Das Laufen bringt auch eine Art Kopffreiheit mit sich, und so regele ich meine Gedanken nicht mehr, versuche, sie weniger in Zaum zu halten, sondern lasse ihnen freien Lauf. Das Gedicht auf dem Zettel fällt mir wieder ein, die Zeilen über die heimliche Liebe. Verlust der Illusion, eine Wirkliche zu werden. Mit der Erinnerung daran steigt das neu entdeckte Gefühl namens Neugier wie eine brennende Flamme in meiner Kehle auf.

In diesem Moment blicke ich nach oben, sehe nicht mehr den moosigen Boden unter mir, ich sehe auf einmal den Kerl von gestern. Er sitzt wenige Meter von mir entfernt auf einer alten Holzbank, am Rande des Naturschutzgebietes, und er sieht dort so selbstverständlich aus, so eingemauert und eingegliedert in die Natur, dass ich zunächst gar nicht erschrecke. Ich weiß, dass es kein Zufall ist und kein Zufall sein kann, ihn hier zu sehen, und laufe auf ihn zu.

Jonas

Bevor ich sie sehen konnte, dort auf der Brücke, wusste ich bereits, dass sie es ist. Es gab keinen Zweifel daran. Das verriet mir nicht nur mein Gefühl, das spürte ich mit jedem meiner ausgeprägt scharfen Sinne. Noch mehrere hundert Meter von ihr entfernt wusste ich es schon. Es hat mich wie ein Adrenalinschub gepackt, als ob ich jemals am eigenen Körper erfahren hätte, wie sich so etwas anfühlt. Selbst nach so langer Zeit, nach all den Jahrzehnten, ist das Gefühl für sie nicht weniger geworden. Damit hatte ich nicht gerechnet. Die Wucht dieser Begegnung hat mich überrollt. Dabei hatte ich geglaubt, es besser im Griff zu haben. Selbst Yolanda hat mir gezeigt, dass sie zufrieden ist mit meiner Entwicklung. Auf ihre Art, wie Yolanda eben zufrieden sein kann. Vielleicht war dieses wohlig warme Gefühl, dieses leichte Kribbeln und die gewisse Unruhe in mir aber gar kein Zeichen der Besserung, sondern Vorfreude. Kranke Vorfreude auf mein nächstes Unglück. Das letztlich gleiche Unglück. Es ändert aber alles nichts an der Tatsache, dass ich etwas unternehmen musste. Während mein Geist noch abwog, wie unser Wiedersehen einzuordnen sein wird, hat sich mein Körper bereits eigenmächtig auf sie zu bewegt. Wie schnell, effizient und nützlich so ein Körper sein kann.

Es gab keine Zweifel daran, dass sie es war. Nicht, dass ich sie dennoch nicht genau betrachtet habe. Sie sah verändert aus, natürlich, aber ich konnte sie sehen. Ihre Seele leuchtete. Sie stand mit dem Rücken zur Straße, mit dem Rücken zu mir und ich wusste, dass ich nichts falsch machen durfte. Die Erfahrung all der vergangenen Jahre nutzte mir nichts, weil mich meine Seele um meinen Verstand betrog. Das kann nur sie. Niemand sonst vermag das zu tun.

Lilly. Das ist ihr Name im Hier und Jetzt. Lilly, ich wusste, dass sie so heißt, und ich wusste ebenfalls, dass ich mir keinen Fehler erlauben durfte. Trotzdem, es schien einfach stärker zu sein als ich. Lene habe ich sie gerufen. Lene, immer wieder Lene. Vincent hätte mich verhöhnt für diesen verzweifelten, hässlich menschlich schwachen

Klang in meiner Stimme, und Yolanda hätte die Augenbrauen in die Höhe gezogen, die Arme vor der Brust verschränkt, ebenfalls hässlich menschlich gewirkt und sich Sorgen um mich gemacht. Zu Recht.

Ich habe sie gesehen, oh wie ich sie gesehen habe. Es macht keinen Unterschied, dass ihre Augen ordinär braun sind und ich das außergewöhnliche grüne Funkeln darin nicht finden konnte. Es stört mich auch nicht, dass ihr Haar kürzer, lockig und wild um ihren Kopf flattert und die vertraute Flechtfrisur fehlt. Es ist mir völlig egal, dass sie kleiner und runder ist. Sie ist es, und ich habe sie gesehen. Nach langer Zeit sah ich sie völlig klar, und diese Tatsache hat mich letztlich so ruhig gemacht.

Manchmal erschreckt es mich, dass sie sich nicht erinnern können. Dass ich ausgelöscht bin, meine Existenz für sie von keiner Bedeutung ist. Ich weiß, dass es so sein muss, und es stört mich eigentlich nicht.

Diesmal schon.

Dass ich ihren aktuellen Namen nicht aussprechen konnte, kann ich mir selbst nicht erklären. Ich musste lächeln, als sie sagte, sie springe lieber in die Unendlichkeit als in meine Arme. Nicht, weil ich es etwa lustig gefunden hätte, sondern weil sie so sehr sie selbst war.

Wenn sie gewusst hätte, wie sehr sie sie selbst war in diesem Moment. Lene. Diese Sturheit, diese Skepsis. Lene. Nein, Lilly. Es war der Moment, in dem ich wusste, was ich zu tun hatte. Es hatten sich so viele Worte angehäuft über die Jahre. Ein Wörterberg, ein Meer aus Worten, ein ganzes Land mit Wiesen, Feldern, Häusern voller Sätze. Als sie mich ansah, wusste ich, dass dennoch keines dieser vielen Worte sie dazu bewegen würde, von ihrem Vorhaben abzulassen. Daher blieb mir nur noch eines übrig: Ich musste ihr zeigen, was einmal war, um sie dazu bewegen zu können, ihr Leben nicht wegzuwerfen. Sie abzuhalten, war das Richtige und für mich auch das einzig Wichtige. Die Art und Weise aber, wie ich das getan habe, würde Yolanda unverzeihlich nennen und Vincent zu sprachloser Stille bewegen. Doch ich habe diesen Weg als die letzte Rettung angesehen. Ich konnte sie nicht verlieren, nicht schon wieder. Nicht, nachdem ich sie endlich wiedergefunden hatte.

Und nun, einen Tag in Menschenzeit später, sitze ich hier am Naturschutzgebiet und frage mich, ob sie wohl denkt, dass es Zufall ist, dass ich hier sitze und wir uns wiedersehen? Ob sie mich für real hält? Es passiert mir häufig, dass die Menschen mich für eine Gestalt aus ihren Träumen halten, mich gar nicht bewusst wahrnehmen. Sicher wird sie weiterlaufen, aus Angst, aus Scham? Obwohl ich weiß, dass sie nicht gesprungen ist - schließlich habe ich sie nicht aus den Augen gelassen, bis sie ihr Haus betreten hat - bin ich unfassbar erleichtert, sie laufen zu sehen. Es ist wunderschön. Es ist nicht graziös oder wahnsinnig ästhetisch, darauf lege ich keinen Wert. Kraftvoll wirkt es, lebendig und entschlossen. Es erinnert mich an Lene. So sehr, dass der alte Schmerz wie tausend Nadelstiche in meine dumme, verlorene Seele fährt. Natürlich erinnert es mich an Lene. Sie ist Lene. Aber sie ist eben auch Lilly. Jeder ihrer Schritte wirkt wie ein Donnerschlag, ein Fausthieb der Entscheidung für das Leben. Ich glaube nicht, dass es ihr bewusst ist, aber ich spüre es. Und weiß, dass das der Zeitpunkt ist, an dem ich mich zurückziehen muss. Meine Arbeit ist getan. Es gibt keinen plausiblen Grund mehr für mich, hier zu sitzen und ihr aufzulauern. Aber vielleicht ist sie noch nicht über den Berg? „Doch das ist sie, Jonas, und du weißt es ganz genau", höre ich Yolanda im Geiste sagen. „Was soll's, dann triffst du sie eben noch einmal. Mach dich nicht verrückt" - Das ist Vincent, gleichgültig wirkend, zweifelnd. Mein Verhalten gestern war unverzeihlich, aber es wäre unentschuldbar gewesen, es nicht zu tun. Sie wird weiter laufen, und wenn sie das tut, werde ich ihr nicht nachgehen und ihr nicht mehr auflauern. Ich verspreche es, ein Pakt mit mir selbst. Und weiß doch, dass ich ihn nicht halten werde. Sie hat sich ohnehin erledigt, meine Übereinkunft mit mir selbst und meinem Gewissen. Lilly läuft direkt auf mich zu. Sie bleibt etwa einen halben Meter vor mir stehen. Verschwitzt, mit geröteten Wangen und offenem Mund. Sie leuchtet wieder, vor Leben, und ich bin entbrannt und verloren.

Man sagt über uns, wir seien wie ein Déjà-vu, und mir ist bekannt, dass viele meiner „Kunden", wie Vincent sie gerne nennt, sich so fühlen, wenn sie uns sehen. Besser gesagt, begründen sie uns mit einem Déjà-vu. Wie lächerlich. Eine einfache, typisch menschliche Eigenschaft, Erklärungen zu suchen und sie wissenschaftlich zu begründen. Das unter Psychologen auch als „falsches Wiedersehen" bezeichnete Gefühl der Vertrautheit in der Fremde wird dem Gehirn zugeschrieben, einer Täuschung, einem Fehler, dem Temporallappen, Drogen, traumatischen Schädigungen. Ich habe keine Ahnung vom Temporallappen, weiß nichts von Überreizungen des Schläfenlappens. Warum glauben die Menschen nur, was sie sehen, oder was in der Bibel steht? Es gibt keinen Raum mehr für Übersinnliches. Für Dinge, die einfach sind, wie sie sind. Ohne notwendige Begründung und ohne medizinischen Nachweis. Yolanda sagt manchmal „Es gibt keinen Raum mehr für uns und das Leben zwischen den Zeiten". Der Mensch muss sein Sein wiederholt erklären, begründen und analysieren. Dabei ist es doch so einfach.

Alles ist miteinander verbunden, vieles überdauert Zeit und Raum und manches ist für die Ewigkeit. Doch für die Menschen, beschränkt durch ihre irdische Existenz, ist das, was für mich so selbstverständlich ist, nicht greifbar. Eine Konfrontation mit der Endlosigkeit ihres Daseins kann fatale Folgen haben. Diese Grenze hätte ich nicht überschreiten dürfen. In dem ich Lilly Lene gezeigt habe, habe ich mein Berufungsethos verletzt. In dem Moment, in dem ich sie am Arm fasste und von der Brücke zog, um sogleich feige zu verschwinden. Und jetzt steht sie vor mir und sieht mich aus ihren großen, auf einmal gar nicht mehr so gewöhnlichen braunen Augen an. Ich habe keine Ahnung und kein Gefühl, was sie tun und sagen wird. Zum ersten Mal seit langem fühle ich mich völlig hilflos und ausgeliefert. Ich kenne das Gefühl und ich hasse und liebe es gleichermaßen.

„Wer bist du?", fragt sie und blickt mir fest in die Augen.

Die einfachste und schwerste Frage zugleich.

„Ich bin Jonas", sage ich.

„Nach deinem Namen habe ich nicht gefragt. Wer bist du?", beharrt sie.

„Ich bin Jonas", wiederhole ich, entschlossen, es dabei zu belassen. Entschlossen, nicht mehr zu verraten.

Sie legt den Kopf leicht zur Seite. Eine Lilly-Geste, denke ich, etwas an ihr, dass mir nicht bekannt vorkommt. Oder doch?

„Jetzt muss ich mich wohl bei dir bedanken, oder?"

„Du solltest dich nicht für etwas bedanken, was dir keinen Dank wert ist", entgegne ich und versuche, gleichgültig zu wirken. Da ist sie wieder, diese Unsicherheit. Ich bin nicht unsicher, eigentlich. Ich bin auch nicht gleichgültig, ich tue ganz einfach das, was ich tun muss. Ich funktioniere. Mit Lene und mit Lilly funktioniere ich nicht, ich handele nicht einmal mehr, ich bin ein einziger, großer, dusseliger Gefühlsbrocken. Schwach, gehemmt, dumm fühle ich mich. Die Worte aber kommen von alleine, lange studiert, lange probiert sind sie in mir und führen mich, wie mein Kopf meine Beine lenkt, ohne darüber nachzugrübeln.

Sie überlegt noch kurz und hält dabei ihren Kopf mit den klatschnassen Locken weiterhin etwas schiefer als üblich.

„Das ist eine gute Antwort. Ich bin mir nicht sicher, ob ich dankbar bin, aber danken möchte ich dir auf jeden Fall. Auch wenn die Begegnung mit dir so ziemlich das Seltsamste war, was mir in meinem Leben passiert ist. Ehrlich gesagt habe ich bis jetzt, bis ich dich gesehen habe, daran gezweifelt, ob es dich wirklich gibt oder ob ich mir dich nur eingebildet habe."

„Wieso das?" Verzweifelt versuche ich, das Gespräch nicht abbrechen zu lassen. Sie nicht gehen zu lassen mit ihrem Dank und einer verpassten Chance, weiter in ihrer Nähe zu sein.

„Ach vergiss es, war wohl einfach die ganze Situation. Man versucht ja nicht jeden Tag, von einer Brücke zu springen. Da kann der Kopf schon mal ein bisschen verrückt spielen." Sie winkt ab und sieht dabei so herzzerreißend traurig aus, dass ich sie einfach nur in den Arm nehmen möchte. Ich kann mich zurückhalten und sage:

„Möchtest du mir davon erzählen?"

Sie runzelt die Stirn, abwesend, irgendwie schon nicht mehr bei mir und unserem Gespräch.

„Wovon?"

„Warum die Begegnung mit mir so seltsam war, wie du sagst. Und warum du denkst, dass dein Kopf verrückt spielt. Vielleicht auch, warum du überhaupt auf diese Brücke gestiegen bist."

Sie zögert. Bitte sag ja, bitte.

„Ich weiß nicht... wir, wir kennen uns ja gar nicht."

„Vielleicht ja doch."

Jetzt weicht sie einen Schritt zurück. Offensichtlich habe ich sie verärgert oder verängstigt. Und erst in diesem Moment wird mir klar, dass sie mich für einen völlig durchgeknallten Typen halten muss. Taucht aus dem Nichts auf, redet sie mit fremdem Namen an, bringt sie mit dem, was er ihr gezeigt hat, völlig durcheinander, zieht sie von der Brücke und verschwindet. Aber ich weiß nicht, wie ich aus der Geschichte wieder herauskomme, ohne dass sie mich entweder für einen Irren hält, oder ich ihr die Wahrheit sagen muss, die ich ihr nicht sagen darf.

„Na, dann erzähl mal, woher wir uns kennen sollten. Ich stehe auf keiner Brücke mehr, und ich habe heute auch nichts Besseres zu tun, also höre ich mir deine Story einfach mal an."

Das habe ich nun davon. Und wüsste ich, wie ich ihr das alles erklären soll, dann würde ich vor Freude in die Luft springen. Jetzt sieht sie mich an, das erste Mal sieht sie mich richtig an.

„Ich erkläre es dir", sage ich und weiß bereits in diesem Moment, dass ich einen Riesenfehler begehe, aber ich kann nicht anders. Wie bei Lene habe ich das Gefühl, zu Hause zu sein, nicht an einem Ort, nicht in einer Zeit, sondern bei einem Menschen! Einem Menschen! Ich kann nicht aufhören. Dabei müsste ich mich bremsen.

Ich wiederhole: „Ich erkläre es dir. Aber nur, wenn du mir versprichst, nicht schreiend wegzulaufen, nicht die Polizei zu rufen und mich ausreden zu lassen."

Wobei Letzteres dir am Schwersten fallen dürfte, füge ich in Gedanken hinzu.

Sie sieht mich an, ihre braunen Augen sind leicht verengt. Ist es die Sonne, oder haben sie auf einmal einen Grünstich? Sie wirkt misstrauisch und wunderschön.

Ihre Augen..

„Ich halte es wie Bella mit Edward, versprochen", antwortet sie etwas schnippisch. Das verstehe ich nicht, vielleicht ist das irgendein Zitat aus einem Film, den sie gesehen hat, oder einem Buch möglicherweise. Ich brenne so darauf, ihr mein Geheimnis anzuvertrauen, dass ich nicht nachfrage.

„Wollen wir ein paar Schritte gehen?", frage ich sie.

Ich bilde mir ein, dass meine Knie zittern. Als ich nun neben ihr gehe, ist es sogar noch schlimmer als eben im Sitzen.

Denn wenn ich neben ihr gehe, spüre ich ihre Weiblichkeit mit jeder Faser meines Daseins. Sie fühlt sich wärmer an als die anderen Menschen; sie riecht besser; sie geht nicht, sie schwebt. Alles an ihr ist mehr Mensch und mehr Sinn als der Rest dieser Welt. Sie ist alles, was ich wahrnehmen kann. Ein kleiner Aufschub kann nicht schaden, vielleicht komme ich noch auf eine Erklärung, die mir nicht sprichwörtlich Kopf und Kragen kostet. Ich versuche, es leicht und witzig klingen zu lassen. Aber in meinen Ohren klingt es schwer, betonschwer und traurig.

„Aber nur unter der Voraussetzung, dass du mir zuerst erzählst, warum du dir das Leben nehmen wolltest. Als dein Retter habe ich doch sicher das Recht, zu erfahren, was dich veranlasst hat, dich so kopflos von einer Brücke zu stürzen?“

Sie seufzt und für einen schrecklichen Moment befürchte ich, dass sie ohne ein Wort wieder verschwindet, sich umdreht und geht. Ich würde ihr nicht folgen.

Sie holt aber nur tief Luft und sieht hinunter auf den Fluss, auf die starke Strömung, die Schleusen. Wir passieren den Aufgang zum Park, der Weg wird unebener. Sie läuft weiter geradeaus, den Blick nun auf den Boden gerichtet. Noch immer hat sie nichts gesagt.

Dann lächelt sie und sagt unerwartet:

„Kopf ist nicht alles. Auch der Kohl hat einen Kopf.“

Sie hat Humor, aber noch nicht beschlossen, sich mir anzuvertrauen.

„Du hast Humor“, sage ich in Ermangelung desselben.

Sie zuckt gleichgültig mit den Schultern und läuft weiter. Plötzlich weiß ich instinktiv, womit ich sie aus der Reserve locken kann.

„Humor ist der Knopf, der verhindert, dass uns der Kragen platzt!“

Nun sieht sie mich überrascht an.

„Du kennst Ringelnatz, den Dichter?“

„Klar, war ein angenehmer Zeitgenosse. Ist es immer noch.“

Jetzt sieht sie mich wieder an, als wäre ich völlig verrückt. Sie schüttelt den Kopf und runzelt die Augenbrauen. Also sage ich schnell:

„Wusstest du, dass man ihm nach seinem Tod tatsächlich ein Gässchen gewidmet hat, so wie er es sich zu Lebzeiten gewünscht hat?“

„Klar, das weiß jeder, der sich ein wenig mit Ringelnatz befasst hat.“

„Als er 14 Jahre alt war, gab es im Leipziger Zoo eine Völkerschau, so etwas wie eine Ausstellung von Exoten, nur dass es Menschen waren und nicht Tiere, die man dort betrachten konnte. Joachim oder besser Hans, wie er eigentlich hieß, konnte sich einfach nicht satt sehen an den dunkelhäutigen Frauen. Das nötige Kleingeld für Geschenke hatte er nicht, also stahl er von zu Hause den Weihnachtsschmuck und beschenkte die entzückten Damen. Aus Dankbarkeit ließen die sich sogar ein „H“ auf den Arm tätowieren. Für den lieben Hans endete das in einer Erziehungsanstalt.“

Ich lache. Sie grinst ganz leicht, aber der freundliche Zug um ihre Lippen weicht sofort wieder diesem tieftraurigen Ausdruck, der ihr zeitweise fast wie ins Gesicht gemeißelt zu sein scheint.

„Du berichtest das, als wärst du entweder dabei gewesen oder als hättest du die Story schon hundertmal erzählt“, sagt sie und sieht mich fragend an.

„Lene kannte die Geschichte auch“, antworte ich, ohne nachzudenken. Eigentlich warte ich ja darauf, dass sie sich mir anvertraut, und nicht darauf, weitere Fragen gestellt zu bekommen, die ich nicht beantworten darf.

„Lene? Was hat es denn mit dieser Lene auf sich? Ich glaube, ich habe von einer Lene geträumt oder so ähnlich. Nein, ein Traum war es eigentlich nicht. Ach, vergiss es, das war verrückt, es kam mir so real vor und...“

„Vielleicht war es das ja“, sage ich und weiche ihrem Blick aus.

„Ganz ehrlich, ich frage mich, ob ich langsam durchdrehe. Ich rede hier mit einem Wildfremden, der mir gar nicht fremd vorkommt, über Ringelnatz, meine Träume und ... wenn ich es nicht besser wüsste, würde ich glauben, ich wäre doch gesprungen und tot.“

„Nein, das bist du nicht. Zum Glück. Ich bin real, du bist es und Lene auf eine gewisse Art auch. Aber wolltest du mir nicht eigentlich sagen, warum du springen wolltest? Welchen Grund könntest du haben, so eilig aus diesem Leben zu verschwinden?“

Sie blickt mir noch immer fest in die Augen und antwortet:

„Das ist eine einfache Frage. Das Leben, mein Leben, hat für mich nichts mehr, was lebenswert ist.“

Wenn sie auf lächerliche Floskeln gewartet hat, tröstende Worte der Art „Aber das Leben ist immer lebenswert“ oder „So etwas darfst du doch nicht sagen“, dann wird sie enttäuscht sein.

„Bist du denn gar nicht neugierig?“, frage ich und bin ehrlich gespannt auf ihre Antwort. Sie ist stehen geblieben, und wir sind nun fast alleine. Spielende Kinder kann ich entfernt hören, ein paar Spaziergänger, nicht in Hörweite.

„Ich war es nicht mehr. Nein. Aber seit ich dich getroffen habe, bin ich ein klein wenig neugierig. Sonst wäre ich womöglich nicht mehr da.“

„Wie war dein Leben, damals als du noch neugierig darauf warst, wie es weiter geht?“

Offensichtlich ist das die richtige Frage. Denn plötzlich beginnt sie zu erzählen. Von damals, von ihrer Mutter. Von einem Leben, das ihr so vorzukommen scheint, als sei es ein fremdes und nicht mehr ihr eigenes. Wie gut ich sie verstehen kann.

Lilly

Zu meinem eigenen Erstaunen laufe ich neben ihm durch das Naturschutzgebiet, als seien wir einander nicht völlig fremd, sondern sehr nah und vertraut. Als sei es das Natürlichste der Welt. Wir gehen dem kleinen Ententeich entgegen, am Bachlauf entlang. Die Eule auf dem gelben Naturschutzgebietsschild über uns scheint uns mit ihren Augen zu verfolgen. Neugierig, so wie ich. Erstaunt, so wie ich. Über sich selbst und ihr Dasein und ihr Tun überrascht, genau wie ich. Der fremde Irre hat plötzlich einen Namen und seine Begleitung ähnelt dem Gefühl einer Umarmung. Meine Zunge, so fest und sicher verschlossen in all den Wochen und Monaten, die hinter mir und hinter der Brücke liegen, löst sich, als hätte er den Schlüssel dafür ganz mühelos aus seiner Jackentasche gezogen. Vielleicht war es seine Frage, vielleicht aber auch einfach seine ruhige, angenehm unaufdringliche Art und seine Worte, die sich nicht zu den mir so bitter aufstoßenden ewig gleichen Sätzen bilden, sondern Blickwinkel wecken, die bislang niemand von mir hören wollte. Ich beginne zu erzählen. Eine willkürliche Auswahl meiner Erinnerungen an eine Zeit vor dieser Zeit. Einer Zeit ohne Selbstmordgedanken. Eine Zeit, in der ich vieles nicht kannte, alles hatte und es nicht zu schätzen wusste. Eine Zeit, in der Neugier genauso zu meinem Alltag gehörte wie eine Familie, Freunde, ein lebenswertes Leben. Also erzähle ich diesem vertrauten Fremden namens Jonas von einem Tag mit meiner Mutter. Einem Alltagstag, der erst im Nachhinein keinen Alltagswert mehr hat, weil er Vergangenheit geworden ist und in der Erinnerung an viele Tage nur dadurch heraussticht, der letzte dieser Art gewesen zu sein. Wir laufen einen weichen, erdigen Weg entlang. Sind fast alleine hier unterwegs, nur der ein oder andere Spaziergänger teilt den Geruch nach seltenen Blumen, deren Namen ich nicht kenne, mit unseren Nasen.

„Es gibt diesen einen Tag, an den ich immer wieder denken muss, wenn ich mir mein altes Leben in Erinnerung rufe. Das, in dem ich noch neugierig war. Eigentlich kein besonderer Tag. Ein gewöhnlicher Wochentag mit frühem Sich-Aus-Dem-Bett-Quälen, mit Arbeit, Mittagessen in der Kantine. Um 17 Uhr wollte meine Mutter mich abholen. Wie immer habe ich ihr zuvor erklären müssen, welche Abfahrt sie nehmen muss, um zu mir ins Büro zu kommen. Das konnte sie sich einfach nicht merken. „Ja ja, deine dumme Mutter. Mach dich nur lustig, werd′ erst mal so alt wie ich.“ Ihre Standardantwort auf meine Standardbeschwerde.“

Ich muss nicht mehr lächeln bei diesem Satz, wie früher. Denn dieser eigentlich bedeutungslose Satz hat inzwischen eine eigene Bedeutung erhalten. Er hat einen faden Beigeschmack dazugewonnen.

„Ich habe ihr gewunken, mich noch einmal umgedreht. Nicht, weil sie noch in der Tür stand, sondern weil es ein heimliches Ritual zwischen uns ist.“

„War“, korrigiere ich mich selbst.

Jonas sieht mich an, unterbricht mich nicht, hört mir zu. Ich kicke gegen einen kleinen Stein mit meinem Fuß, gedankenverloren, verloren in dieser Welt, weil ich mich selbst verloren habe durch den Verlust.

„Sie kam dann pünktlich zu mir auf die Arbeit. Sie sah aus wie immer, dieser Tag war wie immer. Meine Mutter hatte einen sehr eigenwilligen Fahrstil. Sie saß so nahe am Lenkrad, dass Helmut, mein Onkel und Mamas Schwager, niemals müde wurde zu behaupten, das Klebemittel, das sie während der Fahrt mit Brust, Armen und Bauch ans Lenkrad haftete, müsse ein Verkaufsschlager werden. Weder Mama, ich, noch Bille, Helmuts Frau, fanden das sonderlich witzig, aber ein gewisser Wahrheitsgehalt, na ja, der war nicht zu leugnen.“

Ich blicke nicht hoch zu Jonas, als ich weiter erzähle, nur hinunter, konzentriere mich auf eine Zeit, die vergangener nicht sein könnte. Ich spüre den weichen Boden unter mir und erahne seinen Blick auf mir. Aber das ist alles, was ich wahrnehme, während ich gedanklich in die Vergangenheit eintauche, wie ich es getan habe, als Jonas mich von der Brücke zog. Nur, dass ich von dieser Vergangenheit, von der ich zu ihm spreche, als seien wir bereits gute Bekannte, weiß, dass sie tatsächlich meine eigene ist.

„Als ich zu ihr ins Auto stieg, wurde ich bereits von ihrem Redefluss überschwemmt, bevor ich die Türe geschlossen hatte. Mama konnte ohne Punkt und Komma reden. Wie ich. An diesem Tag hat sie mir irgendetwas von den Wellnessplänen ihrer Schwester Bille mit dem arbeitswütigen Helmut berichtet, vom Klatsch und Tratsch unseres Wohngebiets, davon, dass sie manchmal recht froh sei, keinen Mann zu haben, und von den ewig gleichen Problemen auf ihrer Arbeitsstelle. Meine Eltern sind schon lange geschieden. Meine Mutter arbeitete seit Jahrzehnten als Näherin in einem ländlichen Modeunternehmen und war total unglücklich über die Arbeitsbedingungen dort, ihre schlechter werdenden Augen und die miserable Bezahlung. Trotzdem war sie immer zu feige dazu, sich selbstständig zu machen."

Wir gehen ein Stück und von Wort zu Wort, von Satz zu Satz fällt es mir leichter zu sprechen. Die Scheu fällt von mir wie der Blütenstaub von den Pflanzen um uns.

„Die Angewohnheit viel, schnell und sprunghaft zu erzählen, liegt bei uns in der Familie", sage ich zu Jonas. „Vielleicht konnte ich es gerade deshalb nicht ertragen, wenn Mama wieder einmal von Pontius zu Pilates zu Jesus Christus und zurück zu den Römern gequatscht hat. Dazu kam, dass sie mich täglich mit der Frage „Wie war die Arbeit?" genervt hat. Jahrelang. Seit Beginn meiner Ausbildung. Ich bin Industriekauffrau und übersetze internationale Verträge. Nicht sonderlich aufregend also."

Ich seufze. Was gäbe ich darum, diese Frage noch einmal aus ihrem Mund zu hören. Jonas sagt noch immer nichts. Aber das muss er auch nicht. Ich weiß, dass er meiner Geschichte folgt. Auch wenn ich einfach das erzähle, was mir in den Sinn kommt.

Weil es eben dieser Tag ist, der nicht in der Masse von Tagen untergegangen ist, sondern so präsent ist wie die Gegenwart. Wenn nicht sogar präsenter.

„Wenn ich mich darüber beschwert habe, hat sie immer zu mir gesagt: „Meine Eltern hat es nie interessiert, was ich auf der Arbeit mache. Hauptsache, ich verdiene mein eigenes Geld. Mein Vater (sie sprach das stets so aus, als spucke sie einen Kaugummi in den Gulli) hält sich schon immer für den einzigen wirklich arbeitenden Menschen auf Erden. Und DEIN Vater, na ja, der hat sich ja noch nie für mich interessiert.“ Meine Oma mütterlicherseits ist bei einer Routineoperation an einer Blutvergiftung verstorben. Opa war schon immer ein recht herrischer, bestimmter Mann. Seit dem Tod von Oma Hillu hat er sich endgültig in einen mürrischen und ständig motzenden alten Herrn verwandelt, dem es keiner mehr Recht machen kann. Wilhelm der Große nennen wir ihn heimlich hinter seinem Rücken. Die armen Polinnen, die sich alle drei Monate wechselnd um den Alten kümmern müssen, tun meiner Tante Bille so leid, dass sie ihnen regelmäßig ein großzügiges Taschengeld zusteckt.“

Jonas schweigt. Und es tut gut, zu reden ohne Fragen beantworten und Hintergründe erklären zu müssen. Ich vertraue ihm Dinge an, ohne ihn zu kennen, und habe das Vertrauen in mich und ihn, das Richtige zu tun.

Ich erzähle ihm, was ich empfand, an diesem Tag, als ich meine Mutter ansah. Die tiefe Liebe für die Frau, die mir das Leben geschenkt hat. Auch wenn und vielleicht gerade, weil sie eine Schwäche für Klatsch und Tratsch hatte; weil sie selten einen Satz mit dem zu Ende brachte, was sie eigentlich sagen wollte; weil sie niemals einen Geburtstag ihrer zahlreichen Freundinnen vergaß, aber sich die richtige Abfahrt zu meiner Arbeitsstelle nicht merken konnte; weil sie laut lachte, wenn ihr etwas unangenehm war und ihr das dann noch viel unangenehmer wurde.

Wir folgten an diesem Tag wie immer dem uralten Wir-gehen-zusammen-shoppen-Ritual, das noch aus einer Zeit stammt, in der „Shoppen“ ganz simpel und einfach „einkaufen gehen“ hieß. Heiße Schokolade beim Marktbäcker, ein Croissant mit Butter für mich und eine Nussecke für Mama.

„Gut, dass es Dinge gibt, die sich nie ändern. Die können die hässlichsten Gebäude hier hinstellen, von mir aus können sie den ganzen Marktplatz fluten oder die Stadt evakuieren. Hauptsache der Marktbäcker bleibt, oder?“, hat sie gesagt, ich höre es noch, ihre Stimme klingt in meinem Ohr.

Während ich das alles Jonas erzähle, sehe ich sie vor mir, wie sie sich die Krümel aus dem Gesicht wischt und sagt: „Mango, H&M und dann Zara? Du brauchst doch bestimmt ein neues Outfit für dein Date am Samstag, oder?"

„Brauch ich, dringend. Und wehe, ich finde nichts", habe ich geantwortet und gelacht.

Nun blicke ich auf, zu Jonas, und sage: „Ich habe so oft an diesen Tag zurück gedacht. Aber noch nie mit jemandem darüber gesprochen. Weißt du, was am Schlimmsten ist? Wir sind mit dem festen Glauben daran, dass es nur einer von vielen gemeinsamen Shoppingtagen sein würde, der in der Masse von Tagen, in der Fülle von Lebensereignissen und Vielfältigkeiten von Unternehmungen völlig untergehen wird, in diesen Laden gegangen."

Was ich nicht sage, aber was er trotzdem hört, das kann ich an seinen Augen sehen, an der Tiefe darin, die mir jetzt auffällt und die mein Leben spätestens in diesem Moment für immer verändert. Was ich nicht laut sage ist: „Ich habe diesen Tag nicht richtig wertgeschätzt und weiß, dass eine einzige Wiederholung dieses Tages jetzt unbezahlbar für mich wäre."

Es beschreibt nicht mein gesamtes Leben, wie es war, als ich noch neugierig war. Es ist ein klitzekleiner Sonnenstrahl eines ganzen Planeten voll Glück und Zufriedenheit, vielleicht auch gerade deshalb, weil ich Ben damals noch nicht kannte. Ein Abriss, ein Schnipsel von Wortfetzen aus einem dicken gebundenen Buch ist es, ein Anfang. Während er diesen Schnipsel meines Lebensbuches in seiner Hand halten kann, weiß ich dagegen noch gar nichts von ihm. Kenne nicht den Titel und schon gar nicht den Klappentext. Und spüre Neugier. Ein Kribbeln. Ein lange vergessenes heiliges Gefühl.

Ich blicke im Gehen verstohlen zu ihm hinüber und mustere ihn das erste Mal genauer. Irgendwie erschien es mir bislang so belanglos, so nebensächlich.

Die Sonnenstrahlen lassen Jonas Augen einen Moment lang etwas heller erscheinen. Aber vielleicht täusche ich mich auch. Ich habe nie dunklere Augen gesehen und wollte noch bei keinem anderen Mann so gerne wissen, was hinter ihnen steckt. Sein Gesicht ist sehr gleichmäßig mit einer geraden, für einen Mann recht zierlichen Nase. Er hat beinahe perfekt symmetrische Züge, wenn sich nicht eine ca. fünf Zentimeter lange Narbe von seinem Wangenknochen über die linke Schläfe hinweg bis zur Stirn ziehen würde. Blass, aber gut erkennbar. Ich möchte aus einem unerklärlichen Instinkt heraus meine Hand darauf legen und sie mit meinen Fingern nachfahren. Die pechschwarzen Haare darüber sind über den Ohren sehr kurz rasiert, an der Stirn aber sind sie deutlich länger und fallen in einem Seitenscheitel auf die linke Seite. Kein Haar steht ab, keine Strähne beugt sich dem Wind. Ich habe keine Ahnung von aktuellen Männerfrisurentrends, aber irgendwie sieht er ein wenig aus wie aus einer anderen Zeit. Er hat ein schmales, fast noch jungenhaftes Gesicht, sein Körper dagegen ist durch und durch männlich. Breite Schultern, muskulöse Arme unter seinem weißen T-Shirt. Er ist mindestens einen ganzen Kopf größer als ich, und nun streckt er mir etwas belustigt - offenbar hat er bemerkt, dass ich ihn anstarre - sein leicht vorstehendes Kinn entgegen. Sein Mund hat eine fast weibliche Form, die Unterlippe ist stärker ausgeprägt als die geschwungene Oberlippe. Ich finde ihn wunderschön, und auf einmal fällt es mir sehr schwer, mich auf mich und auf ihn und auf das zu konzentrieren, was er sagt.

„Du und deine Mutter, ihr hattet eine enge Bindung, oder?“, fragt er, unser Schweigen unterbrechend und noch immer leicht amüsiert lächelnd.

Ich habe ihm nicht direkt gesagt, warum ich nicht mehr leben wollte. Oder will?

„Ja“, sage ich, „obwohl oder vielleicht gerade, weil wir immer mehr oder weniger alleine waren. Ich hab mir zwar immer eine Großfamilie gewünscht, aber auch als Einzelkind hatte ich echt eine schöne Kindheit. Und du?“

Er antwortet nicht gleich, er sieht vielmehr so aus, als wäre meine Frage völlig abwegig. Statt einer Antwort sagt er: „Was ist deine allererste Erinnerung, das Erste was du von dir selbst weißt?“

Ich bin mir sicher, dass er ablenken will, auch wenn ich noch nicht weiß, wovon.

Sie haben es mir später erzählt, meine Eltern. Meine Mutter vielmehr. Die Geschichte zu meiner ersten Erinnerung. Jahre später. Der Kleinbus, in dem mein Vater und ich saßen, fuhr 55 km/h. Fünf mehr als erlaubt. Die Kurve war scharf, und erst wenige Wochen zuvor hat man hier die bisher vorgeschriebenen 70 km/h heruntergesetzt. Zu viele Unfälle, zu viele Schwerverletzte. Uwe, mein Vater, meinte, wenn man an der Stelle zu schnell fährt, bricht der Wagen aus, ist die entgegenlaufende Fahrbahn schneller erreicht, die Markierung zügiger überfahren, als man reagieren kann. Kommt einem dann ein Auto oder schlimmer noch etwas Größeres entgegen, wird es nicht nur eng, sondern haarnadelbreit knapp. Er habe das gewusst, sagt er. Er sei die Strecke schon unzählige Male gefahren. Und es habe nicht an den fünf km/h zu viel gelegen. Die seien vernachlässigbar gewesen.

Ich saß neben ihm und habe gemalt, mit dem Kuli aus dem Baumarkt, aus dem Uwe die Umzugskartons für seine Mutter, meine Oma, gekauft hat.

Oma ist damals in eine Wohngemeinschaft mit anderen verwitweten älteren Herrschaften gezogen. Auf eigenen Wunsch. Oma Ulrike war zu stolz, andere um Unterstützung zu bitten, also half sie sich selbst. Nur beim Kistenschleppen durfte mein Vater mit anpacken. Ich habe mit dem Baumarktkuli große Kreise auf den kleinen, alten Notizblock mit dem Apothekenlogo gemalt und zur Radiomusik hin- und hergewackelt.

Es sei nicht passiert, weil er in Gedanken gewesen ist, behauptet Uwe. Und auch nicht, weil ich das Radio plötzlich laut gedreht habe. Der Grund für den Zusammenprall sei ein Zusammenspiel aus vielen kleinen, gleichzeitig stattfindenden Zufällen gewesen. Der Fahrer im anderen Wagen kannte die neue Geschwindigkeits-begrenzung nicht. Er fuhr zu schnell. Uwe musste niesen und hatte einen kurzen, mikrosekundendauernden Moment lang die Augen geschlossen. Ich war wohl nicht angeschnallt oder habe mich selbst kurz vor dem Aufprall abgeschnallt. Genau wisse er das im Nachhinein nicht mehr. Vielleicht will er es auch nicht mehr wissen, nachdem Mama ihn minutenlang als „verantwortungslosen, nichtsnutzigen und hirnlosen Idioten“ beschimpft hat, was sie mir gegenüber schamlos zugegeben hat. Jahre nach dem Unfall.

Der andere Fahrer suchte mit der rechten Hand im Fach über der Windschutzscheibe nach einem Feuerzeug. Die Straße war nass vom Regen. All das oder möglicherweise nichts davon, sorgten dafür, dass die beiden Wagen sich in der scharfen Kurve touchierten.

Ich, zwei Jahre und fünf Tage alt, kann mich an drei Dinge erinnern. Vermutlich die ersten drei Dinge meines Lebens, die ich später in Worte packen kann. Die erste Erinnerung, die greifbar in meinem Gedächtnis verfügbar ist.

Die Kreise auf dem Papier.

Das Blut.

Mamas Wut.

Woran ich mich NICHT mehr erinnere, was mir aber später erzählt wurde: Das Blatt Papier habe ich, meinen Eltern zufolge, weggeworfen, gemalt danach auch nicht mehr gerne. Die Beule an meinem Kopf, vom Aufprall auf dem Armaturenbrett, war gewaltig und ebenso schnell vergessen. Das Blut war nicht meines, auch nicht das von Uwe. Der andere Fahrer hat sich tiefe Schnittwunden an seinem linken Arm zugezogen. Mein Vater hat die schweren, weißen Bettlaken (für Omas im Haus verbleibende Möbel) zerschnitten, dem anderen Fahrer einen Druckverband angelegt und später in Omas Haus im kleinen, dunklen Gästebad erleichterte Tränen vergossen und sich zwei Schnäpse einverleibt.

Uwe - bis dahin überzeugt gurtlos unterwegs - ist nie mehr unangeschnallt Auto gefahren und vergewissert sich noch immer, ob auch all seine Mitfahrer ordnungsgemäß angegurtet sind.

Die Federweißerflaschen (ein von Oma in Auftrag gegebenes Geschenk für ihre neuen Mitbewohner und die geplante Einweihungsfeier) im Fußraum des Kleinbusses sind zerborsten und mein Vater konnte den Geruch noch Monate später wahrnehmen. Der andere Fahrer war fest davon überzeugt, der Unfall sei ein Hinweis, ein Wink des Schicksals, mit dem Rauchen aufzuhören. Zu spät, viereinhalb Jahre später verstarb er an Lungenkrebs.

DARAN aber kann ich mich erinnern: Hätte ich keine Kreise gemalt und das Radio nicht laut gedreht; wäre ich nicht im Auto gesessen, weil ich unbedingt mit zu Oma wollte, hätten sich meine Eltern nicht getrennt. Denn der letztgenannte der drei Dinge, an die ich mich erinnern kann, Mamas Wut, ist fest verankert im Hafen meiner Erinnerungen

Ich bin wieder zu Hause. Jonas ist nicht mit mir zurückgelaufen, aber er hat mir bestimmt noch kilometerweit nachgesehen. Zumindest hat es sich so angefühlt. Jonas. Ich spreche seinen Namen vorsichtig und leise aus. Als könnte er zerbrechen, wenn ich nicht behutsam genug bin. Er fühlt sich gut an, er schmeckt nach Trost, nach Verständnis, er schmeckt wie das Meer.

Warum habe ich ihm von diesem blöden Unfall erzählt? Das ist Jahrhunderte her, verdammt. Es ist wirklich meine erste Erinnerung. Soweit ich das sagen kann. Ich hätte ihm auch vom Ostseeurlaub erzählen können. Drei Jahre war ich alt. Bille und Helmut, Mama und ich. Die Dünen. Quallen im Wasser. Blaue, viel zu große Badeschuhe. Wir, ich und Karsten, Helmuts Sohn aus seiner Ehe mit der Hippiebraut (Billes Worte) bauen Pferdekoppeln aus gesammelten Zigarettenkippen. Der Indoor-Spielplatz, auf dem ich mich verirre und aus traumatischer Angst noch Wochen danach nachts nach Mama rufe. Der Eselsritt. Bille, die selbst ernannte Pferdebändigerin, die unfreiwillig absteigt. Wie ein Stummfilm sehe ich langsame, ergraute Bilder, das Flimmern der Erinnerungslücken.

Ich hätte ihm auch von meinem ersten peinlichen Erlebnis erzählen können. Dem kleinen Pinkelunfall im Kindergarten und dem Gelächter der anderen Kinder. Vom Weg meiner Grundschule zur Turnhalle, der mir wahnsinnig lang und furchtbar anstrengend vorkam und jetzt mit Erwachsenenaugen, wie so vieles, ganz anders aussieht. Ein Katzensprung, ein Kindersprung, ein Zeitensprung.

Aber ich habe die erste Erinnerung ausgewählt, die schmerzhafte. Ich weiß inzwischen, dass ich zwar der Grund für die Trennung meiner Eltern bin. Aber ich habe nichts zu diesem Grund beigetragen, außer der Tatsache meiner Existenz. Dennoch tut es noch immer weh. Jonas hat nicht viel dazu gesagt, nur gefragt, ob ich jemals mit meinem Vater über die Trennung von meiner Mutter gesprochen habe. Das habe ich verneint. Es war nie mehr ein Thema. Mein Vater war an Geburtstagen da, an Weihnachten habe ich den ersten Weihnachtsfeiertag bei ihm und Oma Ulrike in der Altenkommune verbracht und an Vatertag sind wir immer Eis essen gegangen. Im Sommer sind wir, bis ich in die Schule kam, zusammen zu seiner Schwester in den Norden gefahren.

Ich kann mich kaum daran erinnern. Vergangenheit. Seit Monaten habe ich ihn nicht mehr gesehen und nicht mehr gesprochen. Ich kann es ihm einfach nicht verzeihen und finde es selbst albern, dass es so ist.

Mein Vater hat keine Ahnung von meinem Leben. Er ist wie ein Statist. Er spielt keine tragende Rolle. Das ist einmal anders gewesen, als ich klein war. Aber im Gegensatz zu dem Unfall, dessen tragischste Folge die Trennung meiner Eltern war, kann ich keinen Zeitpunkt benennen, und trotz intensiver Grübelei finde ich in meinem Gedächtnis kein Ereignis, das unsere Beziehung zueinander verändert hat. Es ist der „Zahn der Zeit“, würde Mama sagen. Eigentlich weiß ich gar nicht, warum ich so sehr darüber nachdenke, ich weiß auch nicht, warum ich, seit ich zu Hause bin, das dringende Bedürfnis habe, Uwe anzurufen. Was sollte ich auch sagen. „Hallo Uwe, ich bin's Lilly. Wer? Na, deine Tochter. Wie es mir geht? Recht gut, gestern wollte ich mich von einer Brücke stürzen. Habe dabei einen Mann kennen gelernt, der mir nicht mehr aus dem Kopf geht, weil er mir nicht nur das Leben gerettet hat, sondern meine Sicht darauf langsam aber sicher verändert. Weil er mich neugierig macht, hungrig nach Erlebnissen und dieses kribbelige, nervöse Gefühl von Vorfreude in mir wieder erweckt hat.“ Ist es so? Empfinde ich so für Jonas? Es gab diesen einen Moment heute, an dem ich ihn das erste Mal wirklich wahrgenommen habe. Er ist schön. Nicht hübsch, nicht nur attraktiv, er ist schön. Äußerlich, aber eigentlich kommt es mehr von innen. Das klingt abgedroschen, groschenromanmäßig. Aber so ist es. Ich kenne ihn zwei Tage, weiß nichts über ihn, weil er mir noch immer nicht erklärt hat, was er offensichtlich unbedingt erklären muss, aber er ist mir so vertraut wie meine Hausschuhe; so nah wie Mamas Ring an der Kette über meiner Brust; so lieb wie... Ja, wie was oder wer?

Es verwirrt mich, dass ich plötzlich den Wunsch habe, jemanden zu sehen. Das war die letzten Wochen nicht so. Meinen Briefkasten habe ich seit zwei Wochen nicht geleert, den Mülleimer auch nicht. Der Akku meines Handys ist seit einer Ewigkeit leer und ich habe mir nicht die Mühe gemacht, ihn zu laden. Bille ist in der letzten Woche zweimal vor meiner Haustür gestanden, hat verheult gebeten, herein gelassen zu werden. Doch ein einfaches „Nein“ hat gereicht, sie zu vertreiben. Die Anrufe auf dem Anrufbeantworter habe ich nicht beantwortet, nicht gehört. Meine Emails habe ich schon wochenlang, es könnten auch Monate sein, nicht mehr gecheckt. Ich habe mich der Welt entzogen. Und irgendwie hat sich auch die Welt mir entzogen. Es ist mir so egal, was da draußen passiert, schließlich bin ich denen ja auch gleichgültig. Und dann kam Jonas, und er ist mir nicht egal. Deshalb grübele ich nicht nur, ob ich Uwe anrufen soll, sondern auch, warum sich Jonas so schnell von mir verabschiedet hat. Nicht aber, ohne sich für den nächsten Tag mit mir zu verabreden. Der Wunsch nach Jonas' Gesellschaft ist plötzlich größer, als der Wunsch nach süßem Nichts. Das süße Nichts kann warten.

„Uwe hier, hallo?“

Das Telefon in meiner Hand, seine Stimme in meinem Ohr. Ich warte und sage nichts. Am anderen Ende der Leitung höre ich ihn atmen, gleichmäßig und ruhig. Und plötzlich kann ich nicht antworten, ich lege auf.

Wie kann ich mit ihm sprechen, ihm verzeihen? ER hat IHR Atmen nicht gehört. Ihr Atmen und ihr Nicht-Atmen waren ihm egal. Sein Atem geht weiter, sein Herz schlägt wie ein Uhrwerk. Ihres nicht. Ich kann es nicht.

Um auf andere, leichtere Gedanken zu kommen, ziehe ich die Joggingsachen aus, drehe die Laufhose nach links und will sie soeben in die Waschmaschine stopfen. So, als bräuchte ein Lebensmüder auf jeden Fall frisch gewaschene Hosen. Bin ich das noch, ein Lebensmüder? Ich weiß es nicht, müde bin ich, aber nicht müde und gleichgültig genug, um den Zettel zu übersehen, der aus meiner Laufhose gefallen sein muss. Ein Stück Papier, wie herausgerissen aus einem Buch… Einem Tagebuch. Ich lese die folgenden Zeilen:

Ich war schon wieder zu feige. An Gelegenheiten wird es langsam knapp, in zwei Wochen ist das Tanzfest. Wenn der Vater mich überhaupt gehen lässt, und wenn wir nicht Krieg haben, bis dahin. Der Vater sagt, es gibt keinen Krieg. Die Menschheit sei nicht so dumm, sich wieder auf einen Krieg einzulassen und dieser Hitler sei ein Schaumschläger, nichts weiter.

Ich aber gebe nicht so viel auf Vaters Vertrauen in die Weisheit der Menschen. Wenn's so wäre, hätt's den letzten Krieg schon nicht gegeben. Ob Paul sich eine andere gesucht hat, mit der er tanzen wird? Ich würd's nicht überleben, dann doch lieber kein Tanzfest. Aber bitte auch kein Krieg. Sie würden ihn sicherlich einziehen. Ein junges

Mannsbild wie ihn, kräftig, stark. Kanonenfutter. Nein, ich darf nicht daran denken. Nicht an die Kanonen, vielleicht hat der Vater Recht. Nicht daran, dass er mit der Heidrun tanzen könnt'. Obwohl sie viel ansehnlicher ist als ich. Weiblicher ist sie, nicht so heruntergehungert. Ihre Haare glänzen und gleichen nicht wie meine der alten Streu aus unserer Scheune. Ich muss ihn endlich fragen, muss ihn endlich ansprechen. Muss mich mindestens trauen, ihn anzulächeln. Ich bin zu feige, ach heimliche Liebe, so ängstlich...

Es ist die gleiche Handschrift wie die des Gedichts. Ich habe keine Ahnung, was dieser Zettel mit mir zu tun hat. Was ich weiß ist: Lene hat damit zu tun. Und Jonas, und wahrscheinlich auch dieser Paul.

Ich werfe mich aufs Bett und weiß nicht, ob ich genervt oder neugierig gespannt sein soll. Bevor ich mich entscheiden kann, bin ich schon wieder eingeschlafen.

Ich trage ein sauberes, geblümtes Kleid. Keine Schürze. Henny hat mir die Haare gemacht. Nicht geflochten und aus dem Gesicht gekämmt, nein, heute trage ich mein Haar offen im Nacken und über der Stirn zu einer Rolle aufgetürmt. Wie die feinen Damen aus der Stadt. Feierlich fühle ich mich, wenn auch nicht fein und ein wenig verkleidet. Der junge Mann neben mir ist Andreas, mein Bruder. Dass er mich begleitet, war Vaters Voraussetzung, dass ich zu diesem Unfug, wie er es nennt, gehen durfte. Als ob sich der Andreas für seine kleine Schwester interessieren würde! Der hat doch nur Augen für die schöne Heidrun, wie alle hier. Vielleicht doch nicht alle, hoffentlich nicht alle.

Die Trachtenkapelle hat sich aufgestellt, um sich auf Fotografie festhalten zu lassen.

Es spielt also grad' keine Musik, was irgendwie seltsam ist, so als hätte man das Radio mitten im Lied abgestellt. Alles um mich wirkt irgendwie zu laut, ohne Hintergundgeräusch. Ich sehe mich um und suche ihn unter all den Leuten unseres Dorfes. Seit unserer letzten Begegnung ist alles anders. Acht Tage ist es her. Im Dorf haben wir uns getroffen uns an den Brunnen gesetzt und miteinander gesprochen. Über Gott und die Welt. Über seinen Vater, den Lehrer. Darüber, dass er nicht viel von Hitler hält, dass er Angst hat, dass Krieg kommt. Ich habe über Mutter gesprochen, darüber wie sie mir fehlt. Wie ein Stück von mir verloren gegangen ist. Er hat nicht gelacht, meine Gedanken, so offen noch nie geäußert, nicht verlacht, nichts gesagt, einfach fest und warm meine Hand gedrückt. Das war mehr, viel mehr, viel besser als alle Beileidswünsche, alle mitleidigen Blicke und Briefe. Er käme heut auf's Fest, auch wenn's ihm eigentlich zuwider ist, unter der Fahne zu stehen. Er käme und er würde nur mit mir tanzen. Lange muss ich nicht nach ihm schauen, es ist, als dränge er sich stets ins Bild. Nicht, dass er das selbst etwa wollte. Einfach nur dadurch, dass keiner so groß und stattlich ist wie er. Dunkles, volles Haar, ein schmales, oftmals ernstes Gesicht. Eine lange, dünne Nase und Lippen, die so perfekt geschwungen sind, dass man meinen könnte, sie wären in sein Gesicht gemalt. Perfekt ist er nicht, und gerade das macht ihn für mich so vollkommen. Sein rechtes Ohr steht etwas weiter vom Kopf ab als das linke. Und sein volles Haar scheint ihm nie richtig gehorchen zu wollen. Was wohl auch daran liegt, dass er die Angewohnheit hat, ständig mit den Händen hindurch zu fahren. Das Beste an ihm sind die Lachfalten, die sein Gesicht so freundlich machen, wenn er fröhlich ist. Paul ist anders als alle anderen Männer. Er ist ruhiger, bedachter, nachdenklicher und vermutlich schlauer als der ganze alberne Haufen zusammen.

Und trotzdem bringt er mich zum Lachen. Der Haufen eben, zu dem er trotz allem gehört, hat sich jetzt vor dem Grund unseres Festes versammelt: Dem neuen Rathaus. Dort stehen sie, alte und junge. Weiber mit weißen Kopftüchern, die Zimmermänner in ihrer Kluft und den großen Hüten, die Kinder mit neugierigen Blicken, und bestaunen das nun imposanteste Bauwerk unseres Dorfes. Gemauert im ersten Stock, darauf ein kompliziertes Fachwerk - noch unausgefüllt - aus dem nun ebenfalls Gesichter hinunter auf den Dorfplatz blicken. Der Bürgermeister, in stolzer Pose. Die hässliche Fahne schwingt leicht im Wind unter dem Richtbaum. Die Innschrift im Holz, die das Baujahr preisgibt: 1938.

„Schrecklich, oder? Ich habe das beunruhigende Gefühl, dass uns diese Fahne kein Glück bringen wird. Kein Gedanke, den man laut aussprechen sollte, oder?“, flüstert es leise neben mir. Die Haare an

meinen Armen stehen zu Berge und ein angenehmes Kribbeln geht über meine Haut. Paul steht neben mir. Bevor ich etwas sagen kann, flüstert er weiter: „Das Telefon läutet bei Müllers. Falsche Verbindung. Eine Stimme sagt: Entschuldigen Sie, ich habe falsch gewählt. Müller antwortet: Das haben wir alle!“

Ich sehe ihn nur an, muss mir das Grinsen nicht verkneifen, weil ich weiß, dass er es beabsichtigt hat. Die Musik spielt wieder. Er nimmt mich leicht am Arm, sagt: „Bevor ich mich noch um Kopf und Kragen rede, tanze ich lieber mit dir.“ Und das tun wir, wir tanzen, dass der Boden unter unseren Füßen nachgeben müsste, wir tanzen, als wären wir alleine und nicht von neugierigen Blicken umringt. Wir tanzen, ohne dass ich ein einziges Mal darüber nachdenke, was die hässliche Fahne über uns für uns bedeuten wird.

Als ich aufwache, weiß ich nicht, was passiert ist. Ich fasse mir an den Kopf und finde meine Locken wild vom Kopf abstehen. Keine Spur von einer Tolle oder Rolle. Wieder habe ich das Gefühl, mich zurechtfinden zu müssen. Im Hier und Jetzt.

Auftauchen aus dem Traum, der so realistisch war, dass ich den Flieder des Maitages riechen kann, die Musik der 30er Jahre in meinen Ohren klingt. Ich laufe ins Bad, brauche dringend kaltes Wasser und singe:

„Mmmh, mmmmmh mmmmh mmmmhh, Küss mich bitte, bitte küss mich, eh die letzte Bahn kommt“

Ich weiß, dass ich dieses Lied nie zuvor gehört habe, und trotzdem, es spielt in meinem Kopf wie eine seit Kindheit vertraute Melodie. Ich kann den ganzen Text zitieren, und während ich ihn mir ins Gedächtnis rufe, sehe ich mich und Paul. Nein, Lene und Paul. Tanzend, heimlich einen ersten Kuss tauschend in einer kleinen, versteckten Gasse. Ich sehe die Festtagsfahnen wehen. Ich sehe mich, Lene, den Kopf leicht schief auf die Seite gekippt, hoch in Pauls dunkle Augen sehen. Ich höre mich, Lene, mit zitternder Stimme fragen: „Bist dir sicher, mit mir?“ Ich sehe Pauls wunderbare Lachfalten, ein Gesicht, das so offen und freundlich und herzlich ist, dass man es in beide Hände nehmen möchte und nie mehr los lassen will. Er sagt: „Mein Lieblingsdichter Ringelnatz sagt: Sicher ist, dass nichts sicher ist. Selbst das nicht. Aber ich sage dir: Niemals war ich mir sicherer, mit Sicherheit das Richtige zu tun. Lene, du hast mich verzaubert, von der kleinsten Haarspitze bis zum Kinn, vom kleinen bis zum großen Zeh und wieder zurück."

Ich lache, Lenes Lachen.

Diesmal ist es anders als beim ersten Mal. Nicht schlimmer vielleicht, aber verwirrender. Ich weiß, dass ich geschlafen habe, ich weiß aber auch, dass ich aufgewacht bin, als die beiden im Traum getanzt haben. Woher weiß ich, und ich weiß es einfach, wie die Geschichte weiterging? Warum kann ich Pauls Lippen auf meinen noch spüren, als hätte ich ihn wirklich geküsst? Was passiert hier? Ist das mein verwirrtes, suizidales Hirn? Die Verzweiflung der letzten Monate? Die Einsamkeit, die mich Liebesgeschichten phantasieren lässt, die im vergangenen Jahrhundert spielen? Aber es fühlt sich so wirklich an, so natürlich, als wäre es ein Teil von mir.

Sicher ist, dass nichts sicher ist. Selbst das nicht. Da ist er wieder: Joachim Ringelnatz. Es ist noch früh am Morgen, vielleicht vier oder fünf Uhr. Ich nehme ein Geräusch von draußen wahr: Der Zeitungsjunge. Er ist noch neu und hat mir schon zweimal die vom Nachbarn bestellte und bezahlte Zeitung vor die Tür gelegt. Ich laufe zur Tür, versuche mich zu fangen und in der Gegenwart anzukommen. Ich öffne die Tür. Tatsächlich, die Tageszeitung, die ich nie lese, weil ich sie nicht abonniert habe, liegt wieder vor meiner Tür. Ich hebe sie auf, will sie ungelesen vor die Tür meines Nachbarn legen, als mein Blick auf das Titelblatt fällt. Als hätte ich mir die Hände verbrannt, fällt sie mir aus denselben. Klatscht dumpf auf dem Boden auf. Auf der ersten Seite der Zeitung sehe ich eben jenes Rathaus, vor dem ich mit Paul tanze. Die Überschrift zu den Bildern lautet: Unser Dorf - das Landleben vor dem zweiten Weltkrieg- Sonderserie in Bildern - Heute Großbrand und Wiederaufbau eines Rathauses 1938. Das Fachwerk, die Hakenkreuzfahne, die Leute davor - das sind die Bilder aus meinem Traum. Die Menschen davor sind, waren, real. Ich habe das Gefühl, verrückt zu werden. Bin ich paranoid, schizophren, halluzinierend? Oder steckt Wahrheit in meinen Träumen? Ist das eine Art Rückführung in ein früheres Leben? Und warum jetzt, warum die 30er Jahre, warum nicht 1990? Warum nicht Mama und ich? Wenn ich schon in einer alten Zeit stecke, von vergangenen Jahren träume, warum dann nicht von meiner eigenen Vergangenheit? Von einer Zeit, an die ich mich erinnern kann, ohne daran zu zweifeln, selbst die Hauptrolle zu spielen? Warum kann ich nicht von Mama träumen und wenigstens im Schlaf die Zeit mit ihr verbringen, die mir wach verwehrt ist? Warum kann ich nicht von toten Menschen träumen, phantasieren, halluzinieren, die mir etwas bedeutet haben, die ich liebe? Warum drängen sich weitere tote Menschen in mein Leben? Ein Leben, das ich vorgestern noch beenden wollte? Reicht es nicht, dass meine Mutter tot ist? Wozu fühle ich mich hingezogen zu einem Mann, der 1938 jung war und nun vermutlich tot ist? Reicht eine tote Mutter nicht für eine zerstörte, tieftraurige Seele?

Ich darf mich nicht wieder in diesen Gedanken verlieren. Ich muss etwas tun. Also hole ich mein Handy und das Ladegerät. Wenige Minuten später ist es wieder einsatzbereit, und ich kämpfe mich durch die Korrespondenz, die ich so lange verleugnet habe. Ich finde folgende Nachrichten, Stimmen und Texte. Einige sind Tage, andere mehrere Wochen alt.

SMS: Süße, bitte melde dich doch bei mir. Ich versuche seit Tagen, dich zu erreichen. Lass mich dir helfen, so gut ich es kann. Bitte. Ich mache mir Sorgen. Carla

5500 - Anrufbeantworter: Handynr. 01778885985422 - Sie haben acht neue Nachrichten:

Erste neue Nachricht: Lilly? Lilly, ich bin's, Bille. Ganz ehrlich, wenn du dich nicht langsam mal wieder meldest, melde ich mich bald auch nicht mehr. Ich, ich, ich ... ich weiß ja, dass das alles furchtbar und unglaublich viel für dich ist. Aber vielleicht denkst du ab und zu auch mal an mich. Ich habe auch meine Schwester verloren. Was meinst du denn, wie ich mich fühle?

Zweite neue Nachricht: Lilly, ich bin's noch einmal, Bille. Es tut mir leid. Ich weiß einfach nicht mehr, wie ich dir helfen kann. Du blockst alles ab, was wir dir anbieten. Ich möchte doch für dich da sein. Ich bin nicht Anke, aber wir sind immer deine Familie. Vergiss das nicht, okay?

Dritte neue Nachricht: Äh, Lilly, hier ist Uwe, ähm, dein Vater, äh ja, ruf mich doch mal an bitte. Wir haben uns schon so lange nicht mehr gehört. Äh ja und grüße mir deinen Benjamin, ja. Äh, ok, ruf an ja.

Vierte neue Nachricht: Helmut am Apparat. Lilly, melde dich doch bitte mal bei Bille. Sie macht sich ernsthaft Sorgen um dich. Sie fährt jeden Abend an deiner Wohnung vorbei und fragt die Nachbarn, ob sie dich gesehen haben. Auf deiner Arbeit hat sie auch schon angerufen, aber ja, du bist wohl noch krankgeschrieben. Ist ja auch klar, aber sei so gut, melde dich bei Bille, wie gesagt, sie macht sich Sorgen.

Fünfte neue Nachricht: Lilly, Ben hier. Ich wollte nur mal hören, wie es dir geht. Scheiß Timing, das mit uns, ich weiß, wegen deiner Mutter und so. Aber meinst du nicht, wir könnten vielleicht Freunde bleiben? However, wenn du mal ein Bierchen mit mir trinken willst, melde dich, okay? Ich hoffe, du kommst klar. Ah, könnte ich nächste Woche mal vorbei kommen, weißt du Tina meint, der Couchtisch. Naja, der war ja so gut wie neu. Den würde ich gerne holen. Hat dir doch eh nie so gefallen. Mmh, sag einfach Bescheid, wann es dir passt. Ciao.

Sechs, sieben und acht höre ich mir nicht an.

Peng. Ich klatsche das Handy an die Wand. Bille, Helmut, Carla, Ben - fuck you all. Unsere engste Familie bestand ursprünglich einmal aus sechs Personen. Einer davon hat sich wie das letzte Arschloch verpisst, weil er keine Verantwortung übernehmen wollte. Mama musste sterben, Bille vor Trauer und Selbstmitleid erstarren, Helmut macht grundsätzlich das, was Bille macht. Und Markus interessiert sich nicht mehr für uns, seit er in Hannover studiert und Helmut es nicht mehr einsieht, seinen über 30 Jahre alten Sohn noch immer finanziell zu unterstützen. Da stehe ich nun und fühle mich alleine und einsam. Verlassen, verloren und ungeliebt. Was hat Bille auf meinen AB gesprochen? Dass sie für mich da sein will? Davon habe ich nicht viel gemerkt. Seit ihre Schwester nicht mehr lebt, ist sie nicht mehr in der Lage, über sie zu sprechen. Es ist, als wäre Mama nie da gewesen. Ich glaube, eben ihr Anruf war das erste Mal, dass sie Mamas Namen in den Mund genommen hat. Helmut steht wie immer daneben wie der begossene Pudel, der Prügelknabe, der für sie einsteckt und sie immer wieder entschuldigt. Was ist eigentlich mit den sogenannten Erwachsenen los? Hat denn keiner mehr Verantwortungsgefühl? Ich weiß nicht, wie ich es mir vorgestellt habe, Halbwaise zu sein. Eigentlich weiß ich nicht einmal, was ich will. Nur nicht das.

Dieses Leben hier, in dem ich mich so fehl am Platz fühle, so leer, so vereinsamt, so ungehört und unerwünscht. Ich will gar nicht mit Bille über Mama reden, ich will einfach nur, dass weiter über sie geredet wird. Damit sie nicht verschwindet, auch wenn sie nicht mehr bei uns ist. Wir decken keinen Platz beim Essen mehr für sie, wir kaufen ihr keine Geburtstagsgeschenke, wir können ihr unsere Liebe nicht mehr zeigen. Aber können wir nicht wenigstens aufhören, so zu tun, als gehe das Leben einfach weiter? Vielleicht ist das einfacher, ich habe es auch versucht. Aber es funktioniert bei mir nicht. Das Leben läuft für die weiter, die niemanden verloren haben. Für diejenigen von uns, denen jemand fehlt, fehlt auch immer ein Stück Leben, eine Speiche aus dem Rad, die Luft im Reifen, der Drehmoment, der Angelpunkt, der Mittelpunkt.

Jonas

Yolanda kann das Zweiglein sein, das sich mir hinterlistig und aufdringlich ins Gesicht schiebt; der Stein in meinem Schuh, der so fest schmerzlos drückt, dass er ihre Anwesenheit in meine Gedanken sticht; der Hund, der an den Parkscheinautomaten pinkelt; der abgebrochene Pfosten am Ende des Fußgängerweges. Wo und was auch immer sie ist, ich spüre sie. Normalerweise. Es ist nicht nötig, dass sie sich als kleine dünne Person, die sie so ungern ist, zeigt. Normalerweise. Nicht, wenn Lilly oder Lene meine Gedanken und mein Herz, meine Augen und Ohren besetzen und für alles andere sperren. Heute kommt ihre Warnung unerwartet, meine Sinne betrügen mich. Erst als ich ihren kurz geschorenen Kopf, ihre zierliche Statur sich bückend, scheinbar Enten fütternd sehe und erschrocken feststelle, dass sie bereits eine ganze Weile hier sein muss, reagiere ich. Auch wenn es mir unglaublich schwer fällt. Schwerer als die ganze Welt aus den Angeln zu heben ist es in diesem Moment. Ich weiß dennoch, dass es sein muss. Sie ist hier, um mich davor zu bewahren, uns zu verraten, die Grenzen zu überschreiten. Was ich längst getan habe. Ich überwinde mich, und es fühlt sich an, als besteige ich einen Achttausender. „Lilly, es tut mir leid, ich muss gehen. Morgen hier, gleiche Zeit, gleicher Ort? Bitte!“

Ihre Antwort warte ich nicht ab. Nicht aus Angst vor Yolanda, sondern aus Angst, sie könnte ablehnen. Ich sehe ihr nur lange nach.

Yolanda ist wie eine Mutter, eine Mentorin und eine Schwester in einem. Sie ist, was ich an Familie habe in dieser Welt zwischen den Zeiten.

Vincent gehört zu uns, aber er ist mehr der beste Freund, der Bruder, den ich nie hatte. Freunde, Brüder, nichts ersetzt eine Mutter. Deshalb bin ich nur für einen kleinen Moment böse, dass sie mich von Lilly entfernt hat. Yolandas Gesicht, einzigartig symmetrisch, ruhig, glatt und niemals lachend, wirkt sorgenvoll.

„Ich mache mir Sorgen um dich, Jonas! Das geht so nicht! Du kannst nicht den gleichen Fehler ein zweites Mal machen, wir können das nicht zulassen.“

War ich eben noch besänftigt durch ihr besorgtes Gesicht, bin ich von einer Sekunde auf die andere wütend und unglaublich sauer auf sie. Auch das macht Lilly mit mir. Ich schwanke in meinen Launen wie ein Betrunkener, der die Straße entlang torkelt und keinen Halt mehr finden kann. Es liegt daran, dass ich mit ihr so unsicher bin, dass sie mich wortwörtlich aus der Bahn wirft. Was mischt sich Yolanda ein? Es ist schließlich mein „Leben“, mein Dasein.

„Was weißt du von meinen Fehlern, hä?“, werfe ich ihr entgegen, als schleudere ich ihr einen Klumpen Dreck ins Gesicht. Genauso sieht sie nun auch aus. Getroffen, verwundet. Und wieder schwankt meine Laune von einer Sekunde auf die nächste. „Es tut mir leid, Yolanda“, sage ich, bevor sie etwas sagen kann. Sie winkt ab und ist ohne Vorwarnung verschwunden.

Ich stehe da und fühle mich schlecht. Ich weiß, dass sie es gut meint, aber ich kann es nicht ertragen. Konnte es damals schon nicht. Wissend, was beziehungsweise wer als nächstes kommt, rufe ich ihm schon entgegen: „Vincent, keine Moralpredigt, bitte. Nicht auch noch du.“

Vincent taucht so plötzlich auf, wie Yolanda ab. Er klopft mir mit seinen breiten Pranken auf die Schulter, grinst sein schiefes, melancholisches Lächeln und sagt: „Ich weiß genau, was du jetzt brauchst: Menschenleeren Raum.“

Da könnte er Recht haben. Für Vincent und mich ist es wie für Männerfreunde ein Kneipenbesuch am Abend. Einen Wimpernschlag später sind wir nicht mehr von Beton, sondern von meterhohen Nadelbäumen, einem erschrockenen Eichhörnchen und weichem, moosigem Waldboden umgeben. Selten haben wir hier jemals eine Seele in Menschengestalt vorgefunden. Es ist unser Refugium. Ein Rückzugsort. Der Platz, an dem Worte so überflüssig sind wie ihre Sprecher selbst. Manchmal passiert es auch denjenigen unter uns, die ihre Aufgabe auf dieser Erde als Berufung und geliebte Pflicht empfinden, dass es zu mühsam wird. Das ständige Jonglieren, der Spagat zwischen den Zeiten; das Gefühl, zwischen den Zeilen lesen und leben zu müssen, kann eine Bürde werden. Ich weiß, dass Vincent das häufiger empfindet als ich, jedoch nicht aus dem gleichen Grund. Vincent hadert nicht mit seiner Bestimmung, er hadert mit der unabänderlichen Wiederholung menschlicher Fehler. Für ihn ist es unverständlich, dass die Menschheit unabhängig von Zeit und Zeitalter immer wieder in die gleichen Muster fällt. Dass stets Macht und Geld Vorrang haben vor Liebe und Mitgefühl. Vincent ist kein Menschenfreund. Er sieht sie nicht als entwicklungsfähig an und besitzt nicht Yolandas sturen, pflichtversessenen, stoischen Willen. Er findet sie faszinierend, aber er liebt sie nicht. Und er hat sich noch nie in einen Menschen verliebt, wie ich. Vincent ist keine traurige, depressive Gestalt. Eigentlich ist er ein Ausbund an Fröhlichkeit, Temperament und Energie. Nur manchmal eben packt ihn der Widersinn, die Ungerechtigkeit der Welt, lässt ihn mit unserem Schicksal zürnen und an unserer Aufgabe zweifeln. Vor vielen Jahren erzählte er mir, er fühle sich wie Prometheus aus der griechischen Mythologie, dem täglich ein Stück seiner nachwachsenden Leber unter Höllenschmerzen von einem Adler herausgerissen wurde. Es sei manchmal für ihn, als saugen ihn die Menschen aus, um die Boshaftigkeit ihrer Seelen zu nähren. Damals bin ich mit ihm hier hoch in den dichten Wald gekommen. Seither war immer ich es, der ihn in Momenten des Zweifelns, der Verzweiflung hier hoch geführt hat. Erst ein einziges Mal brachte er mich hier her und harrte wochenlang mit mir aus. Nach Lene. Nun sind wir das zweite Mal meinetwegen hier. Wenngleich Vincent das Ausmaß der erneuten Tragödie noch nicht wissen kann, so reicht es mir in diesem Moment, ihn an meiner Seite zu wissen.

Wir schweigen lange, ohne uns anzusehen. Es muss bereits eine Stunde in Uhrenzeit vergangen sein, als Vincent schließlich sagt: „Du darfst es Yolanda nicht übelnehmen. Sie will nicht, dass es wieder passiert. Und ich will das auch nicht. Jonas, du bist unsere Familie. Wir brauchen dich! Du siehst diese Frau an, als hättest du jemanden in ihr wiedergefunden. Und, nein, sag' nichts dazu, wenn es so ist, will ich es nicht wissen. Ich möchte nicht gezwungen sein, dich von etwas abzuhalten, was du ohnehin nicht lassen kannst. Aber lass dir eines gesagt sein: Wenn sie es ist, lass sie gehen. Es führt zu nichts. Du musstest eingreifen, gut, dann hast du deine Aufgabe getan. Alles, was jetzt folgt, bringt Ungleichgewicht in die Zeiten, du weißt das!"

„Ah, das Ungleichgewicht ist es, um was es dir geht!", sage ich zynischer, als ich eigentlich beabsichtigt habe. Ich weiß noch, während ich meine Worte wähle, dass es ungerechtfertigt ist. Das ist das Tragische an Worten. Einmal ausgesprochen kann man sie nicht mehr zurücknehmen.

„Du weißt, dass das Ungleichgewicht mich mal kann. Aber du nicht, Mann, du bist mein Bruder und so schön ich es hier oben finde, ganz ehrlich, ich werde nicht noch mal wochenlang mit dir in der Einöde verbringen." Die letzten Worte spricht er mit diesem Vincent-typischen Zwinkern, bei dem sich sein Mund noch schiefer verzieht als sonst und das seinen Kopf kindisch und klein wirken lässt auf diesem riesenhaften Männerkörper. „Ich versuche, es zu regeln, okay? Aber momentan braucht sie mich noch, es könnte sein, dass sie sich etwas antut", entgegne ich halbherzig, wissend, dass ich gar nichts zu regeln in der Lage bin. Wissend, dass es eine Ausrede ist.

„Versuche es nicht, zwinge dich dazu", meint Vincent nun ernst.

Dann gehen wir beide unserer Wege. Ich begebe mich wieder unter Menschen, schlendere durch die Straßen. Sehe, beobachte, lerne. Wäre es vor zwei Tagen nicht nötig gewesen einzugreifen, so wäre ich auch noch auf der Suche. Seit Jahrzehnten bin ich das, unbewusst. Seit Jahrzehnten lebe ich unter den Menschen, ohne mit ihnen zu leben, und tue das, was mein Schicksal mir vorgibt.

All diese Menschen um mich herum und ihre Leben. Eine kleine unbemerkte Berührung würde für mich ausreichen, um zu erkennen, was keiner von ihnen weiß und dennoch in sich trägt. Das Wissen und Gewissen vergangener Zeiten, vergangener Leben. Wenngleich ich meine eigene Existenz nur bis zu Lene zurück verfolgen kann und bei allem davor gegen eine Wand stoße, die härter ist als Granit, unnachgiebiger als Beton und weiter als der Horizont, so sind die längst verlebten Vergangenheiten dieser Menschen für mich durchsichtig wie Glas und liegen wie frisch gedruckte Bücher zum Greifen nah vor mir.

Ich sorge dafür, dass alles im Einklang bleibt, ohne sich zu vermischen. Dass die Menschen darauf besonnen sind, sich selbst treu zu bleiben, und dennoch die Fehler der Vergangenheit nicht wiederholen. Der jungen Frau in den Stöckelschuhen an der Bushaltestelle, deren blondes Haar ich kurz streife, werde ich unbemerkt den linken Absatz abbrechen, um ihr zumindest für den Moment ihren Hochmut zu nehmen. Ich breche einen Bruchteil ihrer Arroganz, die bereits in ihrem letzten Leben dazu geführt hat, dass sie selbstgefällig über ihr Glück hinweg gesehen hat.

Lene hat mir gezeigt, dass meine Seele viel mehr in sich trägt, als nur der vermittelnde Fadenstrang zwischen den Welten und Zeiten zu sein. Sie hat mich aufgeweckt aus einem Schlaf, von dem ich nicht weiß, wie lange er gedauert hat, weil ich nicht weiß, wann er begann. Und danach hat sie mich zerstört und einen ewig Suchenden aus mir gemacht. Rastlos suchte ich stets nach ihr, nur nach ihr. In jeder Menschenmenge, in jedem Gesicht, und wusste doch, dass ich sie sofort erkennen würde. Ihre leuchtende Seele hätte und hat sie verraten. Ich müsste sie hassen, wenn ich sie nicht lieben würde. Nun habe ich sie wiedergefunden. Und wozu? Vincent hat Recht. Ich renne erneut freudestrahlend in mein Unglück. Aber ist das nicht das Los aller Liebenden? Vermutlich, allerdings mit mehr Aussicht auf Erfolg.

Die Uhrenstunden vergehen unerträglich langsam, bis es endlich soweit ist, sie wiederzusehen. Ich bin es gewohnt zu warten, und dennoch ist Warten nach einer Uhrzeit ungewohnt und seltsam. Es weckt dieses fast vergessene Gefühl in mir, das eher einer Ahnung gleicht, Teil dieser Welt zu sein und nicht nur teilzunehmen.

Sie läuft entschlossen auf mich zu, energischer als gestern. Sie sieht nicht mehr so verloren aus, was mich glücklich stimmt. Fragend, wissbegierig, neugierig und rätselnd wirkt sie. Gefährliches Terrain für jemanden, der nicht preisgeben darf, weil der Preis zu hoch sein könnte.

„Hallo“, sagt sie. Die Sätze, die sie sagen will, liegen ihr sprudelnd auf der Zunge und als wolle sie sie mit Mühe zurückhalten, beisst sie sich fest auf die Lippen.

„Hallo, schön dich zu sehen“, sage ich, weil es so ist.

„Seit ich dich getroffen habe, passieren die seltsamsten Dinge!“ Sie bemüht sich offenbar, es nicht vorwurfsvoll klingen zu lassen.

Ich muss nicht lange überlegen, bis ich antworte:

„Ich finde es seltsam, sich auf eine Brücke zu stellen und hinunter springen zu wollen."

Nun steht sie mir mit offenem Mund gegenüber. Sätze hinuntergeschluckt.

„Du hast doch keine Ahnung..."

„Dann hilf mir doch, eine Ahnung von dir zu bekommen:"

Ach, ich kenne dich so gut und doch weiß ich so gut wie nichts von deinem Leben. Außer einer Menge Traurigkeit. Das hast du mit Lenes Leben gemeinsam. Die Leere in den Augen, die man nur bei Menschen sieht, die andere Menschen verloren haben. Geliebte Menschen.

„Gut, das werde ich. Aber vorher musst du mir ein paar Dinge erklären. Du tauchst in meinem Leben auf, rettest mein Leben. Ich habe das Gefühl, dich ewig zu kennen und, und..."

Weiter kommt sie nicht. Sie hat das Gefühl, mich ewig zu kennen? Bedeutet das, dass ich ihr nicht egal bin? Dass ich bei Lene etwas hinterlassen habe, was sie noch spüren kann? Ich wage nicht, es zu glauben. Es kann nicht sein.

„Antworte mir, bitte. Wer bist du?"

„Ich bin Jonas", sage ich und weiß, dass es nicht genügt.

„Das hast du schon einmal erwähnt, meine ich", antwortet sie ohne zu lächeln.

„Ich bin Jonas, und ich bin ein Zeitenmittler."

Und der größte Idiot unter der Sonne.

Lilly

Ich weiß nicht, was ich mit meiner Frage bezweckt habe. Was habe ich erwartet? Er ist nicht irgendein Kerl, der Jonas heißt und mich zufällig von einer Brücke zieht. Das wusste ich von Anfang an. Aber ich bin oder war so beschäftigt damit, mich zu finden, mir klar zu machen, dass ich eigentlich nicht mehr von einer Brücke springen will. Dass ich die Neugier wiedergefunden habe. Dass ich vielleicht sogar einen Sinn wiedergefunden habe, der es mir erleichtert, weiter zu leben - auch wenn ich diesen Sinn noch nicht greifen und benennen kann. So beschäftigt, dass ich nicht darüber nachgedacht habe, dass er mir eine ehrliche Antwort geben wird. Eine, die ich nicht zuordnen kann, und von der ich gleich weiß, dass sie die Wahrheit darstellt. Ich weiß also, dass Jonas anders ist. Aber was bedeutet anders sein? Ist er ein Produkt meiner Phantasie, und ich werde wirklich verrückt? Es fühlt sich nicht so an. Ist er der Verrückte hier und Lene ist nur ein Traum, der mit ihm nicht das Geringste zu tun hat? Es fühlt sich nicht so an. Es fühlt sich vielmehr so an, als lichte sich der Schleier, und Jonas' Ankündigung bringe nicht nur Licht in meine dunkle, verhärtete Seele, sondern auch in diese ganze Lene-Paul-Jonas-Lilly Geschichte.

„Ein was? Entschuldige, aber ich glaube, ich kann dir nicht ganz folgen", sage ich.

Er holt tief Luft und ich weiß, er wird mir erklären, was auch immer es bedeutet, ein Zeitenmittler zu sein. Er scheint jedoch deutlich Schwierigkeiten damit zu haben. Endlich sagt er:

„Zeitenmittler sind Wesen aus reiner Seele, die nicht als Lebewesen auf der Erde weilen. Wir sind dazu bestimmt, das Schicksal der Menschen in die richtigen Bahnen zu lenken. Wir greifen aktiv ein, fallen aber nicht auf, da wir uns nur sehr selten zu erkennen geben. Eine Aufgabe von Zeitenmittlern ist es, Menschen in schwierigen Lebenslagen davon abzubringen, ihr Leben eigenmächtig zu beenden. Wir nennen uns Zeitenmittler, weil wir versuchen, das Gleichgewicht zwischen den verschiedenen Leben einer Seele zu halten und dafür zu sorgen, dass sich der Mensch in seinem Verhalten verbessert und sozusagen sein Karma nie verschlechtert. Wir können kraft Gedanken in die Vergangenheit reisen und uns alle miterlebten Ereignisse minutiös ins Gedächtnis rufen. Wir sind in der Lage – dies jedoch nur in allergrößten Notsituationen – einem Menschen ein früheres Leben aufzuzeigen."

Zunächst bin ich sprachlos. Und obwohl das, was ich in den letzten Sekunden gehört habe, so ziemlich das Unglaublichste ist, was ich überhaupt jemals gehört habe, weiß ich, dass es wahr ist. Ist es das, was er mit mir auf der Brücke gemacht hat? Hat er mir mein früheres Leben gezeigt?

„Moment mal, heißt das, Lene ist mein früheres Ich? Ich bin Lene und umgekehrt?"

Er sieht mich etwas enttäuscht an, die dunklen Augen leicht verengt. Für einen Bruchteil einer Sekunde, den ich aber wahrgenommen habe. Dann sagt er:

„So ist es."

So ist es? So ist es? Das ist alles, was er dazu zu sagen hat? Er eröffnet mir gerade, ich hätte schon einmal gelebt, träume also nicht nur von Lene, sondern von mir selbst in einem früheren Leben? Und welche Bedeutung hat das für das Hier und Jetzt? Als hätte er meine Gedanken lesen können. Kann er das vielleicht? - sagt er:

„Leider nicht immer".

„Was ist leider nicht immer?", frage ich. Aber Jonas antwortet mir nicht. Und ich bin zu beschäftigt damit, zu verdauen, was er mir eröffnet hat, um noch einmal nachzufragen.

Eine Armada von Fragen läuft Sturm in meinem Kopf, Sätze reihen sich an Sätze, Fragen an Fragen und wollen beantwortet werden.

„Was bedeutet das? Was ist mit Lene passiert? Was hat das alles mit meinem Leben zu tun?"

Er drückt mir ein Heft in die Hand, dazu ein mit einer Schleife verschlossenes Bündel vergilbter Umschläge, die so zerbrechlich aussehen, dass ich Angst habe, sie zu berühren.

„Das wird deine Fragen zur Genüge beantworten", sagt er ruhig. Ich blicke auf den Haufen Papier in meiner Hand, öffne das einfache

Schreibheft vorsichtig und behutsam. Als ich wieder aufsehe, ist Jonas verschwunden. Vom Erdboden verschluckt. Verwirrt sehe ich um mich und rufe ihn, aber er ist nicht mehr da. Ich setze mich auf eine Bank und schnaufe durch, schließe die Augen und versuche, für einige Sekunden nichts zu denken. Was mir natürlich nicht gelingt.

Es dauert nicht lange, bis ich weiß, dass ich Jonas offensichtlich mit meiner Reaktion auf sein Geständnis verletzt haben muss. Wie könnte ich auch nicht? Dumm und egoistisch, wie ich geworden bin über die letzten Monate! Wieder einmal habe ich die falschen Fragen gestellt, die falschen Prioritäten gesetzt.

Habe mich nur für den Teil seiner Geschichte interessiert, der mich selbst betrifft. Meine erste Frage galt Lene und nicht ihm. Ich habe noch immer keine Ahnung, was ein Zeitenmittler ist. Ist er eine Art überirdisches Wesen? Ein Medium? Wie reist er durch die Zeit? Wo lebt er? Wer ist seine Familie? Ist er glücklich mit dem, was er tut? Hat er jemals ein „normales“ Leben geführt? Gibt es mehrere Zeitenmittler? Warum wissen wir nichts von ihrer Existenz? Kann diese unglaubliche Geschichte wirklich die Wahrheit sein? Wieso sagt er mir, wer er ist, wenn er dies offensichtlich nicht darf? All das wären die richtigen Fragen gewesen, das weiß ich. Es könnte mir egal sein, was Jonas von mir denkt. Aber das ist es nicht. Es ist mir nicht egal und er ist es auch nicht.

Die ersten Fragen, die sich mir aufdrängten und trotz meines schlechten Gewissens, Jonas verletzt zu haben, noch immer in meiner Kehle brennen sind dennoch ehrlicherweise diese:

Ist das der Beweis für Wiedergeburt?

Ist meine Mutter vielleicht das Baby im Wagen, das von der jungen Mutter auf der Bank fünf Meter weiter beruhigt wird? Oder das Kleinkind, das sich Steine in den Mund stopft. Ist sie einer der Zwillingsmädchen drüben am Spielplatz, die sich um die rote Schaukel streiten? Ist sie ganz nah, und ich weiß es nicht?

Wenn ich Lene bin und Lene ich, wer ist dann mein Paul?

Treffen wir die Menschen wieder, die wir in früheren Leben geliebt haben? Und wenn ja, woher wissen wir, dass sie es sind?

Ich sage es ja: Egoismus. Egoismus ist neben dem Tod vermutlich der Hauptgrund meiner Selbstzerstörung. Das wird mir gerade bewusst. Ich denke an Bille, an Helmut, an Carla und an Uwe, meinen Vater.

Jonas

Sie hat mich verletzt und gleichzeitig wachgerüttelt. Was habe ich mir eingebildet? Dass sie sich für mich interessiert? Den Boten, den Mittelsmann, den Kurier, dem man die Tür öffnet, aber nicht ins Gesicht sieht. Yolanda hat Recht. Vincent hat Recht. Ich darf mich nicht wieder in ihr verlieren. Andererseits, was habe ich zu verlieren? Meine Aufgabe? Die kümmert mich immer weniger, seit ich sie gefunden habe. Halbherzig und lustlos streife ich umher, halte die Luft an und die Zeit, wenn es sein muss. Ich grüble und leide, jauchze und jubiliere. Was habe ich mir davon erwartet, ihr zu sagen, wer ich bin? Was ich bin... Mitleid? Aufmerksamkeit? Interesse? Wohl von allem ein wenig. Ich habe getan, was ich nicht tun durfte und warum? Weil sie mich irrational macht, weil sie mich verwirrt. Weil ich sie liebe. Und warum? Ich weiß es nicht und ich denke, Liebe ist nicht zu erklären. Ich habe so viel gesehen, so viel verhindert, so viel zugelassen. Alles wegen des Gleichgewichts, und manchmal auch der Liebe wegen. Wenn Menschen sich wahrhaftig lieben, gibt es meistens keinen Grund dazu. Es ist wie mit dem Glauben. Wenn er erklärbar wird, wird er zu Wissen. Wenn man für die Liebe eine Erklärung hat, ist es keine Liebe mehr, sondern Ratio. Das beste Beispiel ist Mutterliebe. Die bedingungsloseste, aufopferungsvollste und ehrlichste Form von Liebe. Wer sonst würde einen pubertierenden, rebellischen und frechen Teenager lieben, der den Eltern nachts das Badezimmer vollkotzt, weil er von einer Sauftour mit seinen Kumpels nach Hause kommt, morgens dann die gesamten Wurstvorräte fürs Wochenende verschlingt und am Nachmittag noch erwartet, dass ihn die Mutter zu den Saufkumpanen vom Vorabend fährt? Mütter lieben diesen Kerl genauso wie das schrumpelige kleine Baby, das grinsende Kleinkind, den stolzen Schuljungen, der er einmal war. Allerdings könnte man Mutterliebe mit Hormonen, mit Genen, mit der Selbstverständlichkeit der Liebe für das eigene Geschöpf erklären. Könnte, kann. Was aber ist mit dem Teenager, der den älteren Typen vergöttert, der kein Auge für sie hat, jedes Wochenende mit einer anderen durch die Gegend zieht und sie niemals so behandeln würde, wie sie es verdient hätte? Was ist mit dem Alzheimerkranken, dessen Frau ihn pflegt und liebt, wie zu den Zeiten, zu denen er sie noch erkannt hat? Was mit der jungen Ehefrau, die ihrem Mann die regelmäßigen, schmerzhaften Affären verzeiht und hofft, er bleibe trotzdem bei ihr? Was mit den Geschwistern, die über tausende von Kilometern hinweg spüren, wenn es dem anderen schlecht geht? Dem jungen Witwer, der vier kleine Kinder alleine großzieht und niemals wieder eine Frau an seiner Seite möchte, weil er die verlorene noch zu sehr liebt? Es gibt unzählige Beispiele von ehrlicher, wahrer Liebe, die mich rühren und mir über all die Jahre und über all den Schmerz der Welt gezeigt haben, was wichtig ist. Die Geheimnisvollste, Wunderbarste aber ist meine eigene. Die, die es nicht geben darf. Meine Liebe zu Lene, zu Lilly. Ich kann es nicht erklären, es ist einfach dieses Gefühl, dass sie zu mir gehört.

Und schon wieder verirre ich mich im Labyrinth von Gefühlen, die mir nicht zustehen und die nicht gut sind. Nicht für mich, nicht für Lilly. Nicht für all die anderen Menschen, deren Leben ich über die Zeiten verknüpfen muss. Ich bin kein Mensch wie sie, und das darf ich nicht vergessen. Aber im Moment möchte ich nichts mehr sein als das. Ein Mensch. Der Mensch, der ihr nahe sein darf, der sie lieben und mit ihr alt werden darf. Offensichtlich aber ist es nicht das, was sie will. Sie sucht nach Antworten auf irgendetwas, was sie in diesem Leben dazu gebracht hat, nicht mehr leben zu wollen. Sie ist wie ich eine Suchende, aber unser Ziel ist nicht das gleiche. Bereits jetzt herrscht ein Ungleichgewicht zwischen uns. In ihrem Leben gibt es Seelen, an die sie sich hängen kann. Die sie wieder nach oben ziehen. In meinem Dasein gibt es, seit ich sie wieder gefunden habe, nur noch sie.

Und dennoch. Eine Kraft, eine Macht, die stärker ist als meine Vernunft, zieht mich wieder zur gleichen Zeit an den gleichen Ort. In der dummen Hoffnung, sie wiederzusehen. Ich starre eine Ewigkeit auf den Fluss, erstarrt. Ein Mädchen mit verweinten Augen setzt sich auf die Bank neben mir. In der Hand hält sie eine Broschüre. Es dauert einen Augenblick, ein Schulterzucken lang, bis ich entziffern kann. Ein Flyer mit Informationen zu Schwangerschaftsabbrüchen. Kaum sechzehn Jahre alt wirkt sie, klein, etwas untersetzt, und ihre

Traurigkeit scheint meiner Konkurrenz zu machen. Ich gebe mich ihr nicht zu erkennen. Ich bin der Wind, der das Blatt Papier in ihrer Hand fasst und langsam ins Wasser gleiten lässt. Ich verwische die Schrift, setze ihr ein Zeichen und die Möglichkeit, ihre Entscheidung zu überdenken. Sie blickt sich um, sieht auf ihre Hände und fasst sich an ihren Bauch. Ich bin das Taschentuch in ihrer Hand, wische ihre Tränen fort und lasse ihrem verblüfften Gesicht ein wenig Zeit, lächelnd auf ihren Bauch zu sehen.

Es ist einfach, denn ich habe nicht das Bedürfnis, ihr nachzugehen, nicht den Drang, sicherzugehen, dass sie die richtige Entscheidung für sich trifft. Es ist leicht, weil sie mir zwar nicht egal ist, ich sie aber auch nicht liebe. Liebe, wie ein Mensch sie für einen anderen empfindet. Mit Lilly ist es schwer. Ich versuche mir einzureden, dass sie mein Schicksal ist, mein Inhalt, mein Sinn. Und doch weiß ich, dass es mir nicht vergönnt ist und mir nicht vorgesehen. Schicksal. Das ist der Name, den die Menschen uns geben. Schicksal. Nicht Jonas, ein menschlicher Name. Nicht Yolanda, nicht Vincent. Wir sind keine Individualisten, wir sind ein großes Ganzes. Wir sind das, was ich nicht mehr sein will. Ich will Jonas sein. Jonas an Lillys Seite. Mehr als je zuvor. So sehr, dass es diesmal anders ist als damals und dadurch viel beängstigender. Noch nie habe ich mich so angreifbar und verletzbar gemacht. Es rächt sich bereits jetzt. Doch Fehler sind ebenso menschlich wie Liebe. Menschlich.... Bevor die Panik, die langsam in mir aufzusteigen droht, überschwappen kann, sehe ich sie. Sie muss mir nachgelaufen sein. Ein Überschwang von Freude tilgt die aufsteigende Panik und löscht sie aus.

„Jonas!“, ruft sie atemlos.

„Lilly“, antworte ich ruhig.

„Gehen wir ein Stück?“

„Gerne.“

Wir sehen uns für einen kurzen Moment in die Augen. Braun, nicht grün, und auf einmal habe ich das Gefühl, sie überhaupt nicht zu kennen und gleichzeitig alles darum geben zu wollen, jedes Detail von ihr zu wissen. Schließlich führt sie ein ganz anderes Leben als Lene. Ein beängstigender Gedanke packt mich und hält mich fest, ringt mich zu Boden und drückt mir die Luft für einen kurzen Moment ab.

„Alles okay bei dir?“, fragt Lilly und sieht mich mit großen Augen an. Auch wenn ich rein physisch natürlich neben ihr stehe, scheint sie gemerkt zu haben, dass etwas in mir vorgeht. Ein Gedanke so erschreckend, dass ich einige Sekunden brauche, um mich zu fangen, zu nicken, und beginne automatisch loszulaufen. Ich kenne ihr Leben nicht, und daher weiß ich auch nicht, ob es darin einen Paul gibt. Einen Menschen, für den sie bestimmt ist, den sie liebt. Hat sie ihn möglicherweise wiedergefunden? Ist es das, was Yolanda so besorgt? Werde ich wieder nur der Geist an ihrer Seite sein dürfen, während ihr Herz und ihr Mund längst einem anderen gehören? Das ist etwas, was ich dringend herausfinden muss. Bereits jetzt sticht mich dieses Wort spitz in die Seite wie ein Speer. Das Wort, das die Menschen benutzen, wenn sie einen anderen so unbedingt besitzen wollen, dass sie nicht bereit sind, ihn zu teilen. Eifersucht. Ein Gefühl, das in Yolanda Abscheu weckt. Ein Gefühl, das Vincent belächelt. Ein Gefühl, das ich verstehe. Ich eifere danach, ihr zu gefallen, sie an mich zu binden. Ich bin süchtig nach ihrem Lächeln und eifrig darauf bedacht, sie glücklich zu sehen.

„Ich weiß nicht, wie ich anfangen soll“, sagt sie. Ich schweige und sehe sie an.

Was möchte sie mir sagen? Hätte ich einen Pulsschlag, würde er rasen.

„Weißt du, ich bin es nicht mehr gewohnt, auf die Gefühle anderer Rücksicht zu nehmen. Ich stelle immer die falschen Fragen und bin in meinem Selbstmitleid so egoistisch geworden, dass ich mich selbst nicht mehr kenne.“, sagt sie und überrascht mich damit.

„Was meinst du damit?“, frage ich und weiß ehrlich nicht, worauf sie hinaus will.

„Du hast mir gesagt, was du bist und das ist offensichtlich eine Sache, die du vielleicht nicht jedem anvertraust.“

Die Untertreibung des Jahrtausends.

„Und ich habe nur meine Neugier im Kopf gehabt. Ich habe nicht nach dir gefragt und kein wirkliches Interesse gezeigt. Das tut mir leid.“

„Ist schon okay“, sage ich und meine das Gegenteil.

„Nein, ist es nicht“, beharrt sie, „weil ich mich für dich interessiere. Wirklich. Auch wenn es sich nicht so angehört hat. Du hast mich gerettet, ohne dich wäre ich diese verdammte Brücke runter gesprungen. Seitdem ist alles anders. Du hast ja keine Ahnung, wie ich mich davor gefühlt habe. Wie verzweifelt ich war.“

„Und jetzt?“, frage ich, „Bist du immer noch verzweifelt?“

„Ja, schon. Man entscheidet ja auch nicht von heute auf morgen für sich, dass das Leben nicht mehr lebenswert ist. Aber da ist etwas, etwas nicht... Greifbares. Es ist nicht nur Neugier, es ist... Ich habe gehofft, dich wieder zu finden, nachdem du vorhin so schnell verschwunden bist.“

Jetzt wird sie leicht rot und ich, ich könnte schreien vor Glück. Ist es so, weil ich endlich hören darf, was ich so lange wünsche? Ist es, weil Gefühle in meinem Dasein Mangelware sind und damit umso heftiger empfunden werden? Ich komme mir vor wie ein Kind, das versucht, die ersten Schritte zu gehen und so unbeholfen dabei ist, dass es immer wieder auf dem Hintern landet. Das hier ist unbekanntes Terrain. Für mich persönlich, gesehen habe ich es tausende von Malen. Bei anderen. Also versuche ich, mich zu erinnern, was die Menschen antworten würden und sage:

„Ich habe gehofft, dass du mir nachläufst.“

Sie lächelt.

„Wie ist es, ein Zeitenmittler zu sein? Du bist schließlich der Erste, den ich treffe. Gibt es eigentlich mehrere? Erzähl mir von dir.“

Auch das ist Neuland, verbotenes Sperrgebiet genauer gesagt. Aber es ist ohnehin zu spät. Ich bin erleichtert, dass sie danach fragt und mich nicht für einen kompletten Irren hält.

„Ja es gibt mehrere. Sie befinden sich mitten unter euch, unter uns. Ich kann dir nicht sagen, wie viele. Wir geben uns nicht häufig zu erkennen.“

„Moment mal, heißt das, ich bin gerade die Einzige, die dich sehen kann?“

„Nein, du kannst mich sehen, wie jeder andere hier im Park. Auf deine eigene Art, deine Wahrnehmung.“

„Das verstehe ich nicht.“

„Hast du dich noch nie gefragt, warum manche Menschen sich attraktiv finden und andere die gleiche Person nicht einmal wahrnehmen? Warum die ungleichsten Paare zueinander finden? Warum eine Mutter ihr Baby immer als das hübscheste empfindet, auch wenn es in den Augen anderer nichts Besonderes hat? Warum alte Menschen ihren Partner genauso anziehend finden wie Jahrzehnte zuvor?"

„Nein, ich fürchte, darüber habe ich noch nie nachgedacht."

„Ihr Menschen fühlt euch zueinander hingezogen und denkt, es liegt an der äußeren Erscheinung. Das ist ein Trugschluss. Was du siehst, wenn du wirklich liebst, ist nicht die Hülle, sondern der Kern. Längst bevor ihr benennen könnt, warum ihr eine Person mögt, hat euer inneres Auge erkannt, dass die Seele des anderen es wert ist. Dass sie leuchtet."

„Willst du damit sagen, dass ich grundsätzlich für manche Menschen attraktiv bin und für andere nicht und das mit meinem Aussehen gar nicht zusammenhängt?"

„Nein, was ich dir damit sagen will ist, dass es so ist, wenn man liebt."

„Was bin ich für dich?", fragt sie, und ich kann nicht antworten, weil sie mit ihrer Frage genau auf den Punkt trifft. Den Punkt meiner Verletzlichkeit, den Punkt meines Glücks.

„Du bist, wer du bist. Und ich bin, wer immer ich für dich bin."

„Momentan bist du ein Rätsel für mich", sagt sie, legt den Kopf schief und fügt hinzu: „Eigentlich kann ich Rätsel nicht ausstehen, aber für dich mache ich eine Ausnahme."

„Gut, vielleicht kann ich zur Lösung beitragen", sage ich und muss grinsen.

„Wir spielen das alte Spiel - eine Frage für eine Frage", schlägt sie vor.

„In Ordnung. Ladies first."

„Gut, wie wäre es, wenn du mir verrätst, seit wann du als Zeitenmittler unterwegs bist? Es ist so mysteriös, dass ich dich das eigentlich gar nicht fragen dürfte, weil es so etwas schließlich nicht gibt. Komischerweise glaube ich dir trotzdem jedes Wort."

Sie schüttelt langsam den Kopf, als wäre sie von sich selbst überrascht. Ich habe keine Erfahrung damit, wie andere Menschen eine solche Nachricht aufgenommen hätten. Menschen sind so darauf bedacht, nur das zu glauben, was sie sehen können oder was ihnen ihr Glaube vorgibt, dass sie den Blick für alles - ihrer Ansicht nach „Übernatürliche“ verloren haben. Was es uns Zeitenmittlern oftmals leichter macht, unauffällig zu sein.

„Nur weil wir in keinem Buch erwähnt werden, eure Pfarrer nicht von uns predigen und ich keinen Wikipediaeintrag vorzuweisen habe, heißt das doch nicht, dass es mich nicht gibt.“ Es klingt beleidigter, als ich es beabsichtigt habe.

Bevor sie etwas sagen kann, fahre ich fort: „Ich habe keine Ahnung, wie lange ich schon ein Zeitenmittler bin. Ich bin es einfach, so wie du eine Frau bist, die ihr Leben beenden wollte.“

Die ganze Wahrheit ist es nicht. Die ganze Wahrheit ist, ich weiß, wann ich begonnen habe, bewusst zu sein, wer ich bin. Es war wenige Tage, bevor ich Lene traf, in einer anderen Zeit und für Lilly in einem anderen Leben. Davor ist nur die Wand, hinter der ältere Erinnerungen lauern wie bissige Hunde, denen es nicht gelingen wird, zu mir hinüberzuspringen. Ich kann noch nicht einmal einen Blick auf sie erhaschen, so weit ist entfernt, was nah sein müsste. Vielleicht ist dahinter aber auch nur Leere und ich bilde mir das Bellen nur ein. Ich weiß es nicht. Es ist unglaublich frustrierend, die Vergangenheit aller Menschenseelen sehen zu können und die eigene zu vermissen.

„Wie kannst du keine Ahnung haben, wie lange du das bist? Warst du nicht einmal ein Kind, ein, ich meine, ein, ein Mensch...?“

Die letzten Worte spricht sie vorsichtig aus und ich merke, dass sie mich nicht verletzen will. Ach, Lilly. Lene. ...

„Ich war nie so wie ... . Ich meine, ich war nie ein Mensch im herkömmlichen Sinne.“

Sie schüttelt ungläubig den Kopf.

„Oder kannst du dich an deine Geburt erinnern oder das, was davor war?“, frage ich zurück, bemüht, es leicht klingen zu lassen.

„Nein, natürlich nicht. Aber das ist ja auch wissenschaftlich zu begründen. Es gibt verschiedene Ansätze, einer davon besagt, dass der Gyrus dentatus, eine kleine Struktur des Hippocampus im Hirn, sich erst im Alter von 20 - 24 Monaten entwickelt. Andere meinen, es liege an der Sprachentwicklung. Auf jeden Fall kann man es erklären."

„Du scheinst dich damit beschäftigt zu haben."

„Ja", antwortet sie schlicht.

„Vielleicht solltest du aufhören, in vorgegeben Mustern zu denken. Ich kann mich selbst nicht wissenschaftlich erklären, aber ich weiß, dass es mich gibt. Wenn man sich nicht erinnern kann, was einem in diesem Leben widerfahren ist, ist es dann nicht auch möglich, sich an ein vorheriges Leben nicht erinnern zu können? Du bist einmal ein Baby gewesen und weißt es nicht mehr, du warst einmal Lene und weißt es auch nicht mehr!"

Sie sieht mich erstaunt an und nickt dann.

„Ich träume von ihr. Ist das die Wahrheit, also ich meine, ist das alles tatsächlich passiert?"

„Weißt du, was ein Ouroboros ist?", frage ich sie und umgehe ihre Frage.

„Glaube schon. Eine Art Symbol, irgendetwas mit einer Schlange. Ja, ich erinnere mich. Eine Schlange, die sich selbst in den Schwanz beißt, nicht wahr? Ehrlich gesagt habe ich keine Ahnung mehr, woher ich das weiß, aber irgendwie sagt mir das etwas", antwortet sie, offensichtlich verblüfft über ihr eigenes Wissen.

Lene hätte es auch gewusst. Es ist die Art von Dingen, die ihr Paul erklärt hat. Paul, der Lehrersohn, der mit seinen Büchern und Erzählungen die Welt in Lenes kleines bürgerliches Leben gebracht hat. Paul, der sie mit fortgezogen hat. Ich zwinge mich, im Hier und Jetzt zu bleiben, nicht abzuschweifen.

„Ja, die alten Griechen sehen einen Ouroboros als ein autarkes Geschöpf. Selbstversorgend, weil er in sich geschlossen ist - ohne Abhängigkeit von der Außenwelt oder Anderen. Er existiert sozusagen nur in sich selbst, weil er sich selbst Nahrung, Heimat und Familie ist. Er ist ein vollkommener Kreis, eine eigene Einheit. Für Chemiker ist ein Ouroboros das Symbol für einen stetig wiederkehrenden

Wandlungsprozess von Materie. Interessanterweise haben eure Psychologen erkannt, dass es eine Metapher darstellen könnte für jene Entwicklungsphase in der frühen Kindheit, in welcher ein Kind noch völlig frei ist von einem Bewusstsein für sich selbst und die Welt um es herum. Ich sehe es als das Symbol für das Leben. Ein Kreis, der in sich geschlossen ist und der auch durch den Tod nicht durchbrochen wird."

Sie überlegt, nickt wieder, lächelt mich an und sagt nach einer Weile:

„Das bedeutet, Lene und ich sind eins. In einem ewigen Kreis sind meine, das klingt so seltsam, meine verschiedenen LEBEN miteinander verbunden. Bedeutet das dann auch, dass immer wieder die gleichen Menschen in meinem Leben eine Rolle spielen? Dass ich sie nur suchen muss?"

Atemlos, als wäre ich das nicht ohnehin, stehe ich ihr gegenüber und weiß nicht, was ich zu dieser Frage sagen soll. Weil es DIE Frage ist, die ich mir selbst immer wieder stelle. Also erinnere ich mich an unsere Abmachung und sage, bemüht leicht und unverbindlich:

„Stopp, ich bin dran! Mit Fragen!"

Sie hebt die Hände, lächelt. Überhaupt wirkt sie zufriedener als gestern. Als hätte sich einer der zentnerschweren Steine auf ihrer Seele gelöst und wäre an ihrer Stelle über die Brücke gestürzt. Wenn es so ist, ist das mehr, als ich hoffen durfte, mehr als ich erreichen dürfte und viel weniger als das, was ich wirklich will.

Wir gehen ein paar Schritte des gleichen Weges wie gestern entlang. Als ich schließlich weiß, was ich zuerst wissen will, bleibt sie plötzlich stehen und legt ihre Hand an mein Gesicht. Millionen Blitze zucken über meine Haut und brennen ihre Finger in meine Wange. Sie fährt zurück, als hätte sie die Elektrizität zwischen uns ebenfalls spüren können, aber es ist nur Scheu.

„Tut mir leid, ich hatte irgendwie das Bedürfnis, dich zu berühren."

Mir tut es nicht leid. Ich zwinge mich: „Schon okay" zu sagen und kann das Grinsen auf meinem Gesicht nicht bezwingen.

„Du bist dran."

„Bitte?“ Ihre Berührung hat mich völlig verständnislos gemacht. Verblödet.

„Deine Frage“, sagt sie.

Ja, meine Frage. Natürlich.

„Was macht dich so traurig?“

Das ist wunderbar an Menschen: Sie tragen ihre Gefühle auf ihrem Körper, wie eine Tätowierung auf der Stirn. Ich habe viel Zeit damit verbracht, Menschen zu beobachten. Sorgen, Ängste und Freude zeichnen sich bei ihnen in jeder noch so winzigen Pore ab. Schweißtropfen, die wie kleine Perlen der Verzweiflung von den Backen laufen, Fältchen des Grübelns, das Freudenleuchten der Augen und rötliche, glücksbeschwipste Wangen. Und dann noch die Mimik. Gesten, die so leicht zu deuten sind wie der große Wagen am Firmament. Wenn sie sich an der Nase kratzen, die bereits sorgfältig frisierten Haare immer wieder nach hinten streichen, mit den Füßen auf dem Boden wippen, an ihrer Kleidung herumzupfen, manche stottern sogar. Untrügliche Zeichen. Trauer ist am leichtesten zu deuten und war das erste, was ich bei ihr wahrgenommen habe. Bei Lene und Lilly gleichermaßen.

Es ist nicht so wichtig zu wissen, wen sie verloren hat, sondern dass sie verloren hat. Ein Punkt, über den Yolanda, Vincent und ich uns einig sind. Wir wissen, dass es unbedeutsam ist, ob ein Mensch einen anderen Menschen, ein Tier oder gar sich selbst verloren hat. Bedeutsam ist das Ausmaß an Schmerz. Die Größe und Wucht. Weil sie es ist, die Menschen erschüttert und die Zeiten, in denen sie leben. Wir sind dazu da, hinzusehen und zu helfen. Und es manchmal zu unterlassen. Niemand sagt uns, wann wir das zu tun haben, wir wissen es einfach. Und handeln danach. Meistens.

„Ich habe in meinem Leben alles verloren, was ich geliebt habe. Zurückgeblieben ist nur diese endlose Leere.“

„Was hast du geliebt?“, frage ich äußerlich ruhig und hasse mich selbst dafür, dass ich ein klein wenig aufatme. Das kommt von menschlichen Gefühlen, sie sind nicht immer rein und frei von Selbstsucht. Im Gegenteil. Ich spüre, wie etwas in mir sich freut, dass es offensichtlich keinen Paul der Gegenwart für sie gibt. Das Gefühl ist nicht neu, nur schon sehr alt und kommt mir vor wie ein verstaubter

Mantel, den man nach Jahren aus dem Schrank holt und an den zu tragen man sich erst wieder gewöhnen muss.

„Meine Mutter. Meine Familie. Mein Leben. Ben“, antwortet sie.

Ben? Wer ist Ben? Das ist der erste hilflos eifersüchtige Gedanke, den ich habe, wenn ich eigentlich mitfühlen müsste, das Richtige sagen und denken müsste. Der zweite Gedanke ist: Wie Lene. Die Mutter. Der wichtigste Mensch im Leben der meisten Menschen, die selbst noch keine Kinder haben.

„Die Geschichte wiederholt sich“, sagt sie traurig und leise und ich weiß, dass der zweite Gedanke auch ihrer ist. Dazu kann ich nichts sagen, dazu gibt es nichts zu sagen. Obwohl ich es aus ihren Erzählungen unserer zweiten Begegnung erahne, frage ich:

„Was ist passiert?“

„Meine Mutter ist tot. Meine Familie nicht mehr vorhanden, weil meine Mutter tot ist. Und Ben... Ben war ein Fehler, der trotzdem schmerzt. Selbst ein Arschloch verliert man nicht gern, wenn man plötzlich im falschen Leben zu stecken scheint.“

Ein Arschloch! Sie nennt ihn ein Arschloch. Lene hätte von Paul niemals so gesprochen. Ha, da ist er wieder, Jonas-Arschloch, mein neues Alter-Ego. Der egoistische, selbstsüchtige Kerl, der ich nicht sein will.

„Was ist mit deiner Familie? Mit deinem Vater? Du hast keine Geschwister, sagtest du. Aber du hast von einer Tante und Großeltern gesprochen.“

Sie wehrt ab. Längst sind wir stehen geblieben. Umringt vom Grün des Parks, den wir erreicht haben. Umfasst von Geräuschen, die wie gedämpfte Musik im Hintergrund läuft. Umgeben von Menschen, die sich wie Statisten um uns herum bewegen.

„Ich glaube, das war mehr als eine Frage. Ich bin an der Reihe“.

Was sie nicht sagt ist: Gib mir etwas Zeit, Luft um Worte zu finden, für etwas, was unaussprechlich ist. Dennoch ist es das, was ich höre und ich höre darauf.

„Alles klar. Was willst du wissen?“

„Was tust du? Wie lebst du? Bist du ...alleine? So wie ich?“

Habe ich die Richtung, in die diese Frage geht, richtig verstanden?

Ich antworte:

„Das sind drei Fragen auf einmal. Ich versuche sie dir zu beantworten. Du nennst mich Jonas. Aber du könntest jeden anderen Namen für mich verwenden. Denn ich habe keinen. Jonas ist der Name, den Yolanda mir gegeben hat. Es ist ein hebräischer Name, der übersetzt „Taube“ bedeutet. Die Taube, ein Bote, ein friedvolles Wesen. An die Menschen geschickt von den Göttern als Zeichen... Soweit der Glaube im antiken Griechenland. Yolanda ist meine Familie, auch wenn sie nicht blutsverwandt mit mir ist. Und Vincent, er ist eine Art Bruder. Wir sind zusammen, so lange ich denken kann. Ich weiß, dass Yolanda mir alles über die Welt und unsere Aufgabe als Zeitenmittler beigebracht hat. Auch wenn ich nicht weiß, wann es begonnen hat und warum ich bin, wer ich bin.“

Ich mache eine Pause, Lilly steht mir still gegenüber. Fragen auf ihren Lippen, zurückgebissen, gehalten.

„Was weißt du über Gleichgewicht?“, frage ich.

Sie überlegt und sagt dann:

„Ich schätze, Gleichgewicht ist Balance. Ein ausgeglichenes Verhältnis zwischen zwei Dingen.“

Ich nicke. „So ist es mit dem Leben. Den Leben im Plural. Wir alle sind Seelen auf Wanderschaft. Wir wechseln die Körper, wir wechseln die Zeiten. Aber unsere Seele bleibt. Deshalb ist es wichtig, ein Gleichgewicht zu schaffen. Eine Balance zwischen den Zeiten und den verschiedenen Leben. Wir versuchen, euch zu lenken, wenn ihr die Balance verliert. Wenn ihr, wie du, von einer Brücke springen wollt - vor eurer Zeit. Wenn eine winzig kleine Bewegung die falsche Entscheidung ist. Der berühmte Flügelschlag der Libelle. Wir sind das, was ihr einen Glücksfall nennt. Glück im Unglück. Zufall oder eben Schicksal.“

„Ein versteckter Segen“, murmelt sie, „Ich glaube, das bist du auch für mich.“

Wie sehr ich mir gerade wünsche, ein Herz zu haben. Ein klopfendes, pochendes Herz, das einen daran erinnert, am Leben zu sein. Ich kann es fast fühlen, berstend vor Glück in meiner dummen, verliebten Brust.

„Stellst du sie mir mal vor? Yolanda und Vincent."

„Das ist nicht so einfach. Ich, ja, eigentlich darf ich dir nicht sagen, wer ich bin. Dürfte nicht bei dir sein und über mein Leben plaudern."

„Ich habe nicht das Gefühl, dass du plauderst, Jonas!"

„Lass uns von etwas anderem sprechen. Erzähl mir, wie lebst du mit dem Verlust deiner Mutter?"

„Weißt du, dass das genau die Frage ist, die ich immer hören wollte und die mir nie jemand gestellt hat?"

„Nein, das wusste ich nicht", sage ich ruhig.

„Es gibt drei Arten, auf die Menschen mit meiner Trauer umgehen. Es gibt diejenigen, die so tun, als sei nichts passiert. Die behandeln mich relativ normal, sprechen über alltägliche Dinge, sind betont fröhlich und aufmunternd. Ich könnte kotzen bei dieser Art, meine Mutter zu vergessen. Dann gibt es die, die mich meiden, die mich von Weitem mitleidig betrachten, an deren Gesicht du die Neugier ablesen kannst, die nur von einem Rest Anstand abgehalten wird. Das sind die, die hinter meinem Rücken erzählen, wie schlecht es mir geht. Das sind auch die, die - wenn die Neugier zu stark wird - fragen „Wie geht es deinem Vater? Wie geht es deiner Tante Bille?". Dann gibt es die dritte Art von Menschen. Das sind die, die so in ihrer eigenen Trauer versinken, dass sie die Menschen um sich herum nicht mehr wahrnehmen. Bille ist so eine Art Mensch. Meine Tante. Sie beginnt sofort zu weinen, wenn ich weine. Sie erzählt mir zwanghaft, wie sehr sie Mama vermisst, wenn ich einfach nur ihren Halt brauche, um selbst nicht abzustürzen vor Trauer. Sie sieht nur sich."

Lilly verstummt und ein verbitterter, mich bestürzender, weil nicht vertrauter Zug kommt über ihre Lippen.

„Bist du nicht etwas zu hart mit deinen Mitmenschen? Menschen sind schlecht darin, mit Trauer umzugehen. Weil es nichts mehr gibt, womit man trösten kann. Oftmals ist es aber keine böse Absicht, sondern einfach Unvermögen."

„Vielleicht, vielleicht wäre es Zeit für mich, darüber nachzudenken", sagt sie, und ich nicke.

„Weißt du, was ich manchmal tue? Es ist so lächerlich, dass ich es dir nicht erzählen sollte…“, sagt sie nach einer Weile der Stille zwischen uns. Stille, die mit ihr nie unangenehm wird.

„Es gibt nichts, was zu lächerlich ist, um es mir zu erzählen. Du kannst mir alles sagen, glaube mir, ich habe Lächerlichkeit in all ihren Formen und Farben gesehen und nichts, was du tust oder sagst, könnte lächerlich sein für mich.“

Sie sieht mich etwas ungläubig an und erzählt dann aber doch weiter. Etwas zögerlich zunächst, mit leiser Stimme.

„Es gibt eine Frau in meiner Straße, die die gleichen Wuschelhaare hat wie meine Mutter. Ihre Locken sind - waren - unkontrollierbar. Spröde, wild. Sie zu glätten dauerte Stunden, und durch das Grauwerden im Laufe der Jahre waren sie noch unruhiger geworden. Mama hat so oft gesagt: „Psst, kein Kommentar zu meinen Haaren, ich muss zum Friseur, kann mich selber nicht mehr sehen“. Selber nicht mehr sehen... Sie kann sich nicht mehr sehen, ich kann sie nicht mehr sehen, wir können sie nicht mehr sehen. Eine endlose Konjugation. Die Frau in unserer Straße ist ähnlich dünn wie meine Mutter es war. Manchmal sehe ich sie vorbeifahren, mit dem Rad. Wenn ich sie beobachte, ihre wilden Haare, ihren dünnen Körper, dann stelle ich mir für einige Sekunden vor, sie ist Mama. Ohne Wenn und Aber, ohne Logik. Ich möchte mir einfach für ein paar Atemzüge realistisch vormachen, dass das nicht die Frau aus unserer Straße ist. Nicht die Frau, die mir gar nichts bedeutet, sondern die Frau, die mir alles bedeutet. Der Wunsch, sie zu sehen, ist so groß und die Unglaublichkeit, sie nie mehr sehen zu können so gewaltig, dass es mir manchmal gelingt. Für winzige Augenblicke, für ein paar Wimpernschläge ist meine Mutter wieder da. Ich kann ihre Wuschelhaare im Wind sehen, von hinten, für eine flüchtige Sekunde, ein Moment, der so schnell vergeht, dass ich das Gefühl nachher nicht mehr zu fassen bekomme. Es IST lächerlich, Jonas!“

„Nein, Lilly, es ist alles andere als lächerlich. Es ist verständlich“, sage ich und möchte nichts mehr, als sie in den Arm nehmen.

Wir stehen uns eine Weile schweigend gegenüber, die Fingerspitzen unserer Hände sind nur Millimeter voneinander entfernt. Ein Stromschlag würde nicht mehr dazwischen passen. Sie ist kleiner als ich, einen ganzen Kopf kleiner. So zart. Zärtlich sehe ich sie an. Ich könnte für immer hier stehen.

Irgendwann verabschieden wir uns voneinander, Millimeter davon entfernt, uns zu küssen. Millimeter davon entfernt, nicht mehr ohne den anderen sein zu wollen.

Lilly

„Zeig mir, was du machst“, sage ich und muss gegen die Sonne anblinzeln, als ich zu ihm hoch sehe. Er ist um einiges größer als ich, was das Gefühl, von ihm beschützt zu werden, noch verstärkt. Wir haben uns heute nicht im Park getroffen, sondern vor meiner Haustür. Ich frage ihn nicht, woher er weiß, wo ich wohne, weil es irgendwie selbstverständlich ist, dass er einfach da ist. Da, wo ich bin. Keiner von uns hat den anderen gebeten, ihn sehen zu dürfen. Weil es unsinnig wäre. Weil wir es ohnehin wissen. So als fesselten uns unsichtbare Seile aneinander, seit er mich das erste Mal berührt hat, dort auf der Brücke.

„Was ich mache?“

„Ja, ich möchte es sehen. Miterleben, wie du eingreifst, woraus dein Leben besteht.“

„Das ist kein richtiges Leben, Lilly. Mein Dasein ist nicht so real wie deines. Ich existiere für euch Menschen doch eigentlich gar nicht“, sagt er trauriger, als ich ihn bisher gesehen habe.

„Ich finde dich sehr real. Und ich bin sehr froh, dass du existierst. Bitte!“

Bitte lenk mich weiter davon ab, an Brücken zu denken. An Tote, an das, was war und nicht mehr sein wird. Bitte lass mich da sein, wo ich mich sicher fühle - an deiner Seite.

Jetzt grinst er ein wenig. Etwas schief, so als wäre er es nicht gewohnt zu grinsen.

„Du weißt aber schon, dass ich das nicht darf.“

„Und? Du durftest mir doch auch nicht zeigen, dass ich schon einmal gelebt habe.“

„Auch wieder wahr.“

Ich blicke ihn erwartungsvoll an, während er auf den Boden starrt, auf meine weißen Sneaker und den kleinen Fleck nackter Haut zwischen Schuh und Leggins.

„Also gut, was soll's. Aber erhoffe dir nicht zu viel."

Er lächelt mich an, mit blitzenden weißen Zähnen und diesen Lippen, bei denen ich mich frage, wie es sein könnte, sie zu küssen.

Ich habe absolut keine Erwartungen, sondern einfach nur den Wunsch, bei ihm zu sein. Mehr von ihm zu erfahren und mich dabei lebendig zu fühlen.

„Woher weißt du, was du tun musst? Wo du eingreifen musst?"

„Das weiß ich nicht, ich spüre es."

„Wie fühlt es sich an?"

„Mmh, schwer zu beschreiben. Gib mir deine Hand."

Ich werde leicht rot und finde mich schrecklich albern dabei. Schließlich bin ich keine fünfzehn mehr, und was ist schon dabei, ihm meine Hand zu geben? Ich will ihm meine Hand geben, ich will noch viel mehr als das. Als ich ihm meinen rechten Arm entgegenstrecke, dreht er meine Handflächen nach oben und fährt mit dem Zeigefinger ganz langsam und sachte über meinen Mittelfinger hinweg, über die Innenfläche meiner Hand, weiter über meinen Unterarm bis hinauf zur Armbeuge. Bereits gestern hat ihn zu berühren sich angefühlt, als würde meine Haut in Flammen stehen, und ich war sehr bemüht, es mir nicht anmerken zu lassen. Jetzt aber ist es noch viel mehr, viel unglaublicher. Eine kleine Sensation auf meiner Haut. Explodierende Minikometen. Ich schließe meine Augen für einen Moment, und das Rot meiner Wangen verschwindet und macht Platz für ein schier unerträgliches Verlangen nach mehr. Als ich meine Augen wieder öffne, sieht er mich an. Ernster, das Lächeln ist verschwunden. Dann sagt er:

„Stimmt nicht. So fühlt es sich nicht an. Das hier ist..."

Er bricht ab und räuspert sich.

„Wenn ich weiß, dass es Zeit ist meiner Aufgabe nachzukommen, spüre ich ein Kribbeln. Eine Art innere Unruhe, und der Rest ist einfach nur Instinkt. Schätze ich."

Ich würde gerne hören, wie er beschreiben würde, was gerade zwischen uns passiert ist, aber ich wage es nicht.

„Es wäre gut, wenn wir erst einmal ein wenig unter Menschen gehen würden", sagt er und sieht mich etwas belustigt an. Ich merke, dass ich ihn anstarre, und frage mich, wie lange bereits. Offenbar zumindest so lange, dass er es bemerkt hat.

„Gut, okay, nehmen wir die Bahn?“

Jetzt grinst er mich schon wieder an.

„Was ist lustig daran?“

„Nicht das übliche Verkehrsmittel für unsereinen..., aber da du dabei bist, ist es wohl das Beste.“

Wir sitzen nebeneinander in der Bahn, und ich frage mich, wie uns die anderen Menschen sehen. Wie meine Mutter uns sehen würde, wenn sie uns sehen könnte. Sehen wir aus, als wären wir ein Paar? Freunde? Geschwister? Sieht man mir die Nervösität an, das eifrige Flattern im Bauch, das sich vielleicht dort einnisten könnte, wo sonst nichts als ein dicker Kloß voll Traurigkeit sitzt?

Du bist, wer du bist und ich bin, wer immer ich für dich bin. Das hat Jonas zu mir gesagt. Vielleicht brauchen wir auch gar keine Bezeichnung, vielleicht reicht es, einfach nur da zu sein. Sein Arm schiebt sich hinter meinen Rücken und löst neue Explosionen aus. Dann flüstert er mir ins Ohr.

„Sieh genau zu.“ Er nickt in Richtung der elektrischen Türen der Straßenbahn, die sich jetzt öffnen. Menschen drängen sich hinein, drängen einander dabei zur Seite. Als ob nicht genug Platz für alle wäre.

Jonas sitzt auf einmal kerzengerade, die dunklen Augen sind weit geöffnet, aufmerksam. Jede Faser seines für mich sehr realen Körpers scheint gespannt zu sein, als er kaum merklich in Richtung eines kleinen blonden Mädchens nickt. Sie ist geschätzte zwei oder drei Jahre alt. Ich kann keinen Vater oder Mutter bei ihr erkennen. Die kleinen Füße versuchen Halt zu finden, den für ihre kurzen Kinderbeine großen Schritt hinein in die Bahn zu meistern, zwischen all den großen Menschen Platz zu finden. Und plötzlich ist Jonas' Arm hinter mir nicht mehr spürbar. Für eine Sekunde, länger kann es nicht sein, kann ich den sanften Druck nicht mehr fühlen. Es ist die Sekunde, die ich benötige, um in Richtung der Tür und des kleinen blonden Mädchens mit dem schief sitzenden gepunkteten Sonnenhut zu sehen. Hätte er mich nicht angewiesen, genau hinzusehen, hätte ich es gewiss übersehen. Ich sehe eine Hand, die keinem der drängelnden

Menschen zuzuordnen ist. Eine Hand, die das Mädchen am Armgelenk fasst und blitzschnell ins Innere der Bahn zieht. So schnell, dass die nun von hinten eilig heranhastende Mutter es nicht sehen kann. So schnell, dass niemand außer mir etwas bemerkt. Als ich mich verblüfft zu Jonas umdrehe, sitzt er unverändert neben mir, und ich kann seinen Arm wieder fühlen, seine Schulter über meiner. Als wäre sie nie weg gewesen. Er legt den Kopf leicht schief, hält seinen Zeigefinger an den Mund und macht leise „Pssst", aber ich bin ohnehin zu verblüfft und überraschend stolz auf ihn, als dass ich meiner Bewunderung laut hätte Ausdruck verleihen können.

Drei Haltestellen weiter steigen wir aus. Ausgerechnet an der Lieblingseisdiele meiner Mutter. Mein Magen krampft sich leicht zusammen, aber Jonas lässt mir gar keine Zeit, weiter in Gedanken zu versinken.

„Hast du dich schon einmal gefragt, wie es sein kann, dass Menschen sich finden, deren Wege sich eigentlich niemals kreuzen würden? Wie man unter siebeneinhalb Milliarden jemanden herausfiltern kann, der einen glücklich macht?"

„Nein, habe ich nicht. Vielleicht gibt es mehrere Menschen, die das können. Vielleicht sucht man gar nicht die Nadel im Heuhaufen, sondern der Heuhaufen besteht aus Nadeln."

Jetzt lacht er. Ich mag es, wenn er lacht; ich mag es so sehr. Die Luft wird wärmer, mein Herz wird wärmer, wenn er lacht. Es klingt dunkel, ein bisschen heiser und so wie sein schiefes Lächeln, wirkt es ungeübt. Und darum umso bezaubernder. Ein eitler, aber schöner Gedanke, mir einzubilden, er würde durch mich das Lachen lernen.

„Das ist nicht die romantischste Vorstellung!", sagt er.

„Nein, vermutlich nicht", antworte ich und muss kichern.

„Vielleicht haben wir ja auch gelegentlich etwas damit zu tun."

„Wie das?"

„Sieh zu und lerne!"

Jonas rempelt bewusst und diesmal auch viel deutlicher erkennbar als bei dem Vorfall in der Bahn einen Mann mit kurzem

Militärhaarschnitt an. Bis dieser sich umdrehen kann, hat Jonas von meiner linken auf meine rechte Seite gewechselt. Der Mann, ein Kerl Mitte dreißig, verliert bei dem Manöver die Kugel auf seiner Waffel, die ihm direkt auf die Hose fällt. Er flucht und schimpft vor sich hin. Eine etwas korpulente junge Frau mit auffallend hübschem Gesicht wird darauf aufmerksam, drängelt sich an uns vorbei und sagt:

„Das passiert mir auch ständig. Brauchen Sie ein Tuch?“

Der Mann antwortet: „Das wäre sehr nett, ich habe nachher noch einen wichtigen Termin.“

„Was halten Sie davon, wenn ich Ihnen danach eine neue Kugel spendiere?“, flirtet sie mit ihm.

„Was? Woher willst du wissen, dass die beiden zusammengehören“, frage ich erstaunt. Ein wenig ungläubig und irritiert.

„Sie hat mich berührt, als wir ausgestiegen sind. Da habe ich es gesehen. Ihn gesehen.“

„Kapier ich nicht!“

„Wenn ich einen Menschen berühre, kann ich in Bruchteilen von Sekunden sehen, was er bisher erlebt hat. Also in seinen früheren Leben. Ich kann in seine Gefühlswelten eintauchen, und dadurch weiß ich, was ich zu tun habe. Mit dem Kerl da war die Dame schon dreimal verheiratet. Sehr glücklich. 1713, 1889 und 1954. 1918 ist er in ihrem Schoß an der spanischen Grippe verstorben. Es wäre doch überaus tragisch gewesen, wenn sie sich heute nicht getroffen hätten, weil er ohne meinen kleinen Rempler ungesehen zu seinem Termin verschwunden wäre und sie die nächste Bahn nach Hause genommen hätte. Meinst du nicht?“

„Willst du mich verarschen?“

„Nein, absolut nicht. Das ist mein voller Ernst. Gib mir noch einmal deine Hand.“

Nichts lieber als das.

„Und jetzt schließ die Augen und konzentriere dich nur auf meine Hand.“

Als ich meine Augen schließe und mich zwinge, nicht zu zwinkern, fühle ich mich wieder, als falle ich in eine andere Zeit. Wie auf der

Brücke. Nur noch weiter zurück. Es dauert nur einen Bruchteil länger als beim letzten Mal, aber es fällt mir auf.

Ich bin Lene. Lene als Kind. Acht Jahre alt. Ein Schulmädchen Ich renne barfuß über eine Wiese, die übersät ist mit Gänseblümchen. Ich trage eine Schürze, und beim Laufen wippen meine Zöpfe und berühren immer wieder leicht mein Schlüsselbein. Ich strecke meine Arme aus und bewege mich auf jemanden zu. Auf eine Frau, eine vertraute Person. Eine geliebte Person. Meine Mutter. Lenes Mutter. Meine Mutter.

Abrupt lande ich wieder im Hier und Jetzt. Jonas berührt mich nicht länger, und ich stehe wieder neben ihm auf Asphalt. Wie beim letzten Mal übermannen mich die Gerüche, und ich möchte mich übergeben, weil ich statt klarer Landluft nun die Abgase der Stadt überdeutlich wahrnehme. Meine Wange ist nass. Eine einzige Träne befindet sich darauf, und Jonas wischt sie weg.

„Es tut mir leid. Ich kann nicht bestimmen, wo genau du landest. Ich wollte dich nicht verletzen."

„Das hast du nicht. Danke!"

„Wofür?"

„Ich habe nicht mehr allzu viele Gelegenheiten, sie zu sehen. Danke für den Moment. Sonst brauche ich meine Träume, um ihr noch begegnen zu können."

Er steht jetzt so nah vor mir, dass ich erwarte, seine Lippen auf meinen spüren zu können. Aber nichts passiert. Er streicht mir nur noch einmal über meine Wange, so als gäbe es noch ungeweinte Tränen, die er dringend wegstreicheln müsste, und dann finden sich unsere Hände ineinander. Verknoten sich und lassen sich sehr, sehr lange nicht mehr los.

Jonas zeigt mir in den nächsten Stunden, was es heißt, ein Zeitenmittler zu sein. Ich beobachte, staune, bewundere und sehe ihm fasziniert zu. Wie er unbemerkt so bemerkenswert in die Leben meiner Mitmenschen eingreift und den Lauf ihrer Leben verändert. Verbessert. Er erklärt mir, dass es nicht immer möglich ist. Dass er unter den verpassten Möglichkeiten leidet, und dass diese sich in sein Gedächtnis brennen wie Narben auf unserer Haut. Ich frage ihn nach der Narbe in seinem Gesicht, und er antwortet mir, er wisse nicht, woher sie stamme. Aus einem anderen Leben, aus einer anderen Zeit, aus einem anderen Gesicht. Wenngleich sich ihm die Leben aller Menschen öffnen wie bereitwillig aufgesperrte Tore, so bleibt ihm der Zutritt zu seinen eigenen Erinnerungen versperrt.

Am Nachmittag sitzen wir am Teich, unweit der Stelle, an der wir uns bisher trafen. Ich hocke zwischen seinen Beinen, meine Hände in seinen, an ihn gelehnt, wie an einen Baum. Und denke an das Gedicht, das mich schon den ganzen Tag still und leise verfolgt. Auf Schritt und Tritt im Hintergrund all meiner Gedanken.

Jonas

„Lene mochte Ringelnatz, nicht wahr?“, sagt sie.

Paul, nicht direkt Lene. Ein schneller, schnell weggewischter Gedanke, die Säure hinuntergeschluckt. Ich sage nichts, sondern nicke. Wenige Sekunden zuvor habe ich versucht all meinen Mut zu sammeln, ihr Gesicht sanft zu mir zu drehen und sie endlich zu küssen. Diese Lippen, die mich den ganzen Tag schon herausfordernd anblicken. Aber ich war ihr nicht gewachsen, der Herausforderung. Ich bin erwachsen und fühle mich wie ein Baby. In dieser Welt, in diesem Dasein, das so viel menschlicher ist als alles bisher Gekannte.

Der Grün der Wiesen um uns herum verschwimmt vor meinen Augen mit dem Blau des Teiches. Mischt sich mit dem Leuchten ihrer Augen. Das glückliche Zwitschern der Vögel stört ihre Stimme nicht, sondern ergänzt ihren Klang, als sie sagt:

„Ich muss heute den ganzen Tag an ein Gedicht von Ringelnatz denken:

Ich habe versucht, einen Wind einzufangen.
Aber ich fand das Gefangene nicht.
Ich bin durch tiefe Wälder gegangen,
Wo der Wind ganz tief mit den Wipfeln spricht,
Wipfeln von ganz hohen Kiefern.
Ich sah im Moos eine Bierflasche liegen.
Wenn ich in einem Bierversand
Die würde abliefern,
Bekäme ich zehn Pfennige Pfand.
Ich habe versucht, das viele Versuchen
Ganz aufzugeben.
Ich nahm einer Wanze das Leben,
Die mich nur gejuckt hat.

Unsereiner
Wird immer kleiner,
Je tiefer er ins Leben geguckt hat."

Ich schweige, weil ich nicht weiß, was ich sagen könnte. Weil ich langsam eine Ahnung davon bekomme, wie sehr sie leidet.

Sie sagt: „Genauso fühle ich mich oft. Er hat es gut getroffen, nicht wahr? Unsereiner wird immer kleiner, je tiefer er ins Leben geguckt hat. Ich habe manchmal das Gefühl zu verschwinden. Nicht plötzlich und lautstark, sondern langsam, still und unbemerkt."

Ich nicke. „Ich kenne das gut."

„Ja?", fragt sie erstaunt.

Lilly

Ich beginne, mich an Jonas zu gewöhnen. Das hört sich seltsam an, ich weiß. Wir kennen uns so kurz, er ist eine Art überirdisches Geschöpf und doch so menschlich für mich. Auch wenn ich beschreiben kann, wie er aussieht, so spielt es irgendwie eine untergeordnete Rolle. Wenn jeder von uns beiden wieder seiner Wege geht, sind es nicht seine schwarzen Haare, seine tiefen dunklen Augen, seine breiten Schultern oder die Narbe an seiner Schläfe, sondern die Worte und Sätze; die Fragen, die er so richtig stellt, die mir im Kopf bleiben. Ich beginne, mich daran zu gewöhnen zu leben. Auch das hört sich seltsam an. Und unverständlich, schließlich ist es genau das, was ich vor wenigen Tagen nicht mehr wollte. Ich bin nicht auf diese Brücke gestiegen, um mir selbst etwas zu beweisen, nicht um Mitleid zu erregen. Ich bin dort hinaufgegangen, um nicht mehr hinunterzugehen. Ohne Wenn und Aber. Und dann kam Jonas. Der Grund für meine Brückenentscheidung ist dennoch spürbar, er klebt mir wie frisch Erbrochenes an den Mundwinkeln und sitzt gleichzeitig tief in meiner Kehle. Der Schmerz der Trauer ist nicht mehr taufrisch, sondern Gewohnheit. Eine Gewohnheit, mit der ich mein Leben lang umgehen muss. Eine Gewohnheit, die ich abstreifen wollte, wie einen lästigen dicken Mantel. Und hier stehe ich nun. Alleine in meiner Wohnung und weiß, dass ich irgendwie weitermachen muss. Es ist egal wofür und warum. Gibt es eine Rechtfertigung für den Wunsch nach Leben? Muss ich mich rechtfertigen vor Mama, vor der Welt? Habe ich nicht die Pflicht, das, was ich verabscheue, hinter mir zu lassen? Oder ist es, wie Jonas sagte: Gehe ich mit meinen Mitmenschen zu hart ins Gericht?

Jonas. Es ist soviel Vertrautes zwischen uns, soviel Nähe, die gar nicht unbedingt körperlicher Nähe bedarf. Dabei gibt es diese Momente, wenn ich ihn berühre und unmittelbar für Sekunden das Gefühl habe, die ganze Welt aus den Angeln zu heben. Nicht vor Wut oder Traurigkeit, sondern ganz unerwartet aus purer Zuneigung zu ihm. Wenn ich daran denke, seine Haut unter meinen Fingern zu spüren, dann ist es, als prickeln und bitzeln meine Fingerspitzen in sehnsüchtiger Erwartung. In Jonas‘ Gegenwart ist mein kaltgefühltes, kaltgetrauertes Herz auf einmal 30 Grad wärmer und scheint lauter und schneller zu schlagen. So, als wolle es mir sagen, dass es durchaus gute Gründe gibt, weiter zu schlagen. Ich beginne mich nicht nur an Jonas zu gewöhnen. Ich beginne mich in ihn zu verlieben. Mit all meinen Sinnen, mit meinem Ganzen Ich. Doch was bin ich für ihn? Wenn er eine Sekunde lang überlegt hat, mich zu küssen, vorhin als ich an ihn gelehnt im Park saß, dann hat er es sich schnell wieder anders überlegt.

Ich versuche, nicht darüber nachzudenken, was das bedeutet. Um mich abzulenken, rufe ich die 5500 an, meinen Handyanrufbeantworter. Was für eine Scheißerfindung! Wenn ich nicht ran gehen kann, kann ich nicht ran gehen. Wenn ich nicht rangehen will, hat das seinen Grund! Warum also jemandem die Möglichkeit geben, mir seinen Senf trotzdem auf „Band“ zu labern? Ich merke, wie diese starke Wut, die Abscheu wieder in mir aufsteigt und versuche, sie hinunterzuschlucken.

5500 - Anrufbeantworter: Handynr. 01778885985422 - Sie haben zwei neue Nachrichten:

Erste neue Nachricht: „Lilly? Hier ist Uwe. Hast du neulich bei mir angerufen? Lilly lass uns miteinander reden. Können wir uns treffen? Du arbeitest am Freitag sicher, wie wäre es denn nach Büroschluss so um vier, am Café am alten Kranen?“

Mein Vater hat nicht einmal eine Ahnung davon, dass ich schon ewig nicht mehr arbeiten war. Ich konnte mich einfach nicht dazu aufraffen aufzustehen. Seit wann eigentlich? Schätzungsweise seit drei Monaten. Seit Ben, und seit ich nicht mehr laufen gehen kann, seitdem mir bewusster denn je geworden ist, dass das Leben, das ich führe, nicht das Leben ist, das ich führen will? Keine Ahnung. Die Krankschreibungen sind nicht das Problem, das erledigt sich mehr oder wenig von selbst. Meine Geschichte, dann die Fußverletzung vom letzten Run. Und Carla, die treue Seele, die mir treulose Seele noch immer die Stange hält und das Einzige tut, was sie noch für mich tun kann: Mir bei ihrem Chef Krankschreibungen besorgen. Komisch, es ist das erste Mal, dass ich so denke. Dass ich überhaupt darüber nachdenke, wie es Carla gehen könnte. Ob sie mich vermisst? Ob Uwe mich vermisst? Wohl kaum. Mein Herr Vater hatte ja noch nie sonderlich viel Ahnung von meinem Leben. Na ja, bist auch ein bisschen selbst Schuld, Lilly, nicht wahr? Ich weiß nicht, woher diese selbstkritischen Stimmen auf einmal kommen. Sie sind ungewohnt, unangenehm und doch nicht gerade unpassend oder unwahr. Ich halte mein Handy noch in den Händen. Drücke den Anrufbeantworter weg, bevor er die zweite Nachricht abspielen kann und klicke auf den kleinen Briefumschlag. Uwe hat kein Whatsapp, mit ihm muss man herkömmlich kommunizieren. Soziale Netzwerke hält mein Vater für die totale Kontrolle. Eigentlich auch Handys an sich. Aber als Vermögensberater bleibt ihm nichts anderes übrig, als eines zu nutzen. Uwes Lieblingsbuch ist George Orwells dystopischer Roman „1984", „Big Brother is watching you", sein Lieblingszitat. Vielleicht hat er sich deshalb von meiner Mutter immer unter Druck gesetzt und beobachtet und - Achtung Originalton Uwe - seziert gefühlt. Was das betrifft, ist er meiner Meinung nach gefangen zwischen Wirklichkeit und Verfolgungswahn. Ich schreibe ihm also eine SMS, telefonieren bringe ich nicht fertig.

SMS an Uwe: Geht klar. Fünf Uhr, Café alter Kranen. Lilly.

Er antwortet umgehend.

SMS von Uwe: Super, Lilly! Freue mich!

Wenn ich schon dabei bin, denke ich mir, könnte ich auch die nächste Nachricht hören. Irgendwie nimmt das hier gerade eine Eigendynamik an, die mir fast etwas Angst macht. Als hätte mich jemand gezwungen, mein Leben wieder in die Hand zu nehmen. Ich fühle mich wie eine Spinne, die ihr Nest selbst zerstört hat, um es danach wieder neu aufzubauen. Als würde ich die alten zerrissenen

Fäden wieder sorgfältig aneinander kleben. Verbindungen bauen, Vernetzungen knüpfen. Dabei weiß ich noch nicht einmal, ob ich das will. 5500 - wieder wähle ich den Anrufbeantworter meines Handys, bereit, mir die nächste Nachricht anzuhören.

Zweite neue Nachricht: Frau Gresler, Hier ist Müller-Hemm. Wir haben die Verlängerung ihrer Krankmeldung erhalten. Wir wollten mal nachfragen, wie es Ihnen denn geht? Können wir irgendetwas für Sie tun? Wann dürfen wir wieder mit Ihnen rechnen?

Wir würden uns freuen, wenn Sie bald wieder zurückkommen, aber machen Sie sich selbst keinen Druck, lassen Sie sich die Zeit, die Sie brauchen. Aber seien Sie sicher, wir vermissen Sie hier. -- JAAA; Lilly komm bald wieder...

Die letzten Worte hallen im Hintergrund. Meine Kollegen, die ich fast vergessen und ohne Abschied verlassen habe. Soviel Anteilnahme und Gefühl habe ich gar nicht verdient. Ich spüre, wie mir heiße Tränen die Backen hinunterlaufen. Ich weine und weine und auf einmal gibt es kein Halten mehr. So lange habe ich nicht mehr geweint, dass meine Tränensäcke voll sein müssen. Mit jeder Träne, die ich weine, fühle ich Erleichterung. Als stünde jeder einzelne salzige Tropfen für ein Kieselsteinchen auf meinem Herzen. Aber was sind schon ein paar Kieselsteine weniger im Steinbruch meiner Seele. Dennoch. Es hat sich so viel angesammelt, dass es trotzdem ist, als falle etwas Gewicht von mir ab.

Charles Darwin war der erste, der sich mit dem Weinen und den Ursachen für das Tränenvergießen als emotionalem Ausdruck beschäftigt hat. Es gibt zwei Erklärungsansätze: Weinen als Hilfesignal an andere Menschen oder als seelische Entspannung. Paul hat mir das erklärt. Moment mal? ICH weiß gar nichts von Paul. ICH kenne Paul nicht. Lene kennt Paul. Lene weiß das vielleicht von Paul. Ich habe überhaupt keine Ahnung, wer genau Paul ist. Außer, dass er der Mann ist, in den Lene verliebt war. Der Gedanke, dass ich ja irgendwie auch Lene bin, ist noch so fremd und unglaublich, dass ich mich nicht daran gewöhnen kann. Vielleicht vermischt mein trauriges Hirn hier einfach nur alles, und ich habe diese Tränensache mit Darwin irgendwann in der Schule gelernt. Allerdings könnte ich schwören, dass das einzige, was ich von Darwin bis gestern wusste, seine „Das Recht des Stärkeren"-Theorien sind. Dann fällt mir das Buch ein. Lenes Buch. Bevor ich mir also weiter Gedanken mache, woher ich etwas weiß, könnte ich auch einfach in Lenes Unterlagen nach Antworten suchen.

Lenes Tagebuch – Sommer 1938

Oft können wir uns nicht sehen. Manchmal kommt er abends noch zu uns herauf. Wenn der Vater sich im Bett wälzt, weil die Alpträume ihn quälen, weil er Mutter vermisst. Dann habe ich Mitleid mit ihm, jetzt sehe ich ihn anders. Wo ich doch nun endlich selbst weiß, wie das ist, Liebe zu spüren. Nicht nur sie zu empfinden, sondern auch zurück zu bekommen.

Während ich lese, verschwimmen die Zeilen vor mir. Verschwindet die Zeit. Werden Lene und ich eins. Nach einigen Zeilen weiß ich nicht mehr, ob ich lese, erlebe oder träume. Ich spüre, dass meine Wangen glühen.

Es ist Wut und Eifersucht, die in mir aufsteigt. Eine lächerliche Eifersucht auf mein früheres Leben. Denn ich habe in diesem Leben niemanden, der mich so liebt wie Paul Lene liebte. Dennoch, ich lese weiter und verschwinde in Lenes Zeit und Leben.

Wenn Paul da ist, setzen wir uns nicht in die Stube. Meistens habe ich noch in der Küche oder im Stall zu tun und Paul ist, wo immer ich bin.

Wir reden, wie ich noch nie mit jemandem geredet habe.

Paul kennt die Welt viel besser als ich, auch wenn er nicht viel mehr davon gesehen hat. Er weiß so viel aus den unzähligen Büchern, die es im Hause der Rahningers gibt. Und natürlich weil sein Vater, der Rudolf, Volksschullehrer ist in unserem Dorf. Er weiß so viel und hat seinen Kindern immer Geschichten aus aller Welt erzählt. Unser Vater spricht kaum mit uns, erzählt hat er noch nie gerne. Nicht von früher, vom Krieg, und auch nicht von den besseren Zeiten später. Nur davon, wie er Mutter kennengelernt hat. Davon hat er gerne erzählt. Jetzt nicht mehr. Pauls ältester Bruder hat schon ein Kind, die kleine Rosina. Er hat sie mal mit raufgebracht zu uns, weil sie so gern die kleinen Ferkelchen ansehen wollt, das süße kleine Ding. Wenn ich Paul mit ihr sehe, geht mir das Herz auf. Er ist so lieb mit der Kleinen.

„Willst auch mal Kinder haben?", frage ich ihn heute. Wir sitzen auf einem kleinen Schemel neben Edith, unserer Milchkuh. Eigentlich sitzt nur Paul auf dem Schemel, ich auf seinem Schoß. Es ist so selbstverständlich geworden, dass ich mich gar nicht mehr schäm', wie am Anfang. Ich spüre gerne seine starken Beine unter meinen. Lege manchmal schüchtern meine Hände um seinen Hals und zieh' ihn her zu mir. Dann ist er so nah, dass ich erst dann glauben kann, dass er wirklich hier ist, und dass er gerne bei mir ist. Dann kann ich seine Lachfalten sehen, wenn er mich angrinst. Ihn neckend an seinem rechten Ohr ziehen und ihm durch das wilde Haar fahren. Dann habe ich ihn für mich. Für mich alleine. Manchmal, wenn er wieder gegangen ist und in das Haus seiner Eltern im Dorf zurückgekehrt ist, frage ich mich, ob ich mir das alles nur einbilde. Ich dummes Bauernweib mit meinen alten, zerfledderten Kleidern und der schlaue, schöne Paul. Lang will ich ihn schon fragen, was er eigentlich an mir findet. Aber ich hab doch Angst, dass er sich's dann nochmal anders überlegt.

„Irgendwann müssen wir mit deinem Vater reden", sagt er als Antwort auf meine Frage und ich werde rot. „Mindestens fünf und alle mit hellen Locken und grünen kleinen Augen, die einem den Verstand rauben", fügt er hinzu und küsst mich. Das ist immer noch eine kleine Sensation, eine, die vom Mund bis in den Bauch kitzelt.

„Alter Gernegroß! Das hättest du wohl gerne! Und wer soll die alle gebären?", sage ich und das Blut glüht in meinen Wangen.

„Gernegroß! Na, warte du, du, du Xanthippe!". Er lacht, schiebt mich von seinem Schoß und springt vom Schemel. Ehe ich mich versehe, hat er sich schnell und flink den Blecheimer neben dem Schweinestall gegriffen und das eiskalte Wasser darin über mich gegossen. Triefend und sprachlos stehe ich da, bevor mich ein Lachen schüttelt, das ich seit Mutters Tod nicht mehr gelacht habe. Paul aber

lacht nicht, er steht vor mir, mit hängenden Armen und sieht mich an, dass es mir zunächst ganz blümerant wird. Erst frage ich mich, ob er etwas an mir gefunden hat, das ihm nicht gefällt, doch dann sagt er „Du bist so schön, Helena, so schön“. Es ist das erste Mal, dass er meinen richtigen Namen laut ausspricht. Ich wusste nicht einmal, dass er ihn kennt. Für alle im Dorf bin ich nur die Lene. Dann nimmt er mich in die Arme, nass wie ich bin, und küsst mich, wie er mich noch nie geküsst hat. Es kribbelt durch meinen ganzen Körper, als hätte ich überall Ameisen auf mir sitzen. Von den Lockenspitzen bis in die Zehen kann ich fühlen. Wärme und Geborgenheit und etwas Unbekanntes, Forderndes. Etwas in mir, das mehr will und gar nicht richtig weiß, was mehr sein könnte. Bis er die Knöpfe meines Kleides langsam öffnet. Den ersten, den zweiten, den dritten. Seine Hand hineinlegt und mich berührt. Bin das ich, die gerade geseufzt hat? Wie unangenehm. Nicht dass er denkt, ich sei obszön. Aber ich möchte nicht, dass er aufhört. Lange berührt er mich. Streichelt meine Brust, küsst meinen Hals. Für immer und für alle Zeit möchte ich hier mit ihm stehen. Nach einer Weile aber drückt er mich ein Stück weit weg von sich und sagt: „Wir müssen mit deinem Vater reden. Im Frühjahr nach deinem Geburtstag.“ Ich nicke, zu mehr bin ich nicht in der Lage. Auf einmal sind wir keine Einheit mehr, nicht mehr wie zusammengewachsen und ich kann fast spüren, dass es weh tut. Paul sagt, er müsse gehen. Ich sage „Bleib“. Er sagt: „Du wirst krank, kleine Xanthippe. Krank kann ich dich nicht gebrauchen, denn dann können wir uns nicht sehen.“

„Erzähl mir noch etwas, ich mag dich noch nicht gehen lassen“, sage ich.

„Ich hab' etwas für dich. Aber lies es erst, wenn ich gegangen bin, dann ist es, als sei ich noch da. Versprochen?“

„Versprochen!“

Ich habe dich so lieb!
Ich würde dir ohne Bedenken
eine Kachel aus meinem Ofen schenken.
Ich habe dir nichts getan.
Nun ist mir traurig zu Mut.

An den Hängen der Eisenbahn
leuchtet der Ginster so gut.
Vorbei--verjährt--
doch nimmer vergessen.
Ich reise.
Alles, was lange währt,
ist leise.
Die Zeit entstellt alle Lebewesen.
Ein Hund bellt.
Er kann nicht lesen.
Er kann nicht schreiben.
Wir können nicht bleiben.
Ich lache.
Die Löcher sind die Hauptsache in einem Sieb.
Ich habe dich so lieb.

(Joachim Ringelnatz)

Pauls Handschrift ist leicht verwischt auf dem alten Zettel, der so aussieht, als hätte ihn jemand - Lene - immer wieder und wieder in die Hand genommen. Ihn gewendet und gedreht, ihn an die Wange gedrückt, ihn gestreichelt. Als wäre sie jeden Morgen mit den Fingern über die Zeilen gefahren, hätte sie so oft laut gelesen, dass die Buchstaben schon beinahe aus dem Papier kommen. Das Gedicht kenne ich, ist es schließlich eines seiner bekanntesten. Und doch kann ich nicht sagen, wann ich es das erste Mal las. Wann und wo. Hatten wir Ringelnatz in der Schule durchgenommen? Ich kann mich nicht erinnern. Es ist, als verschwimmt alles. Als werden Lene und ich eins. Ich gehe ins Bad, schütte mir mit den Händen kaltes Wasser ins Gesicht und sehe es mir an, versuche, wieder ganz ich selbst zu werden. Mein Gesicht:

Ich sehe keinem meiner beiden Elternteile besonders ähnlich. „Du bist ein Mischmasch“, hat Mama immer gesagt. Ich sehe eine leicht nach oben gewölbte Nase, schmal und gerade. Ordinär braune Augen, Symmetrie. Zu buschige Augenbrauen, die zu zupfen ich mir schon länger keine Mühe mehr gemacht habe. Wie automatisch greife ich zur

Pinzette und Minuten später bin ich um gefühlte 200 g Gesichtsbehaarung erleichtert und um - passend zu meinen Augenringen - zwei rote Kringel über den Augen reicher. Am Haaransatz stehen ein paar besonders widerborstige Haare immer ab, egal was ich schon dagegen unternommen habe. Wie kleine Antennen, Sensoren, Empfänger.

Alles in allem kein schlechtes Gesicht, aber auch nicht besonders hübsch. Was sieht Jonas, wenn er in mein Gesicht blickt? Sieht er mich, oder möchte er gerne Lene sehen? Was das betrifft, werde ich nicht schlau aus ihm. Überhaupt ist es schwer, schlau aus jemandem zu werden, den es eigentlich nicht gibt. Besonders schlau sein muss man allerdings nicht, um zu wissen, dass ich ihn gerne wiedersehen will. Dass ich ihn geradezu wiedersehen muss. Wir haben uns verabredet. Aber bis dahin ist lange für jemanden wie mich. Jemanden, der vor Tagen aus dem Leben scheiden wollte, und dessen Terminkalender daher keine Einträge mehr über jenes Datum hinaus aufzuweisen hat. Es gibt tausende von Dingen, die ich klären müsste. Aber noch immer fühle ich mich zu müde dazu. Vielleicht sollte ich mir für jeden Tag etwas vornehmen. Eine Art to-do-Liste back-to-life. Will ich das? Back to life? Keine Ahnung. Ich will nicht sterben, nicht jetzt gerade. Ich will Jonas. Der Gedanke, so klar und so eindeutig, lässt mich zusammenzucken. Aber er ist wahr. Ich will Jonas. Aber wen und was will Jonas? Und wie stelle ich mir das überhaupt vor? Die Gedanken werden mir zu schwer, wie so häufig. Ich darf die Schwere nicht zu sehr an mich ran lassen. Tag für Tag, Stunde für Stunde. So müsste man immer leben können. Morgen treffe ich Uwe, vielleicht sehe ich auf der Arbeit vorbei. Vielleicht ist das aber auch zu viel für einen Tag.

Ich gehe in meine kleine, bunte Küche und öffne den Kühlschrank. Leer. Wie zu erwarten. Also doch noch einmal raus. Es ist warm geworden, die letzten Quellwolken haben sich verzogen. Ich hole den Schlüssel und laufe die wenigen Meter zu meinem Auto. Ford Fiesta, Baujahr 1990, rot, bis auf die Motorhaube. Die verdient die Bezeichnung rot nicht mehr. Affenschaukel, sagte Mama dazu. Nussschale ist Uwes Ausdruck. Manchmal hat mich das wütend gemacht. „Dann kauft mir halt ein neues Auto, wenn es euch nicht passt.“ Betretenes Schweigen bei beiden. Unabhängig voneinander. Uwe, weil er auch in zwanzig Jahren nie den richtigen Ton und Zugang zu mir finden wird und still ist, sobald sich mein Ton ändert. Mama, weil sie es sich nicht leisten konnte. Zumindest ist die nussschalene Affenschaukel ein zuverlässiges Gefährt. Auf dem Weg zum nächsten Supermarkt nehme ich wie automatisch den längeren Weg, den bei Bille und Helmut vorbei. Ich fahre, ich sehe, ich schalte, ich lenke, blinke, bremse, gebe Gas. All das tue ich und fühle mich dabei nicht wie ich selbst.

Wie automatisch parke ich auf dem grauen Pflaster mit den Rostflecken vor dem Haus meiner Tante und meines Onkels. Vor dem Haus, das jahrelang nicht nur das Nachbarhaus, sondern ein zweites Zuhause war. Als ich ausgezogen bin, ist Mama aus der Wohnung im Nachbarhaus aus- und in Billes Einliegerwohnung eingezogen. Dort liegen noch immer ihre Sachen. Sofern Bille sie nicht weggeworfen hat, was ich nicht glaube. Ich stelle mir vor, dass sie den Schlüssel zweimal umgedreht hat, sechs Tage die Woche so tut, als gäbe es die Wohnung und den Tod ihrer Schwester nicht und einmal die Woche Staub wischt. Ansonsten befindet sich dort unten ein Mausoleum, ein Museum für Mamas Sachen. Ich weiß nicht, ob es stimmt, ich habe schon lange nicht mehr mit Bille gesprochen und schon viel länger nicht mehr über Mama. Wie gesagt, Bille spricht nicht gerne über ihre Schwester. Ich kann das nicht verstehen, schon in ihrer Kindheit waren die Geschwister unglaublich eng und innig miteinander verbunden. Vielleicht ist es so ähnlich, wie eine Mutter zu verlieren, wenn man eine Schwester verliert. Mit Mama hat sie genauso einen Teil ihrer Kindheit verloren wie ich. Warum habe ich mir darüber nie zuvor Gedanken gemacht? Könnte es sein, dass sie leidet wie ich und ihr Leiden sich nur anders ausdrückt? Plötzlich muss ich an die Nachricht denken, die sie mir auf den Anrufbeantworter gesprochen hat, die letzte. Zumindest die letzte, die ich mir angehört habe. Was sagte sie? „Ich habe auch meine Schwester verloren. Was meinst du denn, wie ich mich fühle?“

Ich sitze in meiner Nussschale/Affenschaukel/Ford Fiasko und halte das Lenkrad so fest, dass meine Knöchel in der Sonne weiß schimmern. Wie ein leibgewordenes Klischee komme ich mir vor,

Darstellerin eines Dramas, eine Szene wie aus einem schlechten Film. Was macht die Heldin? Oder bin ich die Antiheldin in diesem Drama? Steigt sie aus, fällt der Tante um den Hals und bittet um Vergebung, während sie gleichermaßen auf Entschuldigung wartet? Bleibt sie sitzen, die Tante kommt aus dem Haus und jagt sie vom Hof? Oder fährt sie weiter, getreu dem Scarlett-O'Hara-Motto „Verschieben wir es auf morgen?“. Die Antwort gebe ich mir selbst. Im Film müssen die Helden nicht auf Toilette. Während ich also noch überlege, ob ich heimlich hinter die Kirschlorbeerbüsche pinkele oder es vielleicht doch noch bis zum Einkaufszentrum aushalte, kommt Helmut aus dem Haus. Er sieht noch magerer aus als sonst. Wie ein Flatscreen von der Seite, habe ich einmal zu Mama gesagt, so sieht er aus. Wir haben uns minutenlang die Bäuche gehalten, während uns die Lachtränen die Backen hinuntergelaufen sind. So passend ist die Beschreibung. Dabei ist Helmut nicht einmal hässlich, nur zu dünn. Natürlich erkennt er mein Auto sofort. Er hat einen Pinsel in der einen Hand, einen kleinen verdreckten, farbverspritzten Eimer in der anderen. Klar, wie könnte Helmut auch einfach mal nichts tun. Offensichtlich ist er dabei, den Zaun zu streichen. Ich kann sehen, dass er zögert, dann aber läuft er auf mich zu und sieht dabei aus, als könne der kleinste Windhauch ihn umstoßen. Er klopft an die Scheibe, ich überlege, ob ich sie herunterkurbele, entscheide mich dann aber dafür auszusteigen. Schwerfällig. Schwer fällt es mir.

„Hallo Lilly, schön dich zu sehen. Was treibt dich zu uns?“

Ich merke, dass er versucht, es so klingen zu lassen, als sei ich erst gestern hier gewesen. Und ich gehe darauf ein, vielleicht, weil es schön wäre, sich das einzubilden. Vielleicht weil es schön wäre, nicht versucht zu haben, sich umzubringen. Weil es schöner wäre, immer noch eine Familie zu haben, jemanden, der sich wirklich für einen interessiert. Vielleicht auch weil meine Blase inzwischen so voll ist, dass ich Angst habe, zu implodieren.

Also sage ich: „Hallo Helmut, kann ich mal bei euch auf's Klo?“

Helmut versucht, nicht irritiert auszusehen, sehr wahrscheinlich hat er eine völlig andere Antwort erwartet. Surreal ist das alles, so surreal, dass ich als Zuschauer lachen müsste. Fast hätte ich gekichert. Helmut aber fängt sich schnell.

„Klar, geh' rein. Weißt ja, wo du hin musst." Dann fügt er noch hinzu: „Bille ist einkaufen, sie kommt gleich. Ich hol' dir einen Eistee, komm doch hinten raus auf die Terrasse, wenn du, äh, ja, wenn du fertig bist."

Er will mich hier halten, mich hinhalten, bis Bille da ist. Und ich kann es ihm nicht übelnehmen. Bille ist Helmuts Augapfel, und wer will schon, dass einer seinen Augapfel mit einer spitzen Gabel bedroht. Habe ich das? Seit ich mit Jonas gesprochen habe, ist da dieses Schuldbewusstsein, das schlechte Gewissen, das mir sagt, dass möglicherweise nicht alles so schwarz und weiß ist in meinem Trauerfilm, wie ich es mir eingebildet habe. Ich werde das Gefühl nicht los, dass da ein kleiner besserwisserischer Kobold auf meiner Schulter sitzt, der mir all meine Taten und nicht nur das, auch Gedanken, der letzten Monate gnadenlos vorhält. Mich zwingt, Rechenschaft abzulegen und Abbitte zu leisten. Habe ich mich selbst unter dem Deckmantel meiner Trauer zu sehr in Schutz genommen, alles gerechtfertigt? Oder ist es eine Mischung? Aus folgenden Zutaten: Der eigene Schmerz, der einen Menschen unweigerlich verändert; die unwissentliche Ignoranz anderer Menschen, die nicht die gleiche Erfahrung gemacht haben, und die Einsamkeit und Verlorenheit, die einen ungerecht werden lassen.

Ich betrete das Haus, das einst Zuhause war. Laufe den schmalen Gang entlang, biege nach dem Schuhschrank links ab, ins Gästebad. Hier ist alles beim Alten. Hier habe ich mich als kleines Kind im Wandschrank versteckt; bin auf die Toilette gestiegen und habe hundertmal hintereinander die Spülung gedrückt (um zu testen, ob irgendwann das Wasser ausgeht); habe mich als Fünfjährige eingeschlossen und musste von Helmut über das kleine Fenster, das in den Hof reicht, gerettet werden. Durch eben dieses Fenster kann ich beobachten, wie Helmut ein Paket vom Postboten entgegen nimmt. Wie kurz darauf Billes Wagen auf das Pflaster rumpelt und sich erstaunt neben meinen stellt. Bille gehört zu den Menschen, die ihren Autos Namen geben, deshalb kann man das ruhigen Gewissens so sagen. Die aktuelle Version - ein Skoda Fabia in silbergrau metallic - heißt Lars. Bille spricht mit ihren Autos. Oder zumindest hat sie das früher getan. Sie geht sogar so weit, in einem Gespräch ganz ernsthaft davon zu reden, dass Heinz Müller heute wieder gestreikt hat. Heinz Müller (Billes Autos haben nicht nur Vor-, sondern auch Zunamen) war ihr urdeutscher VW Golf, Baujahr 1989. Ein launischer Kerl und Lars Svenssons direkter Vorgänger. Ich stehe noch immer im Bad, mit den Händen unter dem fließenden Wasser und habe keine Ahnung, was ich als nächstes tun soll. Rausgehen? Mich einschließen? Helmut wird mich wohl kaum über das Fenster rausholen. Ich befürchte, ich würde nicht mehr durchpassen. Auf einmal komme ich mir furchtbar dumm und schrecklich klein vor. Was habe ich mir dabei gedacht, unangemeldet einfach hierher zu kommen? Was habe ich erwartet? Ich stelle mir selbst eindeutig zu viele Fragen, seit ich Jonas kenne.

Jonas. Ein warmer Hauch legt sich wie Sommerluft auf meine Haut. Was würde er mir raten? Rausgehen, Bille fest in die Augen blicken, ihr sagen, dass ich enttäuscht von ihr bin und gleichzeitig so gut weiß, wie einfach man jemanden enttäuscht? Dass ich es ihr irgendwie nicht mehr so übel nehme? Dass ich mir wünsche, wieder eine Familie zu haben? Und dann? Was, wenn sie nicht mit mir reden will? Es ist Monate her. Sie hat viel unternommen und doch zu wenig. Sie hat an der Oberfläche gekratzt, ohne wissen zu wollen, was sich unter ihren Fingernägeln befindet. Ich habe sie kratzen lassen, ohne dass es mich gekratzt hat.

Weil ich finde, dass ich ein großes Mädchen bin und mich zumindest einmal wie eines verhalten sollte, trockne ich mir zitternd die Hände an ihrem blauweißen Handtuch ab (Billes Gästebad ist ganz im maritimen Stil gehalten - kleine Muscheln in Gläsern; getrocknete Weiden, weißgekalkt, an denen hölzerne Seesterne hängen; ein Leuchtturm; Fischernetze winden sich um den Spiegel; über der Toilette hängt sogar ein kleines Schild mit der Aufschrift „Ahoi"). Dann schließe ich auf, hole tief Luft und laufe hinaus, nicht auf die Terrasse, sondern wieder zurück zur Haustür. Ich versuche so erwachsen und reif wie möglich zu gehen, so selbstbewusst und stark zu blicken wie es nur geht, und hoffe, man kann nicht riechen, wie nervös ich bin. Vor wenigen Tagen war es mir noch egal, wer meinen zermatschten Körper unter einer Brücke wegtragen muss, und heute mache ich mir Gedanken um meinen Körpergeruch. Ich weiß nicht, ob so erfolgreiches Zurückkommen ins Leben aussieht. Sollte back-to-life nicht ein wenig spektakulärer sein? Weniger menschlich, weniger angstvoll und zögernd? Einige Sekunden später, steht sie mir gegenüber. Meine Tante, die Schwester meiner Mutter, der einzige (lebende) Mensch, der die gleiche Genmischung in den Adern trägt wie sie, die Frau, die immer für meine Mutter und (bis zu deren Tod?) auch immer für mich da war. Bin ich für sie als Nichte an jenem Tag gestorben, an dem meine Mutter starb? Ist das Band für sie durchtrennt worden und aus einem Dreiergespann kein Doppel, sondern zwei Einzelgänger geworden? Zu viele Fragen. Bille beantwortet sie alle mit einer einzigen Bewegung. Selbstverständlich und unmissverständlich. Nicht umständlich. Gegenständlich. Greifbar, fühlbar, nah. Sie umarmt mich.

Jonas

„Unsereiner
Wird immer kleiner,
Je tiefer er ins Leben geguckt hat.“

Dieser Satz hallt immer noch in mir nach. Ich kenne ihn. Er ist mir so vertraut, als hätte ich ihn selbst geschrieben. Natürlich kenne ich das Gedicht. Aber erst als Lilly es laut aussprach, hat es irgendetwas mit mir gemacht. Unabhängig davon, oder vielleicht hängt es doch auf eine Art zusammen, fühle ich eine Veränderung. Ich bin nicht mehr so aufmerksam. Nachdem Lilly gegangen ist, hätte ich die alte Dame fast übersehen, deren Stock sich im Gullischacht verfangen hat, die gestürzt ist und die um ein Haar von einem Taxi überrollt worden wäre. Unaufmerksamkeit ist mir fremd. Ebenso wie Müdigkeit. Zeitenmittler wandeln durch die Nacht, ohne Ruhe zu finden und ohne sie zu brauchen. Manchmal sitze ich stundenlang draußen und sehe auf den Fluss hinaus, oder ich werde ganz einfach eins mit der Natur. Wir geben jegliche Gestalt auf, sind nur noch Seele. So entspannen wir. Aber Schlaf ist etwas, was ich immer bewundert habe. Richtiger Schlaf. Wie Menschen in ihren Körper zurückfallen müssen, damit die Seele ruhen und sich ordnen kann.

Ich kannte einmal eine Frau, die nicht schlafen konnte, ruhelos und verzweifelt wandelte sie durch die Nacht, drehte sie sich wach von einer Seite auf die andere, wälzte sich ungeduldig hin und her. Sie war deshalb kurz davor, sich das Leben zu nehmen. Die Bilder, die sie aufnahm, konnten nicht mehr in ihre Schubladen eingeordnet werden, konnten keinen Platz mehr finden und schwirrten wirr und ungeordnet in ihrem Kopf herum. Es hat sie verrückt gemacht. Wir konnten ihr helfen, Yolanda und ich.

Auf einmal weiß ich, wie sich die Menschen fühlen müssen, wenn sie so müde sind, dass ihre Körper ihre Seelen nicht mehr halten können. Dass sie den Schlaf so dringend brauchen wie ein Computer ein Update. An mir selbst spüre ich es seit zwei Tagen. Seit zwei Tagen habe ich auch meine menschliche Gestalt kaum mehr gewechselt. Ich bin in diesem hochkomplizierten, schweren und wundersam verwundbaren Körper gefangen und kann mich nicht mehr wie eine Blume im Wind drehen. Kann nicht mehr schwerelos einfach nur sein. Ganz unangenehm, so wie es sein müsste, ist es mir erstaunlicherweise nicht. Es ist ein wenig wie nach Hause kommen, wie ankommen. Sorge macht mir nur, was diese Veränderung hervorgerufen hat und was sie bedeutet.

Es gibt nur eine Person, die mir dazu Rat geben kann. Ich muss sie nicht rufen, sie ist da, wenn ich sie brauche. Yolanda sieht mich ernst an, das Weiche, Mütterliche an ihr, das sich sonst so deutlich auf ihrem Gesicht abzeichnet, ist beinahe vollständig verschwunden. Sie wirkt traurig und beunruhigt. Zwischen ihren trüben braunen Augen vertieft sich die kleine Falte am Nasenbein, ihre Wangen sind leicht gerötet und ihr Mund so verkniffen, dass ich mich einen Moment lang frage, ob sie spucken, fauchen oder tatsächlich nur sprechen wird, wenn sie ihn öffnet.

Sie hat bemerkt, dass ich nicht aufmerksam bin. Im Gegensatz zu mir fühlt sich Yolanda nicht sehr wohl in Menschengestalt, sie hasst ihren Körpergeruch, sie verflucht die schlechte Sehkraft, und sie ist sich sehr wohl bewusst, dass sie in Menschengestalt ihre Seele für alle Welt geöffnet mitten im Gesicht zur Schau trägt. Yolanda liebt die Menschen nicht wie ich, für Yolanda zählt ihre Tätigkeit als eine Art Berufung, die sie nach bestem Gewissen ausführt. Eine Aufgabe, die ihr auferlegt worden ist, über die sie sich nicht beschwert, die sie aber auch nicht mit großer Freude erfüllt. Sie ist pflichtbewusster, gewissenhafter, penibler und härter als alle anderen Zeitenmittler. Yolandas Gefühle beschränkten sich auf ihre Familie, auf Vincent und mich. Vincent ist für sie wie ein Bruder, ein Gefährte, auf den sie sich verlassen kann und zu dem sie vollstes Vertrauen hat. Ich dagegen, glaube ich manchmal, bin ihre Schwachstelle. Sie fühlt für mich wie für einen Sohn.

„Jonas, ich beobachte dich seit Tagen. Du bist verändert."

„Ja, das bin ich", antwortete ich ruhig.

Sie scheint überrascht zu sein, dass ich es offen zugebe. Vielleicht hat sie mit Ablehnung oder Unverständnis gerechnet.

„Wir sind Zeitenmittler, Jonas. Wir sind keine Menschen. Ich habe das Gefühl, dass du das in letzter Zeit nicht mehr verinnerlichst. Was ist geschehen? Ich kann in dir lesen wie in einem Buch, und ich sehe ganz klar, dass du dich nach etwas sehnst und dein Wesen sich langsam merklich verändert."

„Yolanda, ich habe nicht vergessen, wer ich bin. Ich frage mich nur, ob ich sein muss, wer ich bin. Und ob ich es kann. Ich sehne mich danach, etwas anderes zu sein, jemand anderes, und täglich wird dieses Gefühl stärker."

„Was willst du damit sagen?"

„Ich sehe nicht, wo mein Dasein hinführt und ..."

Wie ein kleiner Schuljunge blicke ich auf den Boden, betrachte die kleinen abgebrochenen Zweige, beginne sie innerlich zu zählen. Das macht Yolanda mit mir, weil sie für mich etwa so ist wie eine Mutter für einen Menschen.

„Jonas, es geht nicht um DEIN Dasein. Ich wiederhole noch einmal, du bist ein Zeitenmittler, es geht nicht um dich. Es geht um deine Aufgabe. Um etwas Größeres als deine Existenz. Wir sind der Ausgleich, die Balance, das Zünglein an der Waage, Jonas. Es ist unsere Pflicht, dafür zu sorgen, dass die Menschen nicht aus dem Gleichgewicht geraten. Stattdessen aber gerätst du aus dem Gleichgewicht. Du musst eine Stütze sein, ein Pfeiler. Ein Pfeiler, der dem Gewicht nachgibt, bringt das ganze Gebäude ins Wanken. Wenn du dich nicht fängst, auch zum Einsturz."

So deutlich, offen und bestimmt habe ich sie noch nie mit mir reden hören. Ich kann fühlen, wie stark und unerschütterlich diese Frau ist, wie unabbringlich sie ist von ihrem Weg. Wehmut erfasst mich, als ich merke, dass ich selbst niemals so werde sein können.

Niemals könnte ich diese Stärke, diese Willenskraft aufbringen. Und für einen kurzen Moment beneide ich sie.

Sie sieht mich an: „Es ist diese traurige, junge Frau, nicht wahr?", sagt sie bitter.

„Lilly weiß Bescheid", sage ich. Einfach, auf den Punkt und geradeheraus.

Sie kann nicht sofort antworten. Vermutlich ist sie fassungslos und hofft noch, ich könnte ihre Bedenken zerstreuen. Wahrscheinlich überlegt sie jetzt noch, ob sie mich falsch verstanden hat. Aber das ist nicht der Moment für Lügen. Überhaupt lügen wir nicht. Sollten wir nicht lügen. Ich weiß, dass ich ehrlich zu ihr sein muss. Also sage ich mit einem leichten Zittern in der Stimme: „Ich hab es ihr gesagt, Yolanda, ich musste es ihr sagen, sie... „

„Du hast ihr WAS gesagt?" Yolanda bebt.

„Was ich bin."

„Jonas!"

„Yolanda, ich weiß, ich weiß, dass ich es nicht darf, aber ich musste es ganz einfach tun. Sie ist eine verlorene Seele. Ich habe sie auf dieser Brücke gerettet, ich hatte ihr Leben in der Hand. Und von da an hatte ich das Gefühl, es nie wieder loslassen zu dürfen. Es war nicht wie bei den anderen, ihre Seele hat mich nicht mehr los gelassen. Es war stärker als ich. Ich konnte nicht einfach weggehen, ich musste mich ihr zeigen. Und nachdem sie Lene gesehen hat, wollte sie wissen, was das war. Sie hat nicht geglaubt, dass es ein Traum war, ich musste es ihr erklären."

„Willst du mir damit etwa sagen, dass sie mit dir gereist ist? Und du ihr danach auch noch erklärt hast, was es damit auf sich hat? Warum hast du es nicht gleich in die Welt hinausgeschrien? Wir sind Zeitenmittler, Jonas, wir greifen aktiv ein, fallen aber nicht auf. Wir geben uns nicht zu erkennen, und vor allem binden wir den Menschen nicht auf die Nase, wer wir sind! Wir machen uns angreifbar, das ist dir doch bewusst. Gefühle zu Menschen schaden Menschen, verstehst du das?"

„Ja, ich weiß. Aber ich konnte nicht anders. Yolanda, versteh doch. Ich liebe sie. Ich liebe sie, wie ich Lene geliebt habe. Jetzt habe ich sie endlich wiedergefunden. Diesmal konnte ich nicht anders... Ich konnte doch nicht zulassen, sie wieder zu verlieren."

Aber Yolanda hört mir nicht mehr zu, sie setzt unser Gespräch nicht fort, sie ist wenige Sekunden später noch nicht einmal mehr vor Ort. Eins geworden mit den kleinen, pfeifenden Spatzen hinter uns öffnet sie die Flügel und verlässt mich. Verlassen werden, so fühlt es sich an. Und doch weiß ich, dass es nicht anders geht. Yolanda ist meine Familie. Aber Lilly ist und war noch viel mehr. Es schmerzt, dass ich sie nicht einmal fragen konnte, was mit mir vor sich geht. Was es bedeuten könnte. Es ist noch Zeit auf der Menschenuhr, bis ich Lilly wiedersehe. Zu viel Zeit.

Ich spüre, wie sie mir fehlt, und dass diese Zahlen von eins bis zwölf immer mehr mein Leben bestimmen, eingrenzen und auch ein wenig einengen. Kein Treibenlassen mehr, kein sanftes Gleiten durch den Tag. Zeit ist für Menschen ein so wichtiges Gut. Jeder spricht von der Zeit, die so schnell vergeht. Von begrenzter Zeit, von Tagen, die zu wenig Stunden haben. Von Wochen, die dahin fliegen. Alte Menschen davon, dass sie gar nicht wissen, wo die Zeit geblieben ist. Langsam beginne ich es zu verstehen. Lebenszeit ist Time-Management für die Menschen geworden. Dinge und Erlebnisse müssen in einer gewissen Zeit erledigt werden und sein, bevor es für manches zu spät ist. Für Lilly gibt es durch den Tod ihrer Mutter zwei Zeitrechnungen, ein Vorher und Nachher. Für Eltern gibt es eine Zeit, in der sie keine Kinder hatten, die unvorstellbar wird, sobald die Kinder da sind. Viel zu viele Menschen verschwenden Zeit auf Dinge, die sie hassen, und mit Menschen, die sie nicht mögen. Wäre ich anders, wenn auch meine Zeit begrenzt wäre? Wenn Jahre die Länge meines Daseins bestimmen würden? Wenn es ein Ende gibt und einen Anfang? Ich habe mir nie zuvor Gedanken darüber gemacht. Während ich warte, dass eine Zeit vergeht, damit die schönste Zeit meiner Tage, die mit Lilly beginnt, sehe ich mich um. Ich bin wieder unter Menschen, bereits an unserem Treffpunkt, wenige Meter vor dem Flohmarkt, den Lilly mit mir besuchen will. Ich sehe Mütter, Väter, Kinder, versunken in ihren Alltag, vereint in Familien, Paaren, Freundschaften, und auf einmal fühle ich mich schrecklich einsam. So sehr wie noch nie zuvor möchte ich dazugehören. Möchte eine Geschichte haben, auch für den Preis von Endlichkeit. Für den Preis der Wiederholung. Den Preis des Schmerzes. Für das Glück dazuzugehören.

Erst viel später wird mir bewusst, dass ich einfach so dort stehe und bereits dazugehöre. Weil keine Aufgabe auf mich wartet. Weil ich nicht sehe, wo ich eingreifen sollte. Wie der Verlust einer Fähigkeit.

Ein Vogel, der seine Flügel verliert und damit die Fähigkeit, fliegen zu können. Ganz unbemerkt und unerkannt bin ich in diesem Moment mehr Mensch als je zuvor.

Lilly

Flohmärkte erinnern mich an Mama. Sie liebte Flohmärkte, je bunter und verrückter, desto besser. Woran ich mich nicht erinnern kann ist, ob sie jemals etwas gekauft hat. So ist das mit Erinnerungen, man kann sich nicht aussuchen, was das Hirn abspeichert. Einen Menschen aber vergisst man nicht. Das ist eine unbegründete Angst. Man kann sich den geliebten Menschen vielleicht nicht mehr in seiner Gesamtheit vorstellen. Aber ich werde nie vergessen, mit welcher Betonung sie manche Dinge gesagt hat. BH zum Beispiel hat sie nie auf der zweiten Silbe betont wie ich, sondern auf der ersten. Ein Karton hieß bei ihr Karttonng und nicht Kartooon, so wie ich das sage. Ich höre es, wenn ich mich anstrenge. Ihre Stimme nicht. Ab und zu höre ich sie mir auf alten Videos an. Ansehen kann ich die Filme nicht. Das bewegte Bild ist zu nah an einer Wirklichkeit, die es nicht mehr gibt. Ihre Stimme ist ausreichend, mich in eine Zeit zurückzuversetzen, die unwiederbringlicher nicht sein könnte. Am intensivsten aber erinnere ich mich an den Ausdruck ihrer Augen. Daran, wie sie mitfühlen konnte. Sie hatte das Leid meiner Seele in ihren Augen. Und damit hat sie mir ein großes Stück davon abgenommen, es getragen, es mitgetragen. Ihre Augen sind nicht mehr, und deshalb fühlt sich alles so viel schwerer und erdrückender an.

Es war mein Vorschlag, hierher zu kommen. Ich habe Jonas mehr erzählt als je einem anderen zuvor. Von meiner Trauer und dem Schmerz, der in meiner Brust wohnt und sich dort ungefragt dauerhaft eingenistet hat.

So paradox, wie sich das anhört, habe ich deshalb umso mehr den Wunsch, etwas mit ihm zu sehen, was mich früher glücklich gemacht hat.

Der Brandplatz. Er heißt so, weil in den 30er Jahren ein alles verzehrender, vernichtender Brand hier ganze Häuserreihen zerstört hat. Heute ist er eine Art Marktplatz meiner Heimatstadt. Ein Großteil der abgebrannten Höfe und Wohnhäuser ist nie wieder aufgebaut worden, und so ist mitten zwischen Einfamilienhäusern und kleinen Reihenhaussiedlungen ein riesiger freier Platz entstanden, der alle drei Monate einen beeindruckenden Flohmarkt - zumindest was die Größe betrifft - beherbergt. Es ist heiß heute. Ein Meer von Sonnenschirmen spannt sich über Tische, Decken, Bänke und die zum Verkauf stehenden Möbelstücke. Der leicht aufkommende Wind bauscht die Schirme wellengleich auf. Die Standbesitzer tragen alle Schildkappen oder Hüte. Eine ältere Dame in der einheitlichen Kleidung einer Hilfsorganisation verteilt Wasser in Plastikbechern. Ich sehe Jonas, bevor er mich sieht, denke ich zumindest. Er läuft langsam auf die Stände zu, vom gegenüberliegenden Eingang her. Es ist schön, ihn zu beobachten, ohne von ihm beobachtet zu werden. Und wieder überrascht es mich, wie selbstverständlich er in meinem Leben in diesen wenigen Tagen geworden ist. Wie sehr ich mich auf ihn freue.

Vermutlich ist es diese schnelle Vertrautheit, mit der zu erklären ist, dass er mir nicht mehr so ruhig und ja, fast weltentrückt vorkommt. Ich finde, er sieht von Mal zu Mal mehr aus, als gehöre er hier auch wirklich hin. Was für ein verrückter Gedanke! Natürlich gehört er hier hin.

Seine dunklen Augen sehen aufmerksam durch die Menge. Nicht suchend, viel mehr wissend. Ich wünschte, ich könnte ihn ewig so ansehen. Ich warte, bis er mich sieht, was nicht lange dauert. Irgendwie käme es mir komisch vor, ihm zuzuwinken. Seinen Namen zu rufen, geht auch nicht. Es ist besser ohne Worte. Wortlos kommt er auf mich zu. Ich strecke meine Hand nach ihm aus, nicht um sie zu schütteln, sondern vielmehr, um ihn spüren zu können. Es ist wieder wie ein elektrischer Impuls. Sobald sich unsere Hände finden, finden sie nicht mehr auseinander. Wir stehen eine Weile da, sehen uns an, und er lächelt. Ich blinzele gegen die Sonne, und er fährt mir mit der Hand über die Wange. In diesem Moment ist niemand außer uns hier. Der Platz ist leer und die Welt still. Wenn ich Zweifel gehabt haben sollte, sind diese zerstreut. Ich will mit niemandem gerade mehr hier sein als mit Jonas. Als mir das bewusst wird, fährt meine Hand aus seiner und das Schuldbewusstsein nagt wie der Fangzahn eines Raubtieres an mir. Ich müsste mir wünschen, mit Mama hier zu sein.

„Sie ist hier, Lilly. Nur nicht neben dir. Ich halte deine Hand, aber sie hält die andere. Auch wenn du es nicht sehen kannst. Ihre Seele ist auf dieser Welt, und du wirst ihr irgendwann wieder begegnen. Auch wenn diese Begegnung möglicherweise anders ist, als du es dir wünschst. Auch, wenn du es vielleicht nicht wissen wirst. Sie ist da."

„Woher...", beginne ich und fühle mich durchschaut, durchsichtig, geradezu gläsern.

Er schüttelt den Kopf: „Du darfst leben, weil du lebst."

Ich sehe ihn an und nicke. Es klingt einfach, und wahrscheinlich ist es das auch. Und dennoch kann ich das Schuldgefühl nicht ganz abschütteln.

„Also gehen wir jetzt auf Schatzsuche, oder was? Suchst du irgendetwas Bestimmtes?"

Er versucht abzulenken, und ich gehe darauf ein, weil ich abgelenkt werden will.

„Du hast keine Ahnung von Flohmärkten, oder? Man sucht hier nichts, man wird gefunden. Von den Dingen, den Schätzen, wie du gerade gesagt hast."

„Uh, okay. Das klingt mysteriös. Ich kann hier nur eine riesige Ansammlung von Schrott sehen!"

Ich bin etwas enttäuscht und hoffe, er kann es nicht sehen. Genau das ist Bens Einstellung zu Flohmärkten gewesen, ein „Berg von Müll". Er ist mit mir nie hierher gekommen. Dennoch sage ich: „Ja, so kann man das natürlich sehen, aber du musst die Sache mit anderen Augen betrachten."

„Wie denn? Ich habe doch nur die zwei!", lacht er und zwinkert mir zu.

„Na, dann mach die zwei, die du hast, doch mal auf und sieh, was ich sehe. Ein Beispiel. Hier vorne stehen alte Lampenschirme. Du siehst sie als hässliche, verstaubte Dinger ohne Wert. Ich aber sehe, was sie einmal gewesen sind. Stell dir vor, sie hingen 30 Jahre im Esszimmer der Dame, die sie nun anbietet. Sie sind wahre Zeitzeugen. Jeder Familienstreit, jedes feierliche Essen, jedes Telefonat, all die kleinen und großen Dramen des Alltags. Wer kann sie besser bezeugen, als dieser alte Lampenschirm? Er ist mitgewachsen in all den Jahren. Von einem Lampenschirm zweier junger Eheleute mit heißem Sex auf dem Küchentisch - unter diesem Lampenschirm. Zu den jungen Eltern, die sie geworden sind - mit Breispritzern auf der Unterseite seines Schirmes. Später dann zu wild streitenden Kindern, die ihre Matchboxautos gegen seine zerbrechliche Haut geknallt haben. Und dann, irgendwann, ist der Tisch wieder einsam geworden, die Gespräche ruhiger, das Haus stiller. Und vielleicht gab es sogar wieder Sex auf dem Küchentisch unter seinen Augen, jetzt da die Kinder aus dem Haus waren. Vielleicht aber auch nur ein Feierabendbier und Sprachlosigkeit.. Wer weiß... „

Ich grinse und kichere dann. Jonas lacht mit, schüttelt den Kopf.

„Wow, das nenne ich Flohmarktphilosophie."

Wir gehen an mehreren Ständen vorüber, witzeln über Spitzendeckchen, Schmuckdöschen und allerlei Kram. Jonas ist plötzlich voll dabei. Er erfindet Geschichten zu grausigem Geschirr, das angeblich im letzten Jahrhundert einer adeligen Familie vom Tisch gestohlen wurde. „Mitsamt dem Essen?", frage ich und Jonas antwortet: „Natürlich, was denkst du denn? Inklusive Wildschweinbraten, Kartoffeln und Rotkraut. Oder glaubst du etwa, jemand hat das Geschirr des hübschen Designs wegen gestohlen? Auf das Essen hatten sie es abgesehen."

Wir verhandeln zum Spaß mit einem etwa 15-jährigen Mädchen um ihre Hannah-Montana-Sammlung, drücken ihren Preis auf 10 Euro und versprechen, wiederzukommen. Was wir natürlich nicht tun. Wir trinken Radler und essen Eis am alten Brunnen. Echtes italienisches, herrlich cremiges, unglaublich leckeres Eis. Wir halten unsere Hände, und es ist das Natürlichste auf der Welt. Wir lachen, schwitzen in der Sonne, steigen mit den nackten Füßen zur Abkühlung in das Brunnenwasser und spritzen uns nass. Es ist so normal, so einfach, so leicht, dass ich fast vergesse, wer wir sind. Wer ich bin. Wer Jonas ist. Dass ich ohne ihn nicht mehr hier wäre. Vielleicht ist es in diesem Moment, für diesen Nachmittag auch ganz egal. Vielleicht zählt nur, dass ich es noch bin. Barfuß laufe ich weiter und erzähle Jonas, dass ich im tiefsten Inneren meines Herzens Afrikanerin sein muss, weil ich Schuhe verabscheue und am liebsten das ganze Jahr hindurch barfuß laufen würde. Kurz darauf wird der Boden so heiß, dass ich auf der

Stelle hüpfe, statt zu laufen. Jonas grinst mich an: „So viel zu Afrika", und ehe ich mich versehe, hat er mich gepackt, mich über seine Schulter geworfen und trägt mich bis zum nächsten Stand unter einem Baum.

Wir sind fast am Ende des Flohmarktes angelangt, und ich wünschte, er würde durch die ganze Stadt reichen und wieder zurück. Ich kann mich nicht erinnern, wann ich das letzte Mal Spaß hatte. So viel Spaß.

Der ältere Herr, an dessen Stand wir nun stehen (ein alter, farbverspritzter, verklebter Tapeziertisch) trägt einen Bart, dessen Enden nach oben gezwirbelt sind, ein faltiges, knitteriges Gesicht, Krempenhut und Manchesterhose. Der Tapeziertisch ist voll mit allerlei Hausrat. Teller, Tassen, alte Musikplatten, Bücher und Krüge. Jonas greift nach einem alten Krug mit imprägnierter Jahreszahl, die ich unter all dem Staub nicht erkennen kann.

„Eher soll die Welt verderben, als vor Durst ein Baier sterben", steht unter dem Rand in altdeutscher Schrift. Geübt durch Lenes Tagebuch kann ich es ohne Mühe lesen. Und habe es wohl auch laut getan. Jonas sieht mich ganz seltsam an. Dann hält er sich den Krug so dicht vor die Nase, dass ich keine Gelegenheit mehr habe, sein Gesicht zu studieren. Unter der Schrift, unter dem Deckel mit dem zinnernen Paar, befindet sich eine Art Ornament. Der Rest des Kruges ist bunt bemalt mit Frauenfiguren, Soldaten und einer Gefechtsszene. Kein Kunstwerk, aber doch interessant. Ich drehe den Krug, irgendetwas daran hält mich gefangen, und versuche die Jahreszahl und den Namen darunter zu entziffern. Der Vorname ist unleserlich. Der Nachname beginnt mit R, mehr ist beim besten Willen nicht zu erkennen. Über dem Namen steht „Zum Andenken an meine Dienste bei der Companie 5 Bayerische Infanterie Regiment Bamberg". Die Jahreszahl ist, wie der Name, unleserlich.

Ich warte auf die nächste alberne Geschichte von Jonas, halte mir vorsichtshalber schon den Bauch und versuche, für den Verkäufer ein ernstes Gesicht zu wahren, als ich merke, dass Jonas still wird und bleibt. Er ist kreidebleich, Schweißperlen stehen auf seiner Stirn. Er nimmt den Krug wieder aus der Hand und stellt ihn ruckartig, zu fest, zu ungestüm auf den Tisch zurück. Will mich weg ziehen, zieht mich weg. Der alte Herr scheint seine Verkaufschancen schwinden zu sehen und ruft uns hinterher. „Ihr habt's das Geheimnis des Kruges noch gar nicht gesehen..."

Den Rest kann ich nicht verstehen. Ich sehe Jonas fragend an.

„Was meint er? Was ist los mit dir?"

Jonas spricht so leise, dass ich ihn kaum höre.

„Am Bodeninneren des Kruges befindet sich eine Art Wasserzeichen, ein Emblem, das man erkennen kann, wenn man den Krug in die Sonne richtet. Ein Adler, der ein aufgeklapptes Buch in den Flügeln hält."

„Wie kannst du das wissen? Du hast ihn doch noch nicht einmal geöffnet."

„Ich weiß es eben."

Das reicht mir nicht. Ich reiße mich los, und ohne wirklich zu wissen, warum ich es tue, gehe ich zurück an den Stand des Herrn mit dem Zwirbelschnurrbart und nehme den Krug selbst in die Hand.

„Ich darf doch?", vergewissere ich mich, und der Mann nickt gütig.

„Nur zu, nur zu. Wenn du das Geheimnis errätst, gehört der Krug dir", erklärt er siegessicher.

Ich habe den Deckel bereits in der Hand, öffne ihn noch nicht und sage: „Im Inneren befindet sich ein Emblem. Ein Adler mit einem Buch. Ein aufgeklapptes Buch."

„Zagzefix, das gibt es doch nicht! Junge Dame! Ich glaub's ja nicht! Ich hab schon viele Krüge besessen, viele gesehen, der hier ist eigentlich unverkäuflich. Steht hier, um die Leute anzulocken, sie ein bisserl bei Laune zu halten. Mit dem kleinen Geheimnis. In keinem bisher hab' ich so ein Wasserzeichen gesehen. Es ist mir bis heute ein Rätsel. Der Adler, ja, den haben wir öfter. Aber nie ein Adler mit einem Buch. Wie kannst du das nur wissen? Meine Herrn!"

So redet er noch eine Weile vor sich hin. Aber ich nehme es gar nicht mehr wahr. Ich habe den Deckel abgenommen, halte den Krug in die Höhe, als wolle ich daraus trinken, und richte ihn in die Sonne. Tatsächlich, am Boden schimmert schwach, aber deutlich das Wasserzeichen. Ich sehe mich nach Jonas um. Er steht einen halben Meter hinter mir und wischt sich über die Stirn. Verlegen. Das ist das erste Adjektiv, das mir zu seiner Beschreibung in diesem Moment einfällt. Der alte Herr - offensichtlich ein Gentleman alter Schule - hat bereits einen kleinen Karton und braunes Packpapier hervorgekramt und lässt die Widerworte meinerseits nicht gelten.

„A Wetten is a Wetten. Bei meiner Ehr', der Krug gehört dir."

Nun ist es an mir, verlegen zu sein. Ich habe zwar keine Ahnung vom monetären Wert des Stücks, aber der ideelle scheint recht hoch zu sein. Doch er lässt nichts gelten, nimmt den Krug aus meiner Hand, packt ihn sorgfältig ein und drückt ihn mir dann wieder in die Hand. Tätschelt mir zu meiner Überraschung die Wange und sagt „Pass gut auf ihn auf! Ist ein Prachtstück, ein seltenes. Zu gern wüsst' ich die Geschicht' dahinter. Habe ihn selbst von entfernter Verwandtschaft geerbt. Nein, nein, Mädchen behalte ihn nur. Das ist schon recht so."

Ich schäme mich dennoch und beschließe, irgendetwas anderes bei ihm zu kaufen. Jonas steht mir noch immer im Rücken, still, stumm, blass.

Ich wühle mich durch den alten Kram, zu den Büchern durch, um etwas zu finden, was ich dem netten Herrn abkaufen kann und will. Finde einen alten Karton, mit vergilbten, staubigen Büchern und kleinen Gedichtbänden. Auf einmal steht Jonas neben mir. Er sieht fast aus wie immer, scheint sich gefangen zu haben, und ich wage es nicht, ihn zu fragen. Vielleicht erinnert ihn der Krug an irgendeine Geschichte aus der Vergangenheit. Jemanden, den er gerettet hat, wie mich, jemanden, den er vielleicht nicht retten konnte. Es geht mich nichts an. Wenn er es nicht von selbst preisgeben will, werde ich nicht drängen. Plötzlich greift Jonas in die Kiste und zieht ein kleines Buch heraus. Ein rauer, grau-grünlich gewordener Einband mit der Aufschrift „103 Gedichte von Joachim Ringelnatz, Rowohlt Verlag Berlin W 50 - Ausgabe von 1934". Er lächelt, etwas traurig, wie ich finde, und sagt:

„Hier, das ist das Richtige. Ich möchte es dir gerne schenken."

Das Wort „ich" betont er so seltsam, als stünden drei weitere Männer neben mir, die das gleiche vorgehabt hatten. Jonas geht hinüber zu dem alten Herrn, bezahlt.

Als er zurückkommt, steht mein Entschluss. Ich werde nicht drängen, aber ihm etwas zurück schenken.

„Danke“, sage ich, als er mir das Buch reicht, und gebe ihm den Krug. „Für dich. Dir scheint er irgendetwas zu bedeuten, also behalte ihn.“

Jonas ist kurz davor, etwas zu sagen, öffnet den Mund, aber ich schneide ihm die Worte ab, bevor sie die Luft berühren. „Nicht nötig, ich muss nicht alles wissen.“

Die alte Stimmung, das Liebevolle, Spaßige und Vertraute zwischen uns will nicht wiederkommen. Das Gefühl ist erst wenige Stunden alt und schon vermisse ich es schmerzlich. Wie Seitenstechen verfolgt mich die Sehnsucht danach, wieder mit ihm zu lachen. Seine Hand zu halten. Er aber hält sie fest in seine Hosentaschen gesteckt. Es sind nur noch wenige Meter, drei kleinere Stände bis zum Ende des Marktes. Ich will das heute nicht zu Ende gehen lassen. Nicht so. Auf einmal kann ich mich wieder daran erinnern, wann ich das letzte Mal Spaß hatte. Eine Erinnerung, die gerade so unpassend ist wie der Krug, der Jonas erblassen lässt, und den er fast verabscheuend weit von seinem Körper weg hält. Erinnerungen können durch so vieles ausgelöst werden. Der vertraute Geruch nach nasser Erde nach einem Gewitter, der Geschmack von Erdbeereis, das Gefühl einer frisch gebügelten Bluse auf der Haut. Oder ein Bild. Bilder. Plural. Es ist der letzte Stand, der etwas in mir auslöst, das dem Ausdruck in Jonas Augen in nichts nachsteht. Traurigkeit. Erst jetzt, da ich es selbst fühle, finde ich die Worte dafür. Eine Frau in kurzen Jeans, bauchfreiem weißen Shirt und kurzen blonden Haaren mit pink gefärbten Spitzen steht vor einer Sammlung von religiösen Bildern.

Jesusabbildungen mit Dornenkrone, eine betende Maria, verschiedene Heilige. Die Frau kenne ich nicht. Ich habe sie nie gesehen. Aber die Bilder lösen eine ähnliche Sehnsucht in mir aus, wie die gerade noch Verspürte nach Lachen, nach Liebe, nach Jonas. Ich greife nach Jonas Hand, sehe sein verblüfftes Gesicht. Ich greife nach Halt und greife eigentlich nach ihr. Nach Carla.

„Carla“, sage ich und schluchze es mehr als dass ich es laut ausspreche.

„Wer ist Carla?“, fragt Jonas.

Seine Tonlage höher als gewohnt, seine dunklen Augen verengt. Meine Hand hat er bereits wieder losgelassen. Ich kann förmlich spüren, dass er mit großer Mühe ins Hier und Jetzt zurückfinden muss. Dass er gerade ebenso wie ich in einer Zeit feststeckt, die nicht deckungsgleich mit der Gegenwart ist. Dann geht ein Zucken durch seinen Körper, und er ist wieder bei mir. Seine Augen haben die gleiche Tiefe und zeigen mir die gewohnte Aufmerksamkeit. Seine gesamte Körperhaltung ist viel entspannter als noch vor wenigen Sekunden, und ich gäbe so viel darum, zu erfahren, was in ihm vor sich geht, und will doch gleichzeitig mich selbst erklären. Will zwanghaft das Gefühl zwischen uns nicht verebben lassen. Darum erzähle ich, statt zu fragen:

„Carla war meine beste Freundin. Diese Bilder hier...", sage ich und zeige auf den Stand mit den religiösen Darstellungen, „.. die erinnern mich an eine verdammt gute, lustige Zeit mit ihr."

Jonas schweigt, und wie immer ist seine stumme Anteilnahme mehr Motivation weiterzusprechen als jedes Drängen es sein könnte. Noch immer halte ich das Büchlein, das er mir geschenkt hat, in der Hand. Winke damit in Richtung einer kleinen Holzbank, die unter einer Linde im Schatten steht. Wir setzen uns, ohne uns zu berühren.

„Carla ist eigentlich Arzthelferin. Aber sie hat vor ein paar Jahren ihre künstlerische Ader entdeckt. Und sie ist auch wirklich gut darin. Auch wenn ich sie immer damit aufgezogen habe. Ich „Kunstbanause"."

„Du bist kein Kunstbanause. Du schreibst und liest", sagt Jonas und lächelt leise.

„Für Carla bin ich das. Für sie zählt nur bildende Kunst", sage ich und versuche sein Lächeln sanft zu erwidern. „Auf jeden Fall ist sie dem exklusiven Club der Kunstfreunde beigetreten, und die haben in regelmäßigen Abständen Events veranstaltet, bei denen die Mitglieder Kunst fremder Künstler in so einer Art Vernissage vorstellen mussten. Leider hat Carla zwar eine künstlerische Ader, aber eben auch Entscheidungsfindungsprobleme und so eine richtiggehende Verschieben-wir-es-auf-morgen-und-morgen-bekomme-ich-Panik-Mentalität. Ich dagegen habe kein Kunstverständnis, aber meine Mañana-Mentalität bezieht sich nur auf Dinge, die ich für mich selbst erledigen muss. Außer ich möchte mich mal eben von einer Brücke stürzen..."

Jonas Blick ruht auf mir, aber er lächelt nicht mehr. Ich sehe hinüber zu dem Stand mit den Bildern, die die Erinnerung an meine Freundin ausgelöst haben. Beobachte die Flohmarktbesucher mit ihren Hüten und Kappen, die Kinder und alten Damen mit großen Stofftaschen voller Nippes. Und sehe sie doch nicht. Ich sehe Carla und mich und eine vergangene Zeit.

Ich fahre fort: „Nachdem Carla nichts eingefallen ist, konnte ich sie überzeugen, dass Kunst ja nicht bedeutet, dass der Künstler bekannt ist, und man ja ebenso gut mal was völlig anderes machen könnte. Carla war nicht begeistert, aber aus Mangel an Alternativideen einverstanden. Also sind wir auf Flohmärkte gefahren und haben allerlei Schrott zusammengekauft. Hauptsächlich religiöse Bilder, solche wie dort drüben. Manche von denen hatten schon Patina angesetzt, und es war wirklich schwierig zu unterscheiden, ob die Spinnweben Teil von Carlas Installation waren oder nicht.“

Nun muss ich grinsen. Jonas fährt sich mit den Fingern durch die Haare, und seine Hand berührt nun wieder die meine. Trotz des Schattens unter der alten Linde kommt es mir auf einmal unglaublich heiß vor.

„Wir haben Vasen mit Trockenblumen in dem Raum für die Vernissage aufgestellt, einen Tapeziertisch mit antiquarischen Büchern arrangiert und in der Mitte, sozusagen als Highlight, ein riesiges Ölgemälde mit einer Madonnenfigur mit speckigem Kleinkind auf dem Schoß inszeniert. Wir hatten sogar einen genialen Namen für Carlas Ausstellung: „Schrottfloh meats Kunstflow“. Bei dem Gedanken, den ganzen Mist nach der Ausstellung ja auch irgendwo bunkern zu müssen, ist Carla allerdings schon ganz verrückt geworden, also sind wir auf die Idee gekommen mit Klebezetteln Preisschilder anzubringen. Und tatsächlich hat uns am Ende so ein Kunstheini die Madonna für sagenhafte 450 Eier abgekauft.“

Nun grinse ich nicht nur, sondern lache laut. Ich spüre, wie das Lachen zurückkommt, nicht nur meines, auch das zwischen Jonas und mir. Er lacht mit und fragt:

„Und was habt ihr mit der Kohle gemacht?“

„Na, das einzig Wahre! Wir sind feiern gegangen! Und zwar so richtig. Wir waren im Lemon-Five. Ein wahnsinnig teurer Schuppen, da sind wir sonst so gut wie nie hingegangen. Leider haben wir beschissene Mucke erwischt. House-Meets-Techno. Das ist so gar nicht unser Ding gewesen. Na ja, mehrere Caipis, Dauergekicher und die Hitze haben uns zu ganz schön albernen Hühnern gemacht. Carla hat dann gemeint „Da bleibt nur ein Presslufthammereinsatz." Also sind wir auf die Tanzfläche verschwunden, haben uns imaginäre Bauhelme aufgesetzt und haben uns zur Musik abgezappelt. Haben uns die Arme vor die Brust gehalten und so getan, als würden wir eine Straße mit einem Presslufthammer bearbeiten. Irgendwann ist eine Horde junger Kerle auf uns aufmerksam geworden. Junggesellenabschied in Knastiuniform mit Baseballkappen. Total albern. Einer von denen kam zu uns rüber und hat dabei so geschwankt, dass sich der Inhalt seines Glases komplett über Carlas Oberteil ergossen hat.

„Hej, pass doch auf", habe ich ihm entgegen geschrien, und dann hat er zurück geschrien: „Was willst du denn?". Ich habe geantwortet „Na, dich bestimmt nicht". Und dann fragt der doch tatsächlich meine Freundin, ob sie ihm einen bläst. Daraufhin ich nur: „Kennst du Marilyn Manson?" Er: „Den Sänger? Klar, wieso?" Ich: „Ja, weißt du, der hat sich eine Rippe entfernen lassen, damit er sich selbst einen blasen kann. Versuch's doch mal damit." Noch während ich das gesagt habe, ist Carla nach hinten umgekippt. Wie ein nasser Sack und lag kichernd und glucksend am Boden. Ich habe sie an die frische Luft geschleppt und ihr die Haare gehalten, während sie sich zweimal übergeben hat. Vielleicht auch dreimal. Um vier Uhr nachts haben wir dann endlich den Laden verlassen und uns fest vorgenommen, den Abend zu wiederholen."

Jonas' unausgesprochenes „Und" baumelt noch in der Luft, als ich sage:

„Eine Wiederholung hat es bis heute nicht gegeben. Das ist zwei Jahre her. Wenige Stunden später hat ein Anruf mich aus diesem Leben gerissen und in ein anderes, Unerwartetes und Ungewolltes katapultiert und seitdem nicht mehr losgelassen. Ein Leben, in dem mir jetzt nicht nur die Mutter fehlt, sondern auch die beste Freundin. Nicht gleichermaßen plötzlich, aber allmählich. Ein schleichender Prozess. Schleichende Entfremdung. Schleichende Einsamkeit."

Jonas‘ Finger fahren nun nicht mehr durch seine Haare. Ein liebgewonnener Anblick. Eine Gewohnheit eines ganz und gar nicht gewöhnlichen Mannes. Stattdessen streicht er mir zärtlich über die Wange.

„Was ist passiert? Mit euch beiden?“

Wir sind aufgestanden, er nimmt mich in den Arm, hält mich fest.

Es war nicht geplant, ich hatte es nicht vor, ihm von Carla zu erzählen. Wozu auch? Damit er mich für noch bemitleidenswerter hält, als er es ohnehin schon tut? Irgendwie hat sich diese Geschichte an die Oberfläche gekämpft, ist aufgetaucht aus dem See des Vergessens und hat mich überrollt. Hat Jonas überrollt.

„Was uns passiert ist? Keine Ahnung. Die Zeit. Falsche Erwartungen. Ich weiß es nicht. Ehrlich. In den ersten Tagen nach Mamas Tod war sie überpräsent, sie hat für mich gekocht, hat in meinem Wohnzimmer campiert, hat mich nicht alleine gelassen. Ich wollte das nicht, aber sie wollte es. Also dachte ich, ich müsste es ertragen. Weil sie es gut gemeint hat. Aber eigentlich bin ich mir vorgekommen wie ein Affe im Zoo. Sie und einige meiner anderen Freundinnen standen plötzlich da, während ich am Tisch saß, am Tag nach ihrem Tod. Sie wollten mich trösten, und ich hatte das Gefühl, dass vielmehr ich sie trösten müsste. Verstehst du? Ich hatte das Gefühl, eine Rolle spielen zu müssen, auf die ich mich nicht vorbereiten konnte. Wie verhält sich die trauernde Tochter? Wie spricht sie und was? Wie sitzt sie da? Wie hat sie auszusehen? Bedankt sie sich für den Kondolenzbesuch? Das war alles zu viel. Zu viel des Guten und des Gut-gemeinten. Was mir später fehlte, war damals zu viel.“

Wenn ich so darüber nachdenke, glaube ich, dass es mir niemand, der nicht Ähnliches erlebt hat, hätte Recht machen können. Und selbst jene... Jeder empfindet schließlich anders.

Jonas sagt lange Zeit nichts. Er hält mich einfach nur fest.

„Fehlt sie dir, deine Freundin?“, fragt er schließlich und streicht mir eine Locke aus der Stirn. Eine Geste so zärtlich, so liebevoll, dass ich weinen könnte. So tröstlich, so vergessen und vermisst ist dieses Gefühl.

„Alles an meinem alten Leben fehlt mir.“

„Warum holst du dir dann nicht einfach das zurück, was du noch zurückholen kannst?“, fragt er sanft.

Die Sonne brennt nun unerbittlich auf uns herunter, der Schatten ist weitergezogen wie die Schatten meiner Vergangenheit. Wenn ich Jonas ansehe, muss ich die Augen zusammenkneifen, so hell ist es. Das Licht hüllt uns in einen Kokon, in dem niemand außer uns beiden Platz finden kann. Ich denke über Jonas‘ Frage nach und muss zugeben, dass er Recht hat. Gleichzeitig erscheint es mir so unfair, überhaupt etwas zurückholen zu müssen, was einmal selbstverständlich war. Wenn ich doch einen so wichtigen Teil meines Lebens, den Mittelpunkt meiner Familie, meinen menschlichen Rückzugsort, meine Wiege, meinen Hort für immer verloren habe. Also antworte ich mit einer Gegenfrage und versuche, sie behutsam und möglichst vorwurfslos auszusprechen.

„Warum geschieht das Unglück überhaupt? Warum kannst du, warum könnt ihr nicht verhindern, dass passiert, was passiert? Sagtest du nicht, du bist ein Vermittler, jemand, der für Gleichgewicht sorgt? Meine Welt ist völlig ins Ungleichgewicht geraten. Warum konnte das nicht verhindert werden?“

Wenn Jonas sich von dieser Frage angegriffen fühlt, lässt er es sich nicht anmerken. Dennoch sieht er leicht an mir vorbei, als beobachte er die kleinen Jungen, die am Stand neben uns um eine alte Eisenbahn schachern. Als interessiere er sich für das, was um uns herum vor sich geht, wenngleich ich weiß, dass er genauso in diesem Kokon aus Sonne, Hitze und hitzigem Knistern gefangen ist wie ich.

„Du erinnerst dich ja, wie du selbst sagst, an das, was ich dir über das Gleichgewicht gesagt habe. Gleichgewicht stelle ich mir gerne wie Justitia mit ihren beiden Waagschalen vor. Zu allem gibt es ein Gegengewicht. Ein Ying und ein Yang. Sonnenauf- und Sonnenuntergang, Plus und Minus. Genauso ist es mit uns. Wenn du uns als die Verantwortlichen für das Gute siehst, so gibt es auch einen Gegenpol, etwas Schlechtes. Wir können nicht alles verhindern, können nicht überall sein. Und manchmal ist es der Lauf der Geschichte, eine Art unerklärliche Fügung.“

Ich nicke und weiß, dass er Recht hat, aber wie alle, die jemanden verloren haben, stellt man sich unweigerlich irgendwann die Frage: „Warum ich?“.

Wenn es einen dann getroffen hat, kann man nicht mehr nachvollziehen, wie man denken konnte, dass ein Unglück nur den anderen passiert; dass der Tod so weit weg ist und von einem auf den anderen Tag plötzlich eine tragende Rolle spielt und immer spielen wird.

Dann sagt Jonas etwas, das lange in mir nachhallt, das im Nachhinein betrachtet der wirkliche Wendepunkt ist. Die Rückkehr, der symbolisch endgültige Schritt hinunter von der Brücke. Nicht über die Brüstung, sondern weg von ihr.

„Lilly, du musst wissen: Der Tod reißt den Körper mit, nicht jedoch die Seele, das innerste Innere eines Menschen. Das, was dich ausmacht, gleitet in eine neue Existenz, ist gegenwärtig und unveränderlich. Die Liebe ist wie ein Band, das die Zeiten fest umschließt und Menschen verbindet, ohne dass der Tod etwas dagegen ausrichten kann. Trennungen sind vorübergehend, Sehnsucht ein qualvoller, unbändiger und wilder Schmerz, aber ein temporärer. Der Trauerzustand ist vergänglich, denn Ewigkeiten werden nicht in Jahren gemessen, sondern in der Stärke der Liebe zueinander.“

Es ist nicht dieser Satz allein, es ist dieser Tag, man könnte seitenweise Sätze schreiben, es zu erläutern, und es bleibt doch unerklärlich. Er ist nicht nur mein Retter, mein Engel aus welcher Zeit und Welt auch immer, er ist mein Seelenfreund, meine Seelenliebe. Und weil ich es so fühle, weil es so wahr und ehrlich und einfach ist, spreche ich es aus.

„Ich liebe dich, Jonas.“

Jonas

Sie hat mich gesehen, dort auf dem Flohmarkt, bevor ich sie sehen konnte. Auch das kenne ich nicht. Ich bin es gewohnt, unbemerkt beobachten zu können. Wir hatten Spaß miteinander. Nicht nur sie, ich ebenfalls. Von den kleinen Stichen meiner neu errungenen Eigenschaft einmal abgesehen. Denn was auch immer es ist: Die Vergangenheit hält uns beide wie Fesseln. Irgendwann im Laufe dieses Tages, zwischen all den Witzen, kleinen Berührungen, dem Lachen, der Elektrizität zwischen uns, hat sie nebenbei bemerkt, sie wüsste, woher das Wort Flohmarkt komme. Paul habe es ihr erklärt. Ich glaube nicht, dass sie gemerkt hat, was sie da sagt. Dass sie von Paul so selbstverständlich spricht, als sei er Teil ihres jetzigen Lebens, so wie ich es bin. Sie hat meinen Blick nicht bemerkt oder nicht richtig gedeutet. Sie hat nicht gespürt, dass die Eifersucht in mir aufbrandet, lodert wie ein Feuer. Dass ich ein Monopol auf sie haben will, zumindest auf ihre Liebe. Dabei weiß ich noch nicht einmal, was sie für mich empfindet. Freundschaft? Dankbarkeit? Mitleid? Auf Liebe wage ich nicht zu hoffen. Sie hat es nicht verstanden, und ich habe schließlich auch nichts gesagt.

„Der Adel hat im Mittelalter seine Kleidungsstücke dem Volk überlassen. Dieses handelte damit und verkaufte dabei auch so manchen Floh an den nächsten Träger. Witzig, oder?"

Ich konnte es nicht witzig finden, weil sie es von Paul weiß, und fand mich selbst dabei lächerlich. Dumm. Scham kann man den Menschen so genau am Gesicht ablesen, wenn sie die Farbe wechseln. Rot. Was ist mit grün? Ich müsste grün sein im Gesicht, grün vor Eifersucht, schwarz vor Neid, schwarz-grün kleinkariert.

Ich zerstörte mit meinen Zweifeln an mir, an ihr, an allem den ganzen Tag und machte es nicht besser durch die Geschichte mit dem Krug. Aber ich konnte mich nicht im Zaun halten, es musste aus mir herausbrechen. Dieser blöde Krug. Diese blöden Gefühlsanwandlungen, von denen ich nicht weiß, woher sie kommen.

Ich kenne ihn, den Krug. Ich habe ihn schon einmal gesehen, Zweifel ausgeschlossen. Lilly konnte nicht entziffern, was darauf steht, ich schon. Es ist Pauls Krug, sein Nachname steht darauf: Rahninger. Ich muss ihn bei Lene gesehen haben, damals. Immer wieder Paul. Immer wieder und überall. Ich werde so wütend, wenn ich daran denke, dass ich versucht bin, gegen die Straßenlaterne zu treten. Einfach nur, um ein Ventil zu bekommen. Eine Ablassschraube für diesen menschlichen Mist - Eifersucht, Neid, Wut. Leere Worte bisher, bekommen sie nun einen konkreten Ton. Einen Duft, eine Farbe, einen Puls. Dann aber hat Lilly dafür gesorgt, dass ich mich um sie sorge, statt meine eigenen Nöte zu versorgen.

Der Stand mit dem religiösen Kram muss das ausgelöst haben. Sie hat plötzlich meine Hand genommen, nein, eher danach gegriffen. So unerwartet und so schön. Doch kam es mir vor, als greife sie nach etwas ganz anderem.

Nach jemand anderem. Dann hat sie mir von ihrer Freundin erzählt. Verlust reiht sich an Verlust. Ich kann nachempfinden, wie es für sie sein muss. Wenngleich Eifersucht, Neid und Wut neue Gefühle für mich sind, so ist Trauer ein sehr vertrauter Gefährte. Trauer und Verlust. Die beiden sind ein Paar, sie gehen Hand in Hand durch diese Welt und sind überall, allgegenwärtig. Ich habe nicht nur versucht, sie zu trösten. Ich weiß, dass meine Worte wahr sind. Schließlich habe ich es dutzendfach bezeugen können. Die Liebe verbindet Menschen tatsächlich wie ein untrennbares Band. Das ist es ja auch, was mich so panisch macht. Lilly / Lene: sie ist für immer mit Paul verbunden. Welche Rolle spiele ich dabei? Schon wieder dieses Ich. Ich scheine mir wichtiger zu sein als der Rest der Welt. Egoismus, auch ein typisch menschlicher Charakterzug. In einem Punkt aber habe ich gelogen, genauer genommen sogar in zwei Punkten. Sehnsucht ist nicht temporär, für mich ist sie permanent. Und Ewigkeiten werden nicht in Jahren gemessen, das ist richtig, aber Jahre können zu Ewigkeiten werden. Die Jahre, in denen ich sie gesucht habe, waren Ewigkeiten. Jedes Jahr eine für sich.

Und jetzt, wo ich sie gefunden habe, verwandele ich mich in jemanden, den ich nicht erkenne, und der mir nicht sehr sympathisch ist. Zumindest auf den ersten Blick. In Shakespeares Green-Eyed-

Monster. Was für ein Zufall. Lene mit ihren grünen Augen. Mein geliebtes Green-Eyed-Monster. Und während ich noch dort stehe, auf dem Flohmarkt, und sie halte, ihr zuhöre, sie tröste und versuche, dafür alleine dankbar zu sein. Was mir nicht gelingen will. Während ich über mich und sie und das Grünaugenmonster nachdenke, sagt sie die drei Worte, die die Welt verändern. Meine Welt.

Was tun Menschen, wenn sie diese Worte hören? Ich habe keinen blassen Schimmer, kann nicht nachahmen, was sie tun würden. Kann nicht improvisieren, weil dieser Moment zu wichtig ist. Also mache ich, was ich gerne möchte, aus nicht vorhandenem Bauch heraus. Nicht aus Verstand, sondern aus Gefühl. Ich küsse sie.

Diesen Moment würde ich gerne zu meiner eigenen kleinen Ewigkeit machen. Einfach nur Lilly in meinen Armen halten und sie küssen und zu wissen, dass sie ganz alleine mich meint. Mit ihren Lippen, mit ihren Augenaufschlägen, mit ihren Worten. Weil ich den Moment festhalten will und weil ich mehr brauche davon. Von all dieser ungekannten, ungeahnten Zärtlichkeit. Eben weil ich mehr davon will, sage ich etwas wiederum sehr menschliches.

„Wir brauchen ein Date!"

„Wie bitte?"

„Ein Date. Wir brauchen ein richtiges Date."

„Ist das hier keines gewesen?"

„Dann brauchen wir eben ein zweites Date."

„Okay", sie kichert.

„Haben Zeitenmittler Dates?"

Es ärgert mich, dass sie das sagt. Zeitenmittler. Warum ärgert es mich? Ich bin, was ich bin. Habe ich ihr das nicht selbst gesagt? Ärgere ich mich, weil ich lieber Paul wäre? Wahrscheinlich. Es ist so albern, dass ich versuche, es schnell wieder zu vergessen.

„Was willst du machen?"

Den Kopf leicht schief grinst sie zu mir herauf. Sie ist wirklich klein. Ich mag es so gerne, dass sie klein ist. Es ist, als könne ich sie dadurch noch viel besser beschützen.

„Der Klassiker! Also wenn schon Date, dann der Klassiker!"

Ich stelle mir vor, ich könnte sie ganz altmodisch mit dem Wagen abholen, ihr die Tür aufhalten, galant sein. Noch während ich das denke, komme ich mir selbst so vor, als wäre ich aus der Zeit gefallen.

„Essen und Kino?"

„Genau", strahlt sie und alleine für dieses Strahlen würde ich alle Risiken dieser Welt eingehen. Solange sie mich anstrahlt und niemanden sonst. Wie ich es genieße, dass es zumindest für den Moment keinen Paul gibt für Lilly, wie ich es auskoste. Es ist nicht richtig, aber vielleicht tut es gerade deshalb so gut. Ein ebenfalls neues Gefühl, eines, das die Menschen Schadenfreude nennen.

„Darf ich den Film aussuchen?", fragt sie.

„Klar", sage ich.

Essen mit Lilly und Kino. Zeit, kostbare Zeit, die ich mit ihr verbringen darf. Ich habe keine Ahnung, was im Kino läuft, aber wenn ich es mir vorstelle, dann sehe ich seltsamerweise nur Schwarz-Weiß-Bilder. Dabei ist Lilly mein ganz persönliches Technicolor. Nichts kann heller leuchten als die Augen, in denen ihre Seele wohnt.

Lilly

„Willst du gar nichts davon essen?“

Er sitzt mir gegenüber, und er stochert. Er piekst und bohrt und stochert und schiebt sein Essen von einer auf die andere Seite. Und dabei hatte ich vorhin noch geglaubt, seinen Bauch grummeln zu hören.

„Äh, doch ja. Entschuldige, ich bin es nicht gewohnt. Also... ehrlich gesagt, esse ich eigentlich nie etwas.“

„Nie?“

„Nein, ich lebe ja auch nicht richtig. Also muss ich auch nicht essen.“

„Aber dein Magen knurrt. Vielleicht solltest du es mal versuchen.“

Dabei schmeckt es mir selbst nicht so richtig. Was nicht am wunderbaren Essen liegt. Ich habe Tagliatelle mit Lachs gewählt, und wir sitzen bei meinem Lieblingsitaliener. In einem wunderschönen kleinen Restaurant mit weißen Wänden, Bildern von Häusern der Toskana an der Wand, rotweißen Tischläufern, niedrigen Decken und großen dunklen Lampen. Romantische, gemauerte Rundbögen trennen die Tische voneinander ab, und man fühlt sich ganz und gar für sich. Vielleicht ist es das. Das für sich sein und das drinnen sein. Bislang habe ich Jonas noch nie in einem Raum getroffen, und es ist auch, als würde ein Raum ihm einfach nicht gerecht. Er sieht ein wenig eingesperrt aus, und er verhält sich auch so. Er stochert, und er ist nervös. Mir geht es genauso. Da ist ein aufgeregter kleiner Kolibri in meinem Bauch, der unaufhörlich auf und ab flattert. Er verträgt sich nicht so gut mit fester Nahrung, ernährt sich lieber von Luft und Liebe.

Jonas' Hände auf der karierten Tischdecke sehen überdimensional riesig aus, und ich fühle mich hier drinnen noch viel mehr von ihnen und von Jonas' ganzer Männlichkeit angezogen als bisher.

„Du solltest lieber mit einem richtigen Menschen hier sein“, flüstert er kaum hörbar.

„Ich will nur mit dir hier sein", antworte ich, deutlich lauter. Ich würde es ihm am liebsten entgegen schreien.

Er sagt nichts mehr. Lange nichts. Stochert einfach weiter.

„Wenn alle Stricke reißen, hänge ich mich auf", sage ich. Mehr um ihn aufzurütteln, als irgendetwas anderes damit sagen zu wollen. Überhaupt habe ich heute wenig Traurigkeit in mir. Nur ein kleines wenig Wehmut, dass ich von all diesen neuen Erlebnissen meiner Mutter nichts mehr werde berichten können.

Ansonsten ist da viel Freude und Aufregung und flatternde Kolibris, die Fangen spielen in meinem Bauch. Sein Kuss hat das ausgelöst, sein Kuss gestern hat die Kolibris ausgebrütet. Ich mag Kolibris, es könnten von mir aus noch mehr davon werden. Ihr Flügelschlag vertreibt so erfolgreich meine düsteren Gedanken.

Er schreckt hoch. Sieht mich an. Dunkle Augen, in denen ich mich selbst erkennen kann.

„Das ist nicht witzig", antwortet er grimmig.

„Doch, das ist von Ringelnatz."

„Pppfff", macht er.

„Was ist denn los mit dir?"

„Ach Lilly, Lilly, liebe Lilly. Es tut mir leid. So viele Gedanken...Entschuldige, wir sollten einen schönen Abend haben. Ich habe nur keine Ahnung, wie das geht. Ein Date, ein schöner Abend. Drinnen sitzen und Menschendinge tun. Ich reiße mich ab jetzt zusammen."

Er versucht zu lächeln. Nicht sehr erfolgreich.

„Ich will nicht, dass du dich zusammenreißt. Ich will, dass du bist, wie du bist. Und ich will dich küssen."

Küss mir die Traurigkeit weg, so wie gestern. Küss sie einfach weg.

„Lass uns gehen", sagt er.

Wir legen zu viel Geld auf den Tisch, lassen unsere vollen Teller unter verunsicherten Kellnerblicken stehen und rennen förmlich nach draußen. Mit fliegenden Locken um meinen erstaunlich freien Kopf, Jonas hinter mir herziehend. So als hätte man ihm vorher die Luft abgeschnitten, entspannt sich Jonas förmlich, als wir in der noch immer milden Sommerluft stehen.

Er zieht mich unter einen Baum, ich lehne mich an den kühlen Stamm und Jonas' Hände streichen über mein Gesicht. Sein Körper drückt sich angenehm an meinen und hinterlässt dabei das Gefühl, eins mit ihm sein zu wollen. Er lässt sich Zeit, mich genau zu betrachten, mit seinen Fingern jeden Zentimeter meines Gesichts zu erkunden, und küsst mich erst nach einer gefühlten Ewigkeit. Endlich. Lange und durstig und hungrig und atemlos.

Ich möchte nicht, dass er aufhört. Nie wieder. Irgendwann aber stützt er sich mit seinen nackten Unterarmen am Baumstamm ab, lächelt zu mir herunter und sagt:

„Es wird Zeit für Klassiker Teil zwei."

„Mmh, muss das sein?", sage ich. Erstaunt über mich selbst, ihn so sehr zu wollen. Wo sind die lebensmüden, traurigen Gedanken hin? Weggeküsst? Von den Kolibris fortgeflogen? Doch auch wenn ich weiß, dass sie wiederkommen werden, dass ich noch weit davon entfernt bin, ein glücklicher Mensch zu sein, war ich dem noch nie so nah wie jetzt.

„Ja, du wolltest einen Film aussuchen."

Wir schlendern die Straßen entlang, langsam, weil Zeit haben auch manchmal bedeutet, sie sich zu nehmen. Soviel man eben davon braucht.

„Als ich klein war, wurde mir immer furchtbar schnell langweilig. Beim Spazierengehen oder auf längeren Autofahrten hat meine Mutter immer Spiele mit mir spielen müssen. Wortschlangen bilden oder Ich-sehe-was-was-du-nicht siehst", erzähle ich Jonas.

„Ist dir jetzt langweilig?", fragt er.

„Nein, ganz bestimmt nicht."

„Ich sehe was, was du nicht siehst, und das ist klein und unfassbar hübsch."

„Das zählt nicht, man muss mit Farben beschreiben!", sage ich und knuffe ihn dabei in die Seite. Soviel herrliche Leichtigkeit, die ich am liebsten festhalten möchte und zu den Kolibris in meinen Bauch sperren will.

„Gut. Es hat blonde Locken und grüne Augen."

Grüne Augen? Ich sehe zu ihm hoch und erwische ihn gerade noch. Kurz bevor er ihn vertreiben kann. Den ertappten Ausdruck in seinem Gesicht.

„Ich habe braune Augen!“, sage ich fest. Und irritiert und ein wenig beleidigt.

„Ja, das weiß ich.“

„An wen denkst du, wenn du an grüne Augen denkst?“

„An dich.“

„Nein, an Lene“, erwidere ich.

„Ist das nicht das Gleiche?“, fragt er, etwas zu krampfhaft bemüht, es witzig klingen zu lassen.

„Irgendwie ja und irgendwie nein.“

„Deine Augen funkeln manchmal grün.“

„Das bildest du dir ein“, sage ich und versuche das idiotische Gekränktsein zu unterdrücken, weil es ja auch mehr als albern ist, auf sich selbst eifersüchtig zu sein. Oder?

Bin ich zu wenig Lene für Jonas? Fehlt ihm an mir etwas, was er bei ihr hatte? Was hatten die beiden überhaupt?

„Ich kann mir nichts einbilden, was dich betrifft. Dafür bist du mir zu wichtig.“

Es ist schön, das zu hören. Auch wenn ich mir selbst sehr viel einbilden kann, gerade weil er mir so wichtig ist. In so kurzer Zeit übermächtig wichtig. Um den Moment nicht mit weiteren Worten zu verderben, sage ich nichts mehr. Sondern küsse ihn stattdessen. Halb im Gehen, während er vorwärts läuft und ich rückwärts. Er lächelt wieder, bleibt stehen und drückt mich an sich. So, dass mir beinahe die Luft wegbleibt.

Als wir schließlich vor dem „Moviepark“ stehen, der besser „Movieschrebergärtchen“ heißen sollte, sind wir irgendwie beide ratlos. Bei Jonas vermute ich, er hat noch nicht viele Filme gesehen, und da es sicher nicht zu seinen Aufgaben gehört, das Kinoprogramm zu verbessern, scheint er sich bisher auch nicht dafür interessiert zu haben. Bei mir, weil ich alles hasse, was zu schnulzig ist - weil ich mir solche Sachen früher mit Mama reingezogen habe. Die großen Blockbuster laufen in dem kleinen Kino meiner Heimatstadt mit einigen Wochen Verzögerung an. Zudem ist Sommer und das Programm ohnehin nicht das Beste. Außer einem Splatterhorrorreißer und eben jenen Schnulzen kann ich keinen anderen Film finden. Bis ich ganz unten auf dem weißen Zettel, unscheinbar und klein gedruckt einen uralten Schwarz-Weiß-Film entdecke.

„Zweimal „Tanz auf dem Vulkan", bitte", sage ich zu dem Kartenverkäufer ohne lange zu überlegen und ohne Jonas zu fragen.

Jonas starrt mich an, er stiert regelrecht.

„Was denn? Du sagtest doch, ich darf aussuchen."

„Ja, schon okay. Ist in Ordnung. Ich hatte nur nicht erwartet..... ich hatte nicht erwartet, dass hier so etwas Altes läuft."

Im Kino finden unsere Hände wie selbstverständlich in meinem Schoß zueinander und sorgen dafür, dass ich mich nicht mehr konzentrieren kann. Es ist noch einmal etwas völlig anderes, mit Jonas in einem dunklen Kino zu sitzen, und ich widerstehe nur mit Mühe der Versuchung, seine Hand an mein Herz zu legen. Einfach nur, um ihm zu zeigen, dass es gerade nur für ihn schlägt. Ich verliere mich so sehr in seiner Hand, ich lege all meine Gefühle, meine Traurigkeit, meinen Schmerz in seine Hände und spüre pure Erleichterung und ein albernes, kicherndes Glücksgefühl. Die Kolibris müssen sich ineinander verliebt haben. So wie ich mich in Jonas. Auf seine Hand und mich und uns und all die vielen offenen Fragen, die ich verdränge, konzentriert, fällt mir sein ernster Blick erst auf, als wir den Kinosaal wieder verlassen und ich nur eine vage Vorstellung vom Inhalt des Gezeigten habe. Meine Hand hält er noch immer, aber er redet nicht viel. Überhaupt ist er heute sehr still. Ich möchte ihn fragen, ob er mit nach Hause kommen will. Ich will ihn fragen, ob er einfach für alle Ewigkeit meine Hand halten möchte, aber ich traue mich nicht. Als er mich dann aber küsst, so intensiv, so herausfordernd wild, dass man fast den Eindruck bekommen könnte, er täte es zum ersten und letzten Mal zugleich, sind meine Bedenken zerstreut, und ich fühle mich seit unendlicher langer Zeit angekommen in der Gegenwart, ohne mir ein Ende zu wünschen.

Jonas

Das Essen. Der Film. Warum kann ich nichts heute so genießen, wie es sein sollte? An mir nagt das Gewissen, und dieser bescheuerte Paul springt wie ein kleiner Teufel mit Dreizack in meinem Kopf herum und verdirbt mir die Freude an der Freude. Den ganzen Abend lang habe ich daran denken müssen, dass ich vielleicht gar nicht derjenige sein darf, der die Zeit mit ihr genießt. Nicht, weil ich ein Zeitenmittler bin, dem so etwas ohnehin untersagt ist, sondern weil sie keine Zeit mit mir verschwenden sollte, wenn es doch einen Paul für sie gibt. Aber Eigennutz ist eine sehr menschliche Eigenschaft, eine, die ich mir gerade wie eine zweite Haut angezogen habe, allerdings nicht ohne schlechtes Gewissen. Lilly ist so wundervoll, sie ist witzig, wenn die Traurigkeit erst einmal zur Seite gerückt ist, um ihren Humor durchzulassen. Sie ist aufmerksam, freundlich, zärtlich. Oh, wie zärtlich sie sein kann. Sie raubt mir den Verstand damit. Ich wäre so gerne mit ihr nach Hause gegangen, hätte die ganze Nacht mit ihr verbracht. Jede Minute meines Daseins möchte ich bei ihr sein und verbiete es mir selbst. Warum darf ich nicht einfach ihr Paul sein? Warum muss dieses furchtbare Gewissen mir meinen Eigennutz zunichte machen? Ich habe sie nur bis zur Haltestelle begleitet und mich dann über ihr enttäuschtes Gesicht gefreut. Wenn der Film nicht gewesen wäre, wenn es vielleicht nicht ausgerechnet dieser Film gewesen wäre, dann hätte ich nicht widerstehen können. Aber es musste ja „Tanz auf dem Vulkan“ sein. Den ganzen verdammten Film lang, mit ihrer Hand in meiner, habe ich längst vergangene Bilder gesehen, die ich nicht sehen wollte. Mühsam habe ich sie vor ihr verborgen, weil ich will, dass sie an mich denkt und nicht an Paul. Ich selbst aber saß wie das ungewollte dritte Anhängsel hinter Lene und Paul und steckte im Jahr 1938 fest. Sie waren in dem gleichen Film, damals, als er neu in den Kinos lief, und sie waren so glücklich miteinander. Das musste ich ertragen, während Lillys kleine Hand in meiner lag und sich offenbar so wohl fühlte dabei. Als ich ihr nachsehe, kann ich ihre Küsse noch auf meinem Mund spüren, das Kribbeln kribbelt noch, und die Erinnerung an ihre Haut auf meiner Haut lässt mir Schauer über den Rücken laufen. Hilflos bin ich dem Sturm in meinem Inneren ausgeliefert und weiß nicht, warum es mir körperlich weh tut, mir Lilly mit Paul vorzustellen.

Lilly

Als ich von der Haltestelle aus nach Hause laufe, nein, eigentlich hüpfe, fühle ich mich so vergnügt wie ewig nicht mehr. Verliebt, leicht, leichtfüßig. Bis ich merke, dass mich jemand verfolgt. Mehrmals drehe ich mich um, nicht aus Angst, vielmehr aus Neugier. Einmal kommt es mir für eine Sekunde so vor, als laufe eine Frau hinter mir. Ich drehe mich wieder und wieder um. Ja, es ist eine Frau. Mal ist sie dicht hinter mir, mal weiter entfernt. Wie ein Schatten. Die Straßenlaternen sind hell genug, um sie genau betrachten zu können, und der Vollmond tut sein Übriges dazu. Die Frau ist klein, sehr schmal. Sie sieht nicht aus, als sei sie von dieser Welt. Zu schön, zu perfekt und trotzdem unscheinbar. Auf einmal weiß ich, wer sie ist. Ein kalter Schauer läuft mir den Rücken hinunter. Sie macht mir Angst, schon in Jonas Erzählungen macht sie mir Angst. Instinktiv weiß ich, dass sie mich hasst, Jonas nicht in meiner Nähe wissen will. Dennoch. Feigheit gehört der Vergangenheit an, wenn man keine Angst mehr vor Schmerz hat. Vor körperlichem und seelischem. Was habe ich schon zu verlieren. Also rufe ich ihr zu: „Yolanda!". So unerwartet, wie sie auftauchte, ist sie nun wieder verschwunden. Der Schatten hinter mir ist nur noch mein eigener. Ich versuche, nicht weiter darüber nachzudenken.

Schneller als nötig gehe ich nach Hause, schließe die Tür zweimal hinter mir ab und komme mir dabei reichlich albern vor. Ich weiß noch nicht einmal, ob man einen Zeitenmittler aussperren kann. Die Kolibris flattern immer noch nervös und ziellos in meinem Bauch herum, und dazu kommt ein Stein in der Magengegend. Für den das komische Gefühl, meinen Vater morgen zu treffen, verantwortlich ist. Wir haben uns schon lange nicht mehr viel zu sagen, aber seit Mama nicht mehr da ist, haben wir so gut wie überhaupt nicht mehr gesprochen. Er ist nicht der Vater, den ich in dieser Situation bräuchte, und vermutlich bin ich auch nicht die Tochter, die er bräuchte.

Und als ob ein Kolibri und ein Stein nicht genug wären, kommt noch Paranoia dazu. Verfolgungswahn. Was will Yolanda von mir? Um diese Gedanken von mir zu schütteln und mich mit etwas anderem zu beschäftigen, hole ich Lenes Tagebuch hervor. Ich habe heute nur ein einziges Mal kurz an sie denken müssen. Seltsam, die letzten Tage hat sie meine Gedanken so sehr beherrscht. Heute war ich einfach nur ich und - meistens - sogar recht glücklich damit. Nur ein einziges Mal, ausgerechnet in dem Moment, in dem Jonas mich nach dem Kino geküsst hat, war sie so präsent, als stünde sie mit ihren hellen Locken, den abgetragenen Schuhen und der Schürze vor der Brust nicht nur neben mir, sondern vor mir, hinter mir, in mir.

Als Jonas mich geküsst hat, war da nicht nur dieses Glücksgefühl und das Flattern des Kolibris, sondern auch ein anderes Gefühl. Eine Art Déjà-vu. Ich werde es Jonas niemals sagen können, aber als unsere Lippen sich berührten, war ich Lene und er Paul. Dieser Gedanke macht mir ein bisschen Angst, und dem kleinen, zerbrechlichen Kolibri in meinem Bauch auch. Ich weiß nicht, was es bedeuten soll. Ich weiß nicht, ob Zeitenmittler eifersüchtig sind, und was ich überhaupt für Jonas bin. Möglich, dass er auch an Lene gedacht hat. Er denkt schließlich auch an ihre grünen Augen. Ob er sie auch geküsst hat? Komisch, wir haben nie darüber gesprochen. Zumindest kann ich mich damit trösten, dass Lene und ich ja letzten Endes eine Person sind. Ich vermute aber, dass sie sich gegen Jonas und für Paul entschieden hat. Was hat das mit ihm gemacht? Und was ist aus Lene geworden? Ich schlage das Tagebuch auf, es bleibt mir nur zweierlei: Weiterlesen und/oder einen Zeitenmittler fragen. Wenn ich mit Jonas nicht darüber reden kann, dann vielleicht mit Yolanda... Wenn sie mich schon verfolgt.

Lenes Tagebuch - Sommer 1938

Es gibt wenige Erinnerungsstücke an Mutter. Aber die wenigen habe ich aufgehoben, in der kleinen Holzkiste in meiner Stube. Ein Bild ist dabei, ich glaube, das einzige, was es von uns allen gibt. Warm muss es gewesen sein, ich war um die sechs Jahre alt. Wir sitzen auf einer Wiese, die mit Gänseblümchen übersät ist. Haben Trinkbecher und Murmeln zum Spielen dabei. Marie ist ein Baby, wenige Wochen alt.

Andreas war ein paar Tage zuvor zur Kommunion gegangen, deshalb war noch einiges an Essbarem da, was wir uns eingepackt hatten.

Ich trage auf dem Foto ein braunes Kleid mit hellem Spitzenkragen und eine Schleife im Haar. Ich kann mich erinnern, wie glücklich und gelöst wir alle waren. Vater hat Scherze gemacht, darüber, dass er den Andreas an den Leierkastenmann verkaufen würde, wenn er nicht endlich lernen würde, anständig zu essen. Man müsse sich ja schämen für den Bub. Ich war seither nie mehr auf der Wiese.

Obwohl ich nicht weiß, ob ich es aushalten kann, von Lenes Leben und der Traurigkeit darin zu lesen, wenn meine eigene mich immer noch wie eine eiskalte, harte Hand im Nacken packt und nicht loszulassen scheint, senke ich den Blick wieder auf das Buch. Ich löse mich in Lenes Worten auf, um für kurze Zeit mit ihr zu einem einzigen Menschen zu verschmelzen.

Mit Paul möchte ich hingehen. Mit niemandem sonst. Wir haben Heuernte morgen. Paul sagt, er will kommen. Ich weiß nicht, wie der Vater reagiert. Es gibt Tage, da nimmt er nichts um sich herum wahr, würde den Paul gar nicht bemerken. Dann wieder ist er der strenge, scharfsinnige Mann, der er eigentlich schon lange nicht mehr ist. An einem solchen Tag könnte Paul gleich um meine Hand anhalten, der Vater würde genau bemerken, was vor sich geht. Ich weiß nicht, auf was ich hoffen soll. Pauls Eltern sind keine Bauern wie wir, aber ein wenig Landwirtschaft betreibt ein jeder im Dorf. So weiß er auch mit harter Arbeit umzugehen. Den Andreas habe ich eingeweiht. Er ist einverstanden und hat nur gemeint:

„Ist gut, wir können jede Hand gebrauchen.“

Es ist nicht nur Heuernte morgen, es ist auch Mutters Todestag. Ich versuch' nicht dran zu denken. Es gibt Arbeit zu tun.

Ich schlafe mit Pauls Gedichtzettel in der Hand ein und habe die schönen Verse bis dahin sicher so oft gelesen, dass ich sie auswendig kann. Ich träume von Vater, der Kacheln aus dem Ofen reißt, sie mir an den Kopf wirft und schreit „Ein Lehrerssohn? So ein Schwächling kommt mir nicht ins Haus.“ Dann kommt plötzlich Andreas ins Haus gefahren, mit der Eisenbahn quer durch die gute Stube und versucht, mich zu verteidigen. Aber anstatt seiner Stimme bringt er nur ein Bellen heraus. Daraufhin wacht Maria auf, die auf dem Schemel im Stall geschlafen hat und schüttet einen Eimer Wasser über Vater aus.

Abgekämpft, aber mit einem Lächeln auf den Lippen, erwache ich und gehe meinen morgendlichen Pflichten nach. Bis Maria ihr Frühstück gegessen hat und die Viecher versorgt sind, stehen schon unsere Helfer im Hof. Andreas hat sie mit dem Ochsenwagen aus dem Dorf geholt. Hennys Bruder Ludwig ist dabei, Andreas bester Freund. Hannes, der Sohn unseres Nachbarn und natürlich Paul. Paul. Ich versuche, ihn nicht anzusehen. Aber es gelingt mir nicht. Wir lächeln beide, das Lächeln wird zu einem dummen, breiten Grinsen. So auffällig, dass sich Hannes und Ludwig wissend anstoßen.

„Wo ist Vater?“, fragt Andreas, und ich weiß darauf keine Antwort. Ich gehe ins Haus und sehe seine alte blecherne Kaffeetasse unberührt dort stehen. Klopfenden Herzens durchsuche ich das ganze Haus und den Stall, in panischer Angst, ihn verletzt oder gar schlimmer zu finden. An Mutters Todestag. Aber er ist nicht aufzuspüren. Wir haben keine Zeit zu verlieren, also beordern wir Maria zur Suche nach ihm ins Dorf und machen uns auf den Weg. Heuernte ist harte Arbeit. Bereits Tage zuvor haben wir das Heu gewendet, es mit dem Rechen zusammengetan und mit der Mandel aufgeschichtet. Nun laden wir es auf den Wagen. Eine Plackerei in der Hitze. Aber nicht nur die Hitze ist es, die Schnaken und Bremsen tun ihr Übriges dazu. Dennoch haben die Männer immer ein Lied auf den Lippen, und an Pauls Seite ist mir die Arbeit nicht zu viel. Um die Mittagszeit, als die Sonne ihren Höchststand erreicht, ist der Vater noch immer nicht da. Wir machen eine Pause. Henny und Maria bringen uns Erfrischungen und Gebäck. Alle langen kräftig zu. Maria druckst zunächst herum und sagt uns dann, was einige wohl schon befürchtet haben: Der Vater ist im Wirtshaus versumpft. Wäre nicht der alte Wirt Markus ihm gut gesonnen, so hätten sie ihn wohl gleich abgeholt und ins Straflager gesteckt. Nicht wegen der Trunkenheit, sondern wegen der Parolen, die er gegen den Führer ausgerufen hat. Vater betrinkt sich nie. Mutters Todestag muss ihm schwer zu schaffen machen. Es betrübt mich, aber Pauls Hand, die ungeniert auf meiner liegt, beruhigt mich.

„Versteh' mich nicht falsch, Lene“, sagt der Hannes, „aber wär's nicht angebracht für euch, eine Arbeitsmaid zur Hilfe zu bekommen? Mein Vater hat es eurem bereits mehrfach angeboten.“

Ich seufze, eine Arbeitsmaid im Landjahr, das wär' genau die rechte Hilfe für uns.

Alleine ist der Haushalt fast nicht mehr zu schaffen und Maria noch keine große Hilfe. Auch würd' ich gern weiter zur Schule gehen, aber daran ist nicht zu denken. Hannes' Vater ist unser Bauernführer und ein hilfsbereiter Mann. Auch wenn es schwierig werden dürfte, einem nicht gerade Parteitreuen wie meinem Vater eine Arbeitsmaid zu beschaffen. Aber es scheitert ja bereits am Vater selbst. Keine fremden Weiber will er im Haus haben. Damit war die Diskussion beendet.

Wir ziehen uns alle noch für wenige Minuten in den Schatten der Heuhaufen zurück. Paul und mir gelingt es, etwas abseits von den anderen zu sitzen. Die grinsen nur und nicken. Nur dem Andreas scheint es nicht so zu passen. Aber er will sich wohl nicht blamieren vor seinen Freunden.

„Dein Vater muss sich vorsehen. Solche Äußerungen bringen ihn schnell ins Zuchthaus. Und was wird dann aus euch? Aber trotzdem, ich bewundere ihn dafür, dass er nicht der Herde nachläuft.“

„Was meinst du damit?“, frage ich. Politik interessiert mich nicht sehr. Mich interessiert, wie ich unsere Familie durchbringe. Wie ich es schaffe, die Viecher zu versorgen, zu kochen, putzen, waschen und zu nähen. Es ist etwas, was wir nicht gemeinsam haben. Paul interessiert sich für alles, was in der Welt vor sich geht. Und wenn er erzählt, interessiert es mich plötzlich auch.

„Dieser ganzen braunen Herde, die den Führer als eine Art Gott verehrt und ohne zu hinterfragen brav nachläuft. Ins Unglück. In einen Krieg.“ Paul seufzt und schlägt die Hände vors Gesicht. Er ist nachdenklicher als sonst. Das macht mir Angst.

„Ich bin so dumm, Paul. Viel dümmer als du. Ich habe keine Ahnung von solchen Dingen. Ich glaube, du tust besser daran, dir eine Gescheitere zu suchen.“

Er sieht mich erstaunt an, fast böse, und sagt dann leise:

„Was redest du nur für einen Unsinn! Du bist das schlaueste, eifrigste, lebendigste und liebevollste Geschöpf, das es auf Erden gibt. Also hör bloß auf, so schlecht von meiner zukünftigen Frau zu reden!“

„Deiner zukünftigen Frau?“, frage ich leise und mit Tränen in den Augen, auch wenn ich geahnt und gehofft habe, dass es einmal so kommen wird. Schließlich wollte er auch mit Vater reden. Aber aus seinem Mund ist es etwas anderes. Nie hat mich jemand schlau, eifrig, lebendig und liebevoll genannt. Nicht eines dieser Worte für sich hat jemand für mich gebraucht und schon gleich gar nicht alle zusammen.

„Du bist so stark, Helena. Du versorgst deine Familie, du hast alle Aufgaben einer Mutter übernommen, obwohl dir die deine so schmerzlich fehlt. Du lachst mit mir, du scherzt mit mir und hast dabei doch den ganzen Buckel voll mit Arbeit und Sorgen. Was bin ich mit meinen Büchern und meinen schlauen Geschichten da neben dir!“

Mit Tränen, nicht nur in den Augen, sondern auch auf den Wangen nehme ich sein Gesicht in meine Hände und sehe ihn fest an, versuche nicht zu lächeln, als ich sage:

„Wie kannst du wagen, so über meinen zukünftigen Mann zu sprechen!“

Paul lacht, steht auf, packt mich und wirbelt mich an der Hüfte durch die Luft, dass meine Röcke fliegen. Als er mich absetzt, ist sein Gesicht wieder ernst. Er sagt:

„Wenn ich ein Ziel in meinem Leben habe, dann ist es, dich glücklich zu machen, Helena Gruber.“

Ich schluchze und bin für einen Moment das glücklichste Mädchen unter der Sonne.

Bevor wir zu den anderen zurückgehen, frage ich Paul: „Warum weinen wir eigentlich vor Glück?“

„Wir? Du meinst ihr Weiber?“, antwortet er und grinst.

Ich knuffe ihn in die Seite, und er lacht. „Sag bloß, das weißt du nicht, du dummes Bauernmädchen“. Und ich weiß, dass es ein Scherz ist.

„Ich will's dir versuchen zu erklären. Es gibt ein Buch in der Sammlung meines Vaters von einem Forscher namens Darwin. Charles Darwin. Entweder, man weint, weil das Vergießen von Tränen

eine Art Hilferuf an Andere ist, oder es dient der seelischen Entspannung. Aber wenn du mich fragst, kenne ich bessere Methoden um zu entspannen. Heute Abend im Stall?"

„Heute geht nicht. Der Vater.. Ich muss erst mal sehen, was zuhause los ist. Dann müssen wir ja auch noch das Heu fest treten. Aber am Samstag muss ich Wäsche waschen. Da bin ich alleine, davor drücken sich der Vater und Andreas. Die Maria kann ich wegschicken. Komm doch hoch zu uns, wenn du kannst."

Als ich erwache, ist heller Morgen. Das Tagebuch liegt unter meinem linken Arm. Ich muss darüber eingeschlafen sein und weiß nicht mehr, was ich gelesen und was geträumt habe. Ist es nicht das gleiche? Es gibt viele Parallelen zwischen meinen beiden Leben - zwischen Lene und Lilly. Ihr Vater gehört nicht dazu. Ihre Eltern haben sich geliebt. Ihr Vater ist am Tod ihrer Mutter zerbrochen. Ich glaube nicht, dass meine Eltern sich jemals wirklich geliebt haben. Natürlich weiß ich, wie jedes Kind, vermutlich, wie die beiden sich kennengelernt haben. Aber ich habe kaum Erinnerungen an sie zusammen. Dafür haben sie sich zu früh getrennt. Und durch ihre Trennung haben auch mein Vater und ich uns entfremdet. Ist das vermeidbar? Und müsste uns der große Verlust meiner Mutter nicht wieder zu etwas machen, was für andere ganz normal ist? Können wir Vater und Tochter sein, wenn die Mutter fehlt? Oder ist zu viel passiert? Wie würde Lene reagieren? Ihre Welt erscheint mir einfacher, obgleich ihr Leben viel schwerer war. Entscheidungen sind wie tragende große Äste eines Baumes, wohingegen meine Welt voller kleiner Verästelungen ist. Irrwege, zu viele Möglichkeiten. Ich nehme mir vor, meinem Vater keine Vorwürfe zu machen, sondern unsere Begegnung einfach auf mich zukommen zu lassen und spüre, dass ich Jonas gerne dabei hätte. Was nicht geht, weil ich selbst damit klar kommen muss und weil Jonas auf dieser Welt andere Aufgaben hat, als mir die Hand zu halten. Es erschreckt mich immer wieder, dass das so selbstverständlich für mich geworden ist, als wäre er Zahnarzt und hätte Wurzelbehandlungen zu erledigen. Es ist noch lange hin bis fünf Uhr, bis wir uns treffen. Ich überlege, auf der Arbeit vorbei zu gehen. Überlege es mir wieder anders. Ich denke an Bille und daran, was sie mir bei unserer Begegnung gesagt hat, an all die Worte, die soviel darüber ausgesagt haben, wie sie fühlt und wer sie ist, nach dem Tod ihrer Schwester. Daran, wie wir auf ihrer Terrasse gesessen haben, nachdem sie mich nach langer Umarmung losgelassen hat.

„Ich wäre gern anders, Lilly, ich wäre gerne mehr. Aber ich werde immer weniger ohne Anke. Ich verliere immer mehr Menschen, die meine Familie sind. Durch Tod, durch mein eigenes Versäumnis in deinem Fall. Seit Anke nicht mehr da ist, muss ich immer wieder darüber nachdenken, was bleibt, wenn ich nicht mehr bin. Ich habe keine eigenen Kinder und hätte so gerne welche gehabt. Wenn ich diese Erde verlasse, bleibt nichts von mir übrig. Das zermürbt mich, Lilly. Und dann sehe ich dich und bin paradoxerweise eifersüchtig auf meine tote Schwester. Das ist krank, nicht wahr?“

Ich wusste nicht, was ich darauf sagen sollte. Also schwieg ich. Sie hat weiter erzählt, von ihren Erinnerungen an eine Kindheit mit Anke und Dieter, dem Bruder, der in Amerika lebt.

Vom Erdbeereinkochen in den 70ern, als der erste Mixer, der ihrer Mutter ins Haus kam, explodiert ist und die weißen Gardinen rot gefärbt hat. Von heißen Sommertagen am See, als Anke und sie schwimmen gelernt haben. Von den Windpocken, die alle drei Geschwister hatten und bei denen sie sich nachts gegenseitig gekratzt haben, was bei Dieter die größten Narben hinterlassen hat. Wie sie lachend sagte. Weil sie und Anke damals schon lange, lackierte Fingernägel trugen. Während sie erzählte, war ihr Verlust auf einmal so spürbar wie mein eigener. Das hat mich ein wenig verzeihen lassen, verstehen lassen. Wenngleich ich nicht weiß, ob Bille und ich wieder so zueinander finden werden, wie wir es einmal waren. Wie bei meinem Vater weiß ich nicht, ob wir Tante und Nichte sein können, ohne die Schwester, die Mutter. Vielleicht, bestimmt sogar kommt es auf einen Versuch an.

Was ich inzwischen gelernt habe, ist: Trauer schweißt eine Familie nicht zusammen. Trauer entzweit. Trauer ist ein einsames Gefühl. Mit Trauer geht jeder differenziert um, hat so eigene Vorstellungen, dass man sie nicht teilen und dadurch leichter machen kann. Wenn ein geliebter Mensch um einen anderen geliebten Menschen trauert, macht es das eigene Herz noch schwerer, die Last noch größer. Trauer macht

Familien kaputt, auch ohne dass es Erbstreitigkeiten gibt. Trauer verändert Menschen, und Trauer verändert Familien für immer. Ich hoffe, Bille und ich können uns wieder so verändern, dass ein Schritt aufeinander zu wahrscheinlicher wird, als einer, der uns noch weiter voneinander entfernt.

Ich könnte den Tag bis zu meinem Treffen damit verbringen, in Lenes Welt einzutauchen. Weiter in ihrem Tagebuch lesen. Sie sein, um nicht ich sein zu müssen. Oder ich könnte die Baustellen in meinem Leben abarbeiten, wenn ich weiterhin ein Leben führen will. Dass ich das will, das gestehe ich mir vorsichtig zu, versuche den Gedanken weiterzuführen. Es bedeutet, das Chaos zu ordnen und irgendwann wieder glücklich zu sein. Nicht nur für kurze Momente, wie jene mit Jonas. Vielleicht ist Zufriedenheit das bessere Wort. Abzuschließen ohne abzusperren. Ich weiß nicht, ob mir das gelingen wird. Die Leere ist so groß, so weit, so tief. Noch immer.

Ich sehe mich um in meiner Wohnung. Auf dem Esstisch in meiner kleinen Küche liegt ein beachtlicher Stapel Post. Briefe sind unwichtig, Rechnungen ungültig, wenn man tot ist. Dann sind endlich andere für die Ordnung des eigenen Lebens verantwortlich. Nun bin ich aber hier und somit selbst für mich zuständig. Ganz alleine. Ohne mütterlichen Beistand. Seufzend stehe ich auf und setze mich auf den roten Stuhl. Ich schalte den kleinen Fernseher ein. Nicht weil ich fernsehen will, sondern weil ich Stimmen hören will. Das Gefühl, nicht alleine zu sein. Dann öffne ich langsam den ersten Brief, lese, fahre meinen Laptop hoch, überweise Rechnungen, hefte ab, hake ab. Die Eigendynamik, die mein Leben nach dem Leben, nach dem Versuch, das Leben zu beenden angenommen hat, die Eigendynamik, die Jonas angestoßen hat, packt mich. Bis zum Mittag sitze ich in meiner Schlafhose und einem alten T-Shirt an meinem Küchentisch und bearbeite meine Post. Dann gehe ich laufen, duschen und nehme die Affenschaukel in die Stadt.

Im Gegensatz zu Mama bin ich pünktlich. Bille und ich haben es uns angewöhnt, Mama bei Verabredungen immer eine halbe Stunde früher zu beordern. Damit sie es dann knapp pünktlich schafft. Leider hat das im Laufe der Zeit dazu geführt, dass sie sich tatsächlich für pünktlich hielt, und die Zeiten sich wieder nach hinten verschoben haben. Ich muss lächeln und mich am Lenkrad festhalten, um den Schmerz des Vermissens, der aufflammen kann wie eine Brandwunde, festzuhalten und ihn nicht die Oberhand über mich gewinnen zu lassen.

Uwe ist ebenso pünktlich. Er sitzt am vordersten Tisch, an der Glasschiebetür, die wegen des guten Wetters weit offen steht. Vermutlich hat er sich dorthin gesetzt, um mich gleich sehen zu können. Ich hätte einen anderen Platz gewählt, keinen, an dem die halbe Stadtbevölkerung vorbeilaufen und uns belauschen kann. Es ist wie immer, unterschiedliche Ansichten, unterschiedliche Handlungen. Dabei sind wir uns äußerlich gar nicht so unähnlich. Ich habe seine Augen, das simple Braun, und die Augenbrauen sind bei ihm so buschig und voll, wie meine wären, wenn ich ihrem Wuchs keinen Einhalt gebieten würde. Leider habe ich auch die schlechte Sicht seiner Augen geerbt. Uwe trägt Brille, randlos, ich trage Kontaktlinsen. Meine Nase ist eine Eins-zu-Eins-Kopie des Exemplars in seinem Gesicht. Er ist nicht groß, aber auch nicht klein. Hat ein wenig Bauch angesetzt in den letzten zehn Jahren, ohne dick zu sein, und seine dunklen Haare sind durchgehend als grau-gesträhnt zu bezeichnen, wenngleich sie dafür voll sind und er noch nicht einmal den Anflug von Geheimratsecken vorweisen kann. Er ist nervös. Er fasst sich immer wieder mit Daumen und Zeigefinger der linken Hand an die Nase, drückt die Nasenflügel zwei-, dreimal zusammen und lässt dann wieder los. Wie ein Schnäuzen ohne Taschentuch, Inhalt und Geräusch. Ich bin auch nervös, ohne zu wissen, mit welcher Marotte sich meine Nervosität verrät.

„Hallo“, sage ich und vermeide, ihn mit Papa, Uwe oder einem sonstigen, nicht passenden, Attribut anzusprechen.

„Hallo Lilly, schön dich zu sehen. Wirklich“, sagt er und fasst sich an die Nase.

Wozu das „wirklich“, und wieso stehen zwei große, randvoll mit Milchschaum gefüllte Tassen auf dem Tisch? Ich merke, wie ich innerlich verkrampfe und mich ärgere, bevor wir zwei Sätze miteinander gewechselt haben. Er hat oft diese Wirkung auf mich. Kindheitstrauma, Entfremdung, der normale Wahnsinn zwischen Kindern und Eltern, ich weiß es nicht.

Offensichtlich hat er bessere Antennen, als ich dachte, denn er sagt entschuldigend:

„Schichtwechsel, das Fräulein (ich glaube Uwe ist der letzte Mensch auf dieser Welt, der die Kellnerin als Fräulein bezeichnet) hat Feierabend und wollte schnell noch die letzte Bestellung aufgeben. Entschuldige bitte, ich hoffe, Latte Macchiato ist okay?"

Ist es. Ich nicke.

„Wie geht es dir?", fragt er und es klingt sehr vorsichtig.

Fügt hinzu: „Was macht die Arbeit?"

Ich überlege, irgendetwas zu erzählen, die Oberfläche nicht einreißen zu lassen, aber werde mir in Sekundenkürze klar, dass ich dann auch gar nicht hätte herkommen zu brauchen.

„Nicht sehr gut, aber besser als noch vor ein paar Wochen. Ich vermisse Mama! Ich bin nicht arbeiten, ich bin noch krankgeschrieben. Seit meiner Beinverletzung."

Von der Uwe gar nichts mit bekommen hat. Entweder interessiert es ihn nicht sonderlich, oder aber er traut sich nicht nachzufragen, festzustellen, dass er vom Leben seiner Tochter keinen Schimmer hat.

„Ja, es ist seltsam, dass sie nicht mehr da ist. Es, es muss unheimlich schwer für dich sein."

Ist es dieser Anflug von Mitgefühl oder Mitleid? Ich schlucke schwer und versuche die Tränen, die mir in die Augen steigen, gewaltsam dorthin zurückzudrücken, wo sie herkommen. Vor Uwe will ich nicht weinen, und warum eigentlich nicht?

„Ja, das ist es", antworte ich und befürchte, dass uns der Gesprächsstoff ausgeht, bevor die erste Schicht Milchschaum gelöffelt ist. Ich schütte Zucker in meine Riesentasse, zu viel. Wie Uwe. Er bemerkt es und grinst.

„Träumst du manchmal von ihr?", fragt er mich, überrascht mich damit.

„Ja", sage ich, und es fällt mir leichter als erwartet, ihm davon zu erzählen. „Ich träume immer wieder die gleichen Träume. Sie ist da, wir reden, wir umarmen uns, alles ist scheinbar normal. Doch ich weiß, dass sie bald sterben wird, und ich will sie warnen und kann nicht. Es bricht mir zweimal das Herz, im Schlaf und beim

Aufwachen, wenn mir bewusst wird, wie sehr sie fehlt. Der andere Traum ist ähnlich: Mama hat überlebt und sagt immer wieder zu mir: „Du Dummerle, ich lasse dich doch nicht im Stich." Und dann lässt sie mich erzählen, was sie verpasst hat, was passiert ist auf der Welt, in der Zeit, in der sie nicht da war. Ich weiß nicht, welcher Traum schmerzhafter ist. Am ersten Tag nach ihrem Tod bin ich aufgewacht, habe meine Augen geöffnet und für den kostbarsten Moment des Tages vergessen, was passiert ist. Alles war wie zuvor. Bis die Wahrheit über mich hereingebrochen ist und dieser bittere, schale, beißende Geschmack der Trauer meine Zunge verätzt hat."

Um nicht vor Uwe zu weinen, vergrabe ich meine kurzen Fingernägel so fest in meinen Handflächen, dass ich das Gefühl habe, mir den letzten Bluttropfen aus der den Adern zu ziehen.

Er räuspert sich, fasst sich wieder an die Nase und sagt dann, leiser als zuvor:

„Es gibt etwas, was ich dir schon so lange sagen will. Lilly, ich..."

Ich zucke unwillkürlich zusammen. Ich hasse so etwas, ich hasse den Beginn seines Satzes, und ich hasse Verkündungen mit dramatischer Ankündigung.

„Aber, gleich vorneweg, du darfst nicht denken, ich hätte dich nicht gewollt!"

Wie könnte ich das nur denken? Sarkasmus und Zynismus werden zu schwer schluckbaren Knoten in meinem Hals.

„Anke, deine Mutter und ich, wir waren nur drei Jahre verheiratet..."

„Ich weiß", sage ich, versuche nicht gereizt zu klingen und vermeide erneut die Ansprache. Seltsam, finde ich selbst. Ich kann nicht Uwe sagen, dazu ist er zu sehr mein Vater. Und auch nicht Papa, dazu ist er zu wenig ein Vater.

Uwe rutscht unruhig auf seinem Stuhl hin und her, zupft an der weißen Tischdecke, rührt in seinem Latte Macchiato und fasst sich dutzendfach an seine Nase.

„Ich war so viel jünger als Anke und - ich weiß, dass man das seiner Tochter eigentlich nicht sagt."

Dann lass es einfach.

Aber er fährt fort: „Aber weißt du, sie war schneller schwanger, als ich ihr sagen konnte, dass ich nicht an einer festen Beziehung interessiert bin. So bin ich in etwas hineingeschliddert, wofür ich nicht bereit war. All die Kommentare meiner Kumpels, von wegen auf einem alten Gaul lernt man das Reiten und so. Dann du, das war so viel. Ich war noch bei der Bank und wusste aber, dass ich etwas anderes machen will. Deine Mutter hat so genau gewusst, was sie mit ihrem Leben anstellen will: Drei Kinder, mindestens, ein Haus, Familie nach Standard eben. Vielleicht hätte ich das zehn Jahre später auch gewollt, aber damals eben nicht. Ich bin immer öfter einen trinken gegangen, habe sie alleine gelassen mit dir. Das war ein großer Fehler, aber ich war einfach zu jung. Ich weiß..."

Er hebt abwehrend die Hände, seine Augen schimmern.

„Es ist keine Entschuldigung, ich wette, das wolltest du doch sagen, nicht wahr?"

Eigentlich wollte ich sagen, dass meine Mutter jetzt gar keine Möglichkeiten mehr hat, dass ihr mit dem Leben der Platz und Raum für Pläne genommen wurde. Dass Uwe dennoch da ist, dass ich mir heimlich gewünscht habe, es hätte ihn getroffen und nicht sie. Ich will nicht, dass er tot ist, wirklich nicht. Aber ich will auch nicht, dass meine Mutter tot ist. Es ist einerlei, es gibt keine Tauschmöglichkeiten für Tragödien. Es gab sie nicht für Lene, und es gibt sie nicht für mich. All das, was Uwe mir hier erzählt, ist nicht wirklich neu. Ich beginne mich zu fragen, warum er hier ist, und warum ich mich bereit erklärt habe, mit ihm hier zu sein. Lebenszeitverschwendung. Das ist keines meiner Worte, es ist Carlas. Der Titel ihrer letzten Ausstellung. Die ich nicht gesehen habe, nur den Flyer dafür, den sie mir in den Briefkasten gesteckt hat, weil ich auf ihre persönlichen Kontaktversuche nicht reagiert habe. Ich weiß noch nicht einmal, was sie ausgestellt hat. Und auch nicht, warum sie so unbedingt wollte, dass ich komme. Ich, die verlorene Freundin, die verlorene Tochter... Was mich wieder zu Uwe und an den Cafétisch, zu meinem zerrührten und unangerührten Latte Macchiato bringt. Uwe hat aufgehört zu sprechen.

Irgendetwas scheint ihm noch auf der Seele zu liegen, denn wenn er vorhin nervös war, dann ist sein fahriges Fußwackeln, dass den ganzen kleinen Tisch beben lässt, wohl der Ausdruck für noch größere

Aufregung. Oh Gott, hoffentlich will er mir jetzt nicht irgendeine neue Freundin oder so vorstellen. Als Muttterersatz. Alleine das Wort lässt Galle aufsteigen. Aber er überrascht mich, was ihm nicht oft gelingt. Uwe ist - auch wenn er es aufgrund seiner Überwachungsparanoia hassen würde zu hören - durchschaubar. Um zu wissen, was in ihm vorgeht, braucht es keine NSA, keinen Big Brother, keinen Spionageapparat. Sein Gesicht ist völlig ausreichend. Diesmal nicht. Mit keiner Silbe habe ich erwartet, geahnt, was er mir nun an den Kopf wirft, wenngleich werfen das falsche Wort für seinen ruhigen, gemäßigten Ton ist.

„Auch wenn das alles am Anfang wahnsinnig viel war, warst und bist du dennoch das Beste, was mir in meinem Leben passiert ist. Ich war so verknallt in dich kleines Mädchen. Anke war eifersüchtig darauf. Sie hat mir alles abgenommen, was dich betrifft. Sie hat mir gar nicht die Chance gegeben, in meine Vaterrolle hineinzuwachsen und sie auch auszufüllen. Aber Lilly, das war genau das, was ich wollte. Ich wollte ein gemeinsames Sorgerecht, viel mehr Zeit mit dir. Deswegen habe ich mich selbstständig gemacht, in einem Beruf, den ich beherrsche, aber der mir keine Freude bereitet. Damit ich flexibler bin für dich. Und was hat sie getan... „

Die letzten Worte spuckt er, hält inne, scheint sich bewusst zu werden, dass er über meine Mutter spricht, meine tote Mutter.

„Ausgelacht hat sie mich. Mir vorgehalten, dass ich niemals richtig für dich sorgen könne. Keine Woche würdest du bei mir überleben. Den Unfall hat sie mir vorgeworfen."

Uwe fuchtelt nun wild mit den Händen, so wild, dass ich automatisch und ohne es zu wollen unsere beiden Tassen festhalte. Vielleicht halte ich mich aber auch den Tassen fest. Weil das, was er mir erzählt, ein völlig anderes Bild meines Vaters ist. Keine Vernachlässigung. Vielleicht aber auch billige Entschuldigung. Irgendwie will ich nicht hören, dass er schlecht über Mama redet. Ein kranker, kleiner Teil meines Hirns aber will mehr davon hören. Will eine Rechtfertigung. Einen Grund. Dafür, meinen Vater zu einem Muttterersatz zu machen. Braucht es dafür eine Erklärung, eine Begründung und Entschuldigung für mich und mein Gewissen? Er bricht selbst ab, ohne dass ich ein Wort sage. Streckt mir die gerade noch fuchtelnden Arme über den Tisch und fasst meine Hände. Warm, groß. Das sind die Worte, die ich denke, als seine die meinen umfassen. Eine Ahnung, eine Erinnerung an Geborgenheit flattert über meine Haut, berührt mein Herz und sorgt für eine Gänsehaut, die nach Sekunden bereits wieder verschwunden ist.

„Lilly, ich will gerne ein Vater für dich sein. Nicht, weil du keine Mutter mehr hast, sondern weil ich dein Vater bin, auch wenn ich mich selten wie einer verhalten habe."

Ich möchte es nicht, aber das ist der Moment, in dem es aus mir heraus bricht. Zu Beginn recht ruhig, sich steigernd, lauter werdend, ein Stakkato.

„Warum warst du nicht im Krankenhaus, an ihrem Bett? Warum warst du danach nicht da? Warum jetzt, nach so langer Zeit? Warum muss mir das alles passieren? Ich will doch einfach nur eine Familie, meine Mutter. Das kleine Glück. Du warst zwar auf meinen Schulabschlussfeiern, bei meiner Taufe, meiner Kommunion, bei meinen Geburtstagen anwesend. Aber du warst nicht da, als ich meinen ersten Liebeskummer beweint habe. Als ich den ersten Alkohol meines Lebens wieder ausgekotzt habe, saß Mama neben mir, nicht du. Die Reifen meines Autos wechselt Onkel Helmut, nicht du. Du kannst dir nicht merken, ob ich meine Haare kurz oder lang trage, du weißt nicht, wer ich bin, Uwe! Warum sollte ich dich jetzt in mein Leben lassen und auf Versprechen vertrauen, die du nicht halten kannst?"

Er antwortet nicht gleich, als müsse er überlegen, als müsse er verdauen und verstauen, was ich ihm entgegen rufe. Gerade so laut, dass es nur er hört. Aber laut genug, um ihm all die angestaute Verzweiflung und Leere klar zu machen, die in mir brodelt.

Dann sagt er, mit ruhiger Stimme, aber Tränen hinter der randlosen Brille: „Vielleicht, weil du mich brauchst. Vielleicht, weil ich dich brauche. Weil wir uns brauchen."

Es ist der letzte Teil seines Satzes, der den Bann bricht, die Dämme aufreißt und dafür sorgt, dass ich seinen Händedruck erwidere. Wir rühren nicht mehr in unseren Tassen, wie in Kästners Gedicht über die Sachliche Romanze, wir sitzen nicht allein, wir haben einander und sprechen viele Worte. Wir sitzen so lange, dass das Korbgeflecht des

Stuhles einen Abdruck in meinen Hintern gebrannt hat, solange, dass wir es schaffen, über Mama zu sprechen, ohne dass ich weinen muss. Wir sitzen solange, dass Uwe irgendwann vergisst, sich an die Nase zu fassen. Solange, dass aus Nervosität eine kleine Art Vertrautheit wird. Nicht lange genug, um aus uns etwas zu machen, was wir ohnehin nie waren. Aber lange genug, um es auf eine Wiederholung ankommen zu lassen.

Die Stunden mit Uwe sind eine Wiederholung. Wie ein Film, von dem man weiß, ihn gesehen zu haben, aber an dessen einzelne Handlungen man sich nicht mehr erinnert. Eine Zeitreise in meine Kindheit. Mein Vater erinnert mich an unsere gemeinsame Urlaubsreise, ich muss acht oder neun Jahre alt gewesen sein. Es war das Jahr, in dem meine Eltern versucht haben, wie Erwachsene miteinander umzugehen. Ich sage bewusst versucht. Das Resultat war ein katastrophaler Urlaub in der Türkei, an den ich wenige Erinnerungen habe, aber von dem ich drei Dinge ganz sicher weiß: Mein Vater war jeden Nachmittag an der Poolbar, hat ein Bier nach dem anderen gezischt und dabei hemmungslos mit der Barkeeperin geflirtet; ich hatte den Sonnenbrand meines Lebens, weil Mama zuhause die Sonnencreme vergessen hat und die türkische sicher als Insektenvernichtungsmittel hätte durchgehen können, aber nicht als UV-Wirkstoff; tja und drittens irgendeinen Ärger gab es mit Helmut und einem dubiosen Laden in der Einkaufsmeile von Side. Eben diese Geschichte erzählt mir Uwe, und unser Lachen klingt durch das Café, überquert die Straße und füllt den Hohlraum zwischen unseren Stühlen.

Helmut, unser braver, anständiger Helmut hat doch tatsächlich ein Dutzend Teppiche gekauft, um diese sozusagen zollfrei nach Deutschland einfliegen zu lassen. Er wollte sich ein bisschen Geld dazuverdienen, wie er dem Zollbeamten am Frankfurter Flughafen schließlich reumütig und ein wenig schelmisch eingestand. Und er hätte schließlich keine Ahnung vom deutschen Zollsystem, oder wisse der Beamte etwa, wie man ein Walmdach aufschlage? Wohl kaum mit einem Zollstock. Dabei hat Helmut sein röhrendes, einem brünstigen Hirsch nicht unähnliches, Lachen ertönen lassen und damit dem armen, humorlosen Beamten den kläglichen Rest und sich selbst eine saftige Geldstrafe verpasst. Erst jetzt, Jahre später, fällt bei mir der Groschen, warum wir bepackt wie die anatolischen Esel im Kriegsgebiet auf dem türkischen Flughafen ein- und in Frankfurt ausgecheckt sind. Irgendwie mussten die Teppiche ja zum Vertrieb nach Deutschland kommen.

Wie Helmut auf so eine Idee komme, frage ich Uwe, und er lacht und sagt: „Ich habe mit ihm gewettet, darum dass er sich niemals traut, ins internationale Perserteppichgeschäft einzusteigen?“

„Was war der Einsatz?“

„Zweimal Currywurst mit Pommes beim Imbissandy.“

Wir sprechen über den denkwürdigen Besuch in Oma Ulrikes Altenkommune eines Donnerstagnachmittags, als mein dreizehnjähriges, pubertäres Ich meine Oma beim Fummeln mit einem fragwürdigen älteren Herrn mit Birkenstocksandalen und einem Hornhautgebirge am Hinterfuß erwischt hat. Das ist das einzige Detail, an das ich mich erinnern konnte, denn nach dem Anblick der nackten Brust meiner Oma konnte ich nicht anders als auf den Boden sehen. Uwe erzählt mir, dass er sie am nächsten Tag damit konfrontiert hat und sie doch tatsächlich eine beginnende Demenz vorgeschoben hat. Wir lachen und tun es mit einem weinenden Auge, denn Oma Ulrike ist vor drei Jahren friedlich während eines ihrer geliebten Skatturniere inmitten ihrer Kommunenmitbewohner verstorben. Er erinnert mich an so viele verloren geglaubte Erinnerungen, frohe und traurige, an Kinderlachen, an Eislaufen auf dem Baggersee, an den Geschmack von Sauerkirschenkompott mit Kaiserschmarrn, an Wettrennen durchs Watt, wenn wir Tante Ariane besucht haben, an aufgeschlagene Knie und daran, dass es immer Mama war, die meine Tränen getrocknet hat. Der Raum zwischen unseren Stühlen, zwischen unseren beiden Händen, zwischen unseren schlagenden Herzen ist voll von Wehmut, Sehnsucht, verpassten Chancen und verlorener Zeit, aber auch von Vaterliebe, Nostalgie, Vergebung und Hoffnung. Als unsere Wege sich wieder trennen, hoffe ich, dass er nur der Bruchteil dessen sein kann, was ich von ihm erwarte. Dass er die Holzstütze darstellt, die den Betonpfeiler nie ersetzt, aber trotzdem das Gebäude erfolgreich vor dem Einsturz bewahrt.

Jonas

Sie schläft so ruhig und friedlich. Ich kann es nicht erwarten, sie aufwachen zu sehen und von ihr selbst zu hören, was ich heimlich beobachtet habe. Aus Angst, dieses Treffen mit ihrem Vater könnte nach hinten losgehen. Sie zurückwerfen in all ihrer positiven Entwicklung. Möglicherweise habe ich mir damit aber auch nur selbst eine sehr bequeme Ausrede dafür gegeben, sie zu sehen.

Ich hatte eigentlich vor, in nicht-menschlicher Gestalt ganz in der Nähe ihres Tisches zu lauschen. Ein Windstoß, ein Tropfen auf dem Stein zu ihren Füßen, eine Serviette, die sie in ihren kleinen Händen faltet. Aber es ist mir nicht gelungen. Meine Gestalt blieb wie eingefroren, festgefahren und eingerostet. Ich bin eingesperrt in diesen Menschenkörper, und wenn ich ehrlich bin, ist es mir noch nicht einmal unangenehm. Also musste ich mich unbemerkt weiter entfernt aufhalten und konnte nicht hören, was sie sprachen. Aber es reichte mir zu sehen, dass ihre anfängliche Skepsis, das Abwägende, Beurteilende und Abwehrende zwischen ihnen bald abschwächte und Platz machte für Vertrauen und Verzeihung. Dann habe ich mich entfernt und bin ziellos umhergelaufen, wie so oft in den letzten Tagen.

Und nun, Stunden später, habe ich es nicht mehr ausgehalten. Ich habe ihren suchenden Blick sehr wohl gesehen und ihn bestimmt auch richtig interpretiert. Aber Paul mit dem Dreizack, das Kino und die fremden Erinnerungen, die mich überkommen, wenn ich sie berühre, waren noch zu stark, um so zu tun, als sei nichts. Als wären wir ein Paar, ein ganz normales Paar, im Begriff sich kennen und lieben zu lernen. Das sind wir eben nicht. Ich kenne und liebe sie seit Jahrzehnten, und sie ist für einen Anderen bestimmt. Also stehle ich mir kleine Momente, bevor ich sie loslassen muss. Es wird unausweichlich sein. Eine feststehende Tatsache, an der ich nicht rütteln kann und nicht rütteln darf. So sitze ich nun vor ihrem Bett und beobachte, wie sich eine kleine vorwitzige Locke vor ihrer Nase mit jedem ihrer Atemzüge hebt und senkt. Ich werde sie daran erinnern müssen, dass es sicherer ist, wenn sie ihre Balkontür nachts schließt, es war einfach, hinaufzuklettern und mich hineinzuschleichen. Auch in menschlicher Gestalt. Aber mir wird speiübel, wenn ich daran denke, dass irgendjemand mit anderen Absichten als meinen das tun könnte. Mein Beschützerinstinkt für sie wird von Tag zu Tag stärker und macht es mir nicht leichter, mich zu lösen und ihr den Raum zu lassen, den sie braucht, um ihren Paul wiederzufinden.

„Jonas?“, haucht sie kaum hörbar und ich weiß im ersten Moment nicht, ob sie im Schlaf spricht oder mich bemerkt hat. Ich sage nichts und halte absolut still. Etwas, das mir nicht schwerfällt. Auch in diesem schwerfälligen Körper nicht.

Dann blinzelt sie und öffnet ihre Augen. Die braunen, die gerade wieder ein wenig grün aussehen.

„Was machst du denn hier?“, fragt sie schläfrig, aber ohne Angst oder erschreckte Erkenntnis.

„Ich beobachte dich beim Schlafen. Selten etwas so Wundervolles gesehen“, sage ich.

„Komm rein, wenn du schon mal hier bist“, sagt sie und hebt die dünne, sonnenblumengelbe Bettdecke an. Sie trägt kurze Shorts und ein weißes Shirt, mit einem verwaschenen Aufdruck. In einem Ballkleid könnte sie nicht schöner sein.

Lilly

Er überlegt einen Moment, und fast schon bereue ich meine sehr offensichtliche Einladung. Aus Angst vor Ablehnung. Ich finde es keinen Moment lang seltsam, dass er einfach in meinem Schlafzimmer sitzt und mich beobachtet. Irgendwie ist es das schönste Kompliment, das er mir machen konnte, und ich fühle mich behütet, statt beobachtet.

„Hast du das schon häufiger getan?"

„Was? Mich bei attraktiven Frauen ins Schlafzimmer geschlichen?"

„Nein, mich beobachtet."

Er schüttelt den Kopf.

„Du riechst nach Schlaf und nach Sonne und Glück", sagt er.

„Du riechst nach dir. Nach Sandelholz. Irgendwie riechst du immer nach Sandelholz und nach Frühling."

„Ich habe keine Ahnung, wie Sandelholz und Frühling riecht."

„Gut", antworte ich schlicht. Ich glaube nicht, dass ich überhaupt noch zu vielen Worten fähig bin. Ich habe schlecht geträumt, sehr schlecht. Von Mama und einer Endlosschleife von immer wieder neuen grausamen Arten, auf die sie ums Leben gekommen ist. Alle entsprachen nicht der Wahrheit, aber alle endeten damit, dass ich mit Uwe an ihrem Grab stand und er mich davon abhielt, wieder und wieder den Deckel zu öffnen, um nachzusehen, ob sie auch wirklich darin liegt. Weil doch eigentlich nicht sein kann, was für mich nicht sein darf. Weil etwas, was so weh tut, doch unmöglich wahr sein kann. Dann war da Jonas, und nun liegt er neben mir, ohne mich zu berühren. So real, so überwältigend männlich und beschützend und träumevertreibend.

Ich aber kann nicht neben ihm liegen ohne ihn anzufassen. Ein wenig schüchtern suchen meine Hände im Dunkeln unter der Decke nach seinen Armen und nach seiner Brust. Ich streife ihm das T-Shirt über den Kopf und lege meine Finger gespreizt an seinen Oberkörper. In der vollkommenen Stille zwischen uns habe ich für einen winzig kleinen Moment das Gefühl, einen schnellen, unregelmäßigen

Herzschlag zu hören. Dann lösen sich Jonas Hände aus ihrer Starre und tasten nach mir. Nach mehr, als er jemals von mir berührt hat. Seine Beine schlingen sich um meine, seine Arme umfassen mich und irgendwann werden wir eins. Zwei Körper, die sich ineinander verlieren; zwei Seelen, die sich tiefer berühren, als Körper es vermögen.

Er ist noch da, als ich am Morgen erwache. Er sieht mich an und lächelt, und ich schiebe den Gedanken, dass dieses Lächeln doch irgendwie traurig wirkt, ganz weit von mir.

„Guten Morgen."

„Guten Morgen", erwidert er und fasst eine Locke, zieht sanft daran.

„Meine Freundin Carla hat einmal gesagt, wenn ein Kerl am Morgen noch da ist und dich lächelnd ansieht, dann hast du es geschafft", sage ich, sehr um Leichtigkeit bemüht, wenn ich ihn doch eigentlich nur fragen will, ob er irgendetwas bereut. Dabei kann ich mir nicht vorstellen, dass man etwas so Wunderbares, Einzigartiges bereuen könnte.

Er sagt nichts. Aber das Lächeln wird kleiner, bis es verschwindet.

„Ich muss gehen, Lilly. Es tut mir leid, aber ich muss gehen."

„Warum?"

„Yolanda wartet auf mich."

„Oh!"

Oh? Etwas Besseres fällt mir nicht ein. Aus Enttäuschung.

„Gut, in Ordnung. Ich meine, du frühstückst ja ohnehin nicht..."

„Nein", sagt er und blickt an mir vorbei.

Habe ich mir das alles nur eingebildet? Das zwischen uns, das so groß erschien und auf einmal so klein wird, durch ein Lächeln, das keines mehr ist.

Als er weg ist, starre ich lange vor mich hin. Bis mein Blick auf das aufgeschlagene Tagebuch von Lene fällt und ich mich hilfesuchend hineinstürze.

Jonas

Ich habe vor ein paar Tagen, auf dem Flohmarkt, in einem Punkt nicht ganz die Wahrheit gesagt. Aber sie hat mich auch nicht danach gefragt. Als Lilly Carla heute morgen erwähnte, ist es mir wieder eingefallen. Ich kann mich nicht erinnern, jemals etwas vergessen zu haben - zumindest nichts, was seit Lene passiert ist - und die Erkenntnis beunruhigt mich etwas. Ich schwebe durch diese Welt und bin nicht richtig da, nicht dort, wo ich sein sollte. Sehe nur noch mich selbst und Lilly. Vielleicht ist mein kleiner Lapsus damit zu erklären. Denn ich hätte erwähnen sollen, dass Carla mir nicht unbekannt ist. Dass sie mich vielmehr auf Lillys Spur gebracht hat.

Es ist eine Ausstellung einer noch recht unbekannten, aber vielversprechenden jungen Künstlerin. Ich stehe in einem ungewöhnlich hohen Raum, Stuckdecken, Risse im Putz, die aussehen, als seien sie absichtlich eingefügt worden. Ich bin noch der, der ich sein sollte. Ich habe Lilly noch nicht getroffen. An den Namen der Ausstellung kann ich mich gut erinnern, weil er so hervorragend auf das passt, was wir zu vermeiden suchen. Lebenszeitverschwendung. Ich schreite durch eine Ausstellung von mannshohen Schwarz-Weiß-Porträts menschlichen Versagens, menschlicher Angst und allumfassender Melancholie. Gespannt auf Holzrahmen, gehalten mit Metallstützen. Es sind nicht die Bilder, die man erwarten sollte. Keine Fotos von armen, alten Menschen, die im Abfall nach Essensresten wühlen. Nein, viel weniger plakativ, und daher umso erschreckender. Ein Foto zeigt eine einsame junge Frau mit geschwollenen Augen an einem hochmodernen Großstadtbahnhof, die auf einen Zug wartet. Ein weiteres einen Mann auf einem Spielplatz, in einigen Metern Entfernung ein Kind, dass auf ein Klettergerüst steigt und aufgeregt in seine Richtung winkt, während der Vater auf sein Handy sieht. Ein wieder anderes eine ältere Dame, die auf einem Grab kniet und Blumen arrangiert, ihr Gesicht ist nicht zu sehen, nur die Stützstrümpfe, ein krummer Rücken, unzählige Blumen in kleinen

Pflanztöpfen und eine Jahreszahl auf dem pompösen Grabstein vor ihr. Und dann das Foto. Ihr Foto. Ich wusste es damals bereits, und heute ist es Gewissheit. Eine Brücke, eine Frau, fast ein Mädchen, von hinten zu sehen, helle Locken. Die Hände ausgebreitet, flach auf die Brüstung gelegt. Die Beine nah beieinander, die Verzweiflung ihres Herzens greifbar. Ich stehe lange vor dem Bild, beinahe zu lange. Mein Herz jubelt, mein Verstand schreit Stopp. Es ist eine Vorahnung, das Gegenteil eines Déjà-vu. Wenngleich auch für unsereinen ungewöhnlich. Denn eigentlich wandeln wir durch die Zeiten, ohne den Ort unserer Einsätze suchen zu müssen. Die Orte fallen uns zu. Zufall. Oder sind uns bestimmt von höherer Macht, die auch wir nicht kennen. Wir sind keine Engel, die abends auf ihren Wolken sitzen und hinuntersehen. Wir sind, was wir sind, wie ihr Menschen das seid, was ihr seid. Berufene, Beorderte, Befohlene.

Nun aber ist etwas anders. Ich bin seit Lene nicht mehr nur berufen, sondern auch suchend. Diese Suche hat mich schließlich, ohne es zu wissen, wenngleich es zu wollen, hierher geführt.

Wenn ich sage, dass ich beinahe zu lange vor dem Bild gestanden bin, dann deshalb, weil in diesem Moment einer der Stahlstützen den Halt verliert und eines der riesigen, schweren Bilder mit der Ecke voraus nach vorne kippt. Auf eine schwangere Frau zu, die ins Gespräch vertieft nicht wahrnimmt, was um sie geschieht. Vielleicht auch gar nicht wahrnehmen kann, mit welcher Schnelligkeit Dinge stürzen, Menschen fallen, Leben sich verlieren. Ich bin der Anker, der Befestigungshaken der die Stütze des Fotos, dessen Motiv ich nicht erkennen kann, wieder nach hinten zieht und die Leinwand zurück an ihren Platz bringt.

Wenig später bin ich die rutschige, seifige Hand, die die kleinen bunten Pillchen einer Besucherin wie zufällig auf der Behindertentoilette, die sie nicht aufsuchen dürfte, in den Abfluss gleiten lässt und etwas einleitet, was möglicherweise ihr Leben rettet. Am Morgen vor der Ausstellung war ich die defekte Ampel, die dazu führte, dass ein für mich Namenloser die Frau im Auto neben sich ansprach, seine Bestimmung. Seine Vertraute aus zahlreichen Leben zuvor. Doch ab diesem Tag, wenn ich zurück denke, wird es ganz klar: Seit ich dieses Foto gesehen habe, noch einige Tage bevor ich Lilly wirklich traf, werden die Namenlosen weniger. Allmählich. Die Namenlosen, deren Leben ich verändere, weil ich dazu berufen bin. Stattdessen sind es Namen und Gesichter, die sich in mein Hirn und mein sogenanntes Herz drängen und es ausfüllen. Seit ich das Foto sah, weiß ich, was geschieht, ist es eine Frage der Zeit, bis ich sie finde. Und wie wichtig es ist, dass ich sie finde. Es ist nicht wichtig, ob die Frau auf der Brücke im Foto wirklich Lilly ist, es ist auch nicht wichtig, ob ich sah, was ich sehen wollte, oder ob irgendeine Macht dieser oder einer anderen Welt ein meterhohes Porträt für mich aufgestellt hat, um Lilly zu finden. Fakt ist, ich habe tagelang nichts anderes getan, als Brücken abzuklappern. Zwei irrwitzige Teenager habe ich dabei aufgehalten, eine idiotische, tödliche Mutprobe auszuführen und eine Katze vor dem Ertrinken gerettet. Und dann kam der Tag, an dem sie dort stand. Der Tag, an dem ich wusste, dass ich zuhause angekommen bin. Zuhause bei einem Menschen.

Ich sitze im Wald auf einem Baumstumpf, dem leblosen Rest einer einst gewaltigen Eiche. Eines Lebewesens, das 400 Jahre lang Generationen von Menschen bezeugt hat, und wie alles auf dieser Erde so lange braucht um zu wachsen und so schnell zerstört ist.

Ich habe in der letzten Nacht mehr haben dürfen, als mir zusteht. Mehr Lilly, mehr Liebe, mehr Leidenschaft, mehr Herz und Gefühl, als mir in 1000 Jahren zusteht. Ich wollte ihr nicht wehtun, ich will es immer noch nicht. Aber ich muss es. Und es zerreißt mir mein klopfendes Herz... Klopfendes Herz?

Auf einmal wird mir schlagartig bewusst, was mit mir vorgehen muss. Die Anzeichen sind so klar, so eindeutig, wenngleich ich auch noch nie davon gehört habe. Es muss so sein. Dumm und blind, taub und stumm muss ich gewesen sein und bin doch das Gegenteil davon geworden. Ich werde, nein, bin vielleicht schon geworden. Panik ergreift mich, bevor ich richtig begreife. Ich rufe, schreie nach Vincent. Nach Yolanda. Nach Beistand. Nach Erklärung.

Lilly

Lenes Tagebuch, Sommer 1938

Heute ist Samstag. Endlich. Waschtag. Nicht, dass ich gerne Wäsche wasche. Aber Paul sehe ich gern. Immer seltener sehen wir uns diese Tage. Und im Winter wird es noch weniger werden. Wie mir vor dem Winter graut. Vor der Kälte, der Dunkelheit, vor Vaters schlechter Laune, die im Winter stets noch schlimmer wird. Davor einsam zu sein. Bei Eis und Schnee nicht hinunter ins Dorf zu kommen. Aber nun ist erst noch Sommer und wir müssen versuchen, die restlichen, sonnigen Tage aufzubewahren, im Herzen einzuschließen, wie die Marmelade im Keller. Ich stehe vor dem großen Eisenkessel, den mir Andreas in den Hof geschafft hat, alleine wäre es nie gegangen. Schon morgens habe ich das Feuer angefacht. Maria und ich haben die Holzscheite aufgestapelt, so dass man jederzeit danach greifen kann, um das Feuer am Brennen zu halten. Nun koche ich die Wäsche und habe meine Mühe, Maria fortzuscheuchen. Das quirlige kleine Ding will unbedingt helfen. Aber ich will allein sein mit Paul. Seltener werden die Gelegenheiten. Es ist noch immer Heuernte, und unter der Woche ist Paul nun zum Studium in der Stadt. Es gefällt ihm gut, aber er ärgert sich immer mehr darüber, dass gute, unpolitische oder kritische Lehrer entlassen und durch Nationalsozialisten ersetzt werden.

Nicht jedes Wochenende kann er heim, aber meistens kommt er doch. Wenn er niemanden findet, der ihn mit raus nimmt, dann fährt er die lange Strecke mit dem Rad. Kostbare Stunden sind das jetzt, die wir uns stehlen.

Umso wichtiger ist es, Maria loszuwerden. Ich schicke sie mit einem Vorwand und ein wenig Geld ins Dorf, Besorgungen machen.

Das sollte sie eine Weile abhalten. Auf dem großen Waschbrett rubbele ich nun die Wäsche mit Kernseife. Das geht in die Arme. Nach einer Weile halte ich inne, wische mir den Schweiß von der Stirn und die Haare aus dem Gesicht. Ich habe kaum auf dem kleinen Stuhl neben dem großen Kessel Platz genommen, da sehe ich ihn heraufkommen. Von weitem winkt er mir, und wie immer galoppiert mein Herz wie ein Rennpferd, wenn ich ihn sehe. Ich laufe auf ihn zu, und wir umarmen uns. Er streicht mir über die Locken und küsst meine Stirn. Ohne zu sprechen stehen wir so eine Weile, nur für den Augenblick. Nur für uns.

Dann schiebt er mich wie immer ein Stückchen von sich und sieht mich an. Ich trage ein zu kurz gewordenes Kleid, was in der Hitze und der zusätzlichen Wärme des Eisenkessels gut tut. Aber nicht gerade züchtig ist.

Er lächelt und sagt:

Beinchen wollen stehen
Beinchen wollen gehen
sich im Tanze drehen
Beinchen wollen ruhen
Beinchen wollen spreizen
wollen ihren Reizen
jegliche Gelegenheit
geben. Haben jederzeit
muskulös zu tun.

Ich lache. Dann wird er ernst und sagt: „Unglaublich, dass sie Ringelnatz Auftrittsverbot erteilt haben. Für mich ist er ein begnadeter Künstler. Entartet sollen seine Werke sein. Nur sehr dumme, verbohrte Menschen können so etwas behaupten.“

Ich nicke. Ich liebe es, wenn Paul mir Gedichte vorliest oder Geschichten erzählt, und es macht mich unheimlich traurig, dass einige seiner geliebten Schriften nun verboten sind. Ich habe nie viele Bücher besessen und vielleicht tut es mir gerade deshalb so weh, dass die Nationalsozialisten sogar öffentlich ganze Stapel voll von Kultur und Wissen verbrennen.

Paul berichtet mir von der Universität, von seinem Vater, der nicht mehr so unterrichten darf, wie er möchte. Er habe mit seinen jüngeren

Schülern Erich Kästner lesen wollen, stattdessen aber müsse er nun die germanischen Heldensagen durchnehmen. Das habe ich selbst schon erfahren. Marias Rechenaufgaben werden immer seltsamer. Neulich musste sie berechnen, wie viele deutsche Familien eine Wohnung bekommen könnten, wenn die Regierung nicht 12.000 Reichsmark für ein Irrenhaus aufwenden müsste.

„Lass uns von glücklicheren Dingen sprechen oder lass uns das Sprechen ganz sein", sagt Paul, „die Welt ist schrecklich genug und wird noch schrecklicher werden. An der Uni ist nur noch die Rede vom Krieg. Ich hab' noch genau im Kopf, was Hitler im Mai sagte: „Es ist mein unabänderlicher Entschluss, die Tschechoslowakei in absehbarer Zeit durch eine militärische Aktion zu zerschlagen. Den politisch und militärisch geeigneten Zeitpunkt abzuwarten oder herbeizuführen, ist Sache der politischen Führung." Ach, Lene, das macht mir Angst."

„Es wird keinen Krieg bei uns geben, Paul. So weit kommt es nicht."

Aber er scheint mir nicht zu glauben. Sein Lächeln sieht müde aus und traurig.

„Was ist jetzt, hilfst du mir oder willst du nur hier rumsitzen?"

„Waschen? Das ist doch eine Arbeit für die Weiber", sagt er und steht doch gleich auf und nimmt ausgerechnet eines meiner Unterhemden in die Hand. Ich werde rot und drehe mich schnell zur Seite.

„Was bekomme ich denn als Entschädigung für meine Hilfe bei Weiberarbeit?", fragt er und ist auf einmal wieder viel unbeschwerter. Ich werde alles versuchen, um ihn in dieser Laune zu halten. Es wird kein Krieg kommen, es darf kein Krieg kommen.

„Ein Kuss für jedes Stück, und nimm die Finger von meiner Unterwäsche."

„Na hör mal, wenn ich der Dame schon helfe, dann möchte ich bitte selbst auswählen, was ich wasche."

Zu meinem Entsetzen hat er jetzt auch noch mein Mieder in der Hand. Als könnte es nicht schlimmer werden, höre ich nun schon Maria. Sie ruft von weitem „Ich bin wieder da!"

Schnell fahren Paul und ich einige Zentimeter auseinander. Aber Maria scheint ihn gar nicht wahrzunehmen.

„Wolltest du nicht noch ein wenig mit den Kindern unten spielen?“, frage ich verzweifelt, hoffend, dass Maria sich wieder entfernt.

„Nein, die sind doch alle doof. Der Rudi will immer Nazi und Jude mit mir spielen, dabei heißt es doch Räuber und Gendarm.“

Paul und ich tauschen vielsagende Blicke. Keiner von uns sagt etwas. Maria sieht verwirrt von Paul zu mir und zurück und beschließt dann wohl, ihre Chance zu nutzen.

„Paul, spielst du mit mir Dornröschen war ein schönes Kind?“

Wie viel einfacher habe ich es? Und wie viel schwerer erscheint es mir dennoch.

Ich lege das Tagebuch zur Seite. Manchmal ist der Blick hinein wie eine Flucht aus meinem Leben und aus meinen Problemen. Zurück in eine Zeit, in der die Rolle der Frau so anders war. In der es eine Rolle war, die nach klaren Linien festgelegt war. Einer Ordnung unterworfen. Wie viel einfacher wir es heute haben. Wie viele Verluste und wie viel Leid die Menschen damals erleiden mussten. Und wie viel besser sie damit umgehen konnten. Vielleicht, weil man sich selbst nicht so wichtig nahm. Immer wenn mir mein eigenes Leben zu viel wird, tauche ich in mein früheres ein. Wenn mir das Frühere zu viel wird, wie eben jetzt, lege ich das Tagebuch beiseite. Jonas. Es ist wenige Stunden her, dass er hier neben mir lag, aber wenn ich von Paul und Lene lese, greift die Sehnsucht nach mir wie ein hungriges Raubtier. Der Kolibri beginnt zu flattern, und dieses neue Gefühl daneben kitzelt mein Inneres. Verrate ich Jonas, wenn ich an Paul denke, und verrate ich Paul, wenn ich in Jonas verliebt bin? Drängt sich eine dritte Person zwischen uns, wenn unser „uns“ noch so am Anfang steht? Warum entzieht er sich mir immer wieder? Warum folgt auf jeden Funkenflug des Glücks sein trauriges Gesicht? Ich muss Antworten finden auf diese Fragen. Und ich kann sie nur bei Yolanda finden. Das weiß ich. Es gibt einen Ort, an dem ich sie finden kann, dessen bin ich mir sicher. Sie wird kommen. Hoffe ich. Denn ich glaube, dass nicht nur ich ein Interesse an einem Treffen habe. Sie ist um mich herumgeschlichen wie eine Katze um ein Mäuseloch, unschlüssig darüber, ob sie zugreifen soll, oder nicht. Sie will mit mir reden, irgendetwas klären.

So stehe ich kurze Zeit später wieder auf der Brücke, mit einem komischen Gefühl im Bauch, aber ohne Absichten. Diesmal ist es ein Treffpunkt, kein Treffen mit dem Tod, sondern ein Treffen mit Yolanda. Ich bin ängstlich. Ohne sie zu kennen, schüchtert sie mich ein. Ich komme mir bereits jetzt wie ein dummes, kleines, hässliches Mädchen vor. Was ich ja letztlich auch bin. Ein bemitleidenswertes Geschöpf, das ihr Jonas von einer Brücke ziehen musste. Ich will der Straße unter mir gerade den Rücken zudrehen und nach Yolanda Ausschau halten, da steht sie bereits neben mir. Ich zucke zusammen. Es ist immer wieder ein bisschen beängstigend und erschreckend, wenn sie aus dem Nichts auftauchen. Bei Jonas ist es anders, es ist, als könnte ich ihn riechen, kurz bevor er vor mir steht. Der besagte leichte Hauch von Sandelholz, die Brise besonders frischer Luft. Ein Gefühl von Frühling in der Luft. Das ist Jonas für mich, der Frühling nach eiskaltem Winter mit Scheißwetter.

Yolanda steht in atemberaubender und dennoch so einfacher Schönheit vor mir. Mustert mich, durchlöchert und durchbohrt mich. Sie muss sich mir nicht vorstellen, ich muss mich ihr nicht vorstellen. Sie muss nicht erklären, warum sie hier ist, und ich muss nicht danach fragen. Wir müssen nichts, wir stehen uns ganz einfach gegenüber. Zwei Frauen, die einen Mann lieben, jede auf ihre Art. Der Wunsch nach Besitz, Angst, Eifersucht und Argwohn bauen sich zwischen uns auf.

Ihr Kopf mit den millimeterkurzen Haaren ist mit meinem auf Augenhöhe. Wir sind beide von kleiner Statur, aber Yolanda ist so zart und elfenhaft feingliedrig, dass ich mir neben ihr wie ein Holzklotz vorkomme. Das trägt nicht dazu bei, weniger eingeschüchtert zu sein.

Es wird kein Geplänkel geben zwischen uns, keinen Small-Talk, kein Drum-Herum-Gerede. Sie sieht mich ernst an, und mir fällt auf, dass ich sie mir gar nicht anders vorstellen kann. Ein Lächeln oder gar ein Lachen würde ihrem symmetrischen, glatten und makellosen Gesicht nicht stehen. Es würde nicht zu ihr passen.

Sie beginnt zu sprechen, und es ist anders, mehr, viel mehr Unerwartetes, als befürchtet.

„Du fragst dich, was mit dir passiert, nicht wahr, Lilly? Wie du dein früheres Leben, von dem du vor ein paar Tagen noch nichts wusstest, in Einklang bringst mit dem Hier und Jetzt, in Einklang mit Jonas."

Ich nicke, genau das ist es, was ich wissen will. In ihrem „Lilly" liegt so viel Skepsis, so viel Misstrauen, dass ich eine Gänsehaut bekomme. Kaum merklich neigt sie ihren kleinen Kopf meinem ein wenig näher entgegen und fährt fort:

„Zunächst aber will ich dir erklären, wie es für uns ist, wenn wir uns zu sehr in euer Leben einmischen. Wenn wir uns verlieben, in einen von euch. Es fängt für einen Zeitenmittler immer auf die gleiche Weise an. Ich muss es nicht hundertfach beobachtet haben, um zu wissen, was geschieht. Am Anfang steht die Suche nach mehr, der Drang nach einem eigenen Leben, der Wunsch, nicht nur in die Leben von anderen einzugreifen. Es folgen Rastlosigkeit und Leichtsinnigkeit. Ich wusste es bei Jonas viel früher, als bei..., ach, das tut nichts zur Sache."

Sie winkt ärgerlich, scheinbar verärgert über sich selbst, ab. Ich frage mich, welchen Vergleich sie anstellen wollte, und wage nicht zu fragen.

„Ich habe die Anzeichen bald erkannt und deuten können, was zwischen euch geschieht. Die Erfahrung hat mich hellhörig gemacht. Zunächst ahnte ich nur. Hoffte, das Unvermeidbare mit Vernunft abwenden zu können. Aber Jonas, er ist doch viel mehr Gefühl als Ratio. Für euch Menschen ist es anders. Wenn wir euch zeigen, dass es eine Welt vor eurer Welt gab; eine Zeit vor eurer Zeit und eurem jetzigen Leben. Wenn dies geschieht - was nicht vorgesehen ist - dann stoßen wir etwas an, was unaufhaltsam ist: Die Erinnerung. Ich hege keinen Groll gegen dich, Lilly. Du kannst nichts dagegen tun.

Nicht verhindern, dass dein altes Leben dein gegenwärtiges überlagert. Die Frage ist nur, was es mit dir tut. Ich kann dir genau sagen, was geschehen wird: Du wirst dein vorheriges Leben immer klarer sehen, die Emotionen der Vergangenheit werden wiederkommen und dich beherrschen. Mein eigenes nicht vorhandenes Herz bricht bei dem Gedanken, Jonas brechen zu sehen. Was wird geschehen, wenn du dir deiner Liebe zu Paul so bewusst wirst, als stünde er neben dir? Was wird diese unstillbare Sehnsucht mit dir machen? Im einfachsten Fall führt es dich geradewegs dorthin zurück, wo Jonas dich hergeholt hat. Im schlimmsten zerstörst du Jonas dabei. Was wird dann aus ihm? Wir werden zu Menschen, wenn wir wirklich lieben, Lilly. Wir kehren dorthin zurück, wo wir einst her kamen. Ein Zeitenmittler ist kein Zeitenmittler mehr, wenn er so sehr liebt. Jonas Seele wird gefangen sein in einem Körper, der für seinen Entstehungszweck keine Verwendung mehr hat! Ich bitte dich, lass es nicht so weit kommen."

Sie ist lauter geworden bei ihren Worten. Sie beantwortet mir meine nicht gestellte Frage auf nicht geahnte, auf furchtsame Art und Weise.

„Aber ich liebe Jonas!" Ich sage es so verzweifelt, wie ich möchte, dass sie mich versteht und mir glaubt. Es kann nicht so sein, wie sie sagt, also fahre ich fort:

„Ich kenne Paul doch überhaupt nicht. Jonas dagegen bedeutet die Welt für mich, Jonas hat mich überhaupt erst wieder zurück auf die Welt geholt. Er ist wie ein Teil von mir geworden, ohne den ich nicht mehr sein möchte und kann. Ein lebenswichtiges Organ."

Nachdem sie schweigt und mich mitleidig ansieht, stelle ich die Frage, die mir wie heiße Glut auf der Zunge brennt:

„Oder bin ich es meinem alten Ich schuldig, Paul zu lieben?

Nun werden ihre Züge für einen Moment etwas weicher, einen zu kurzen, kaum fassbaren Moment.

„Lilly, niemand ist verpflichtet, einen anderen Menschen zu lieben. Wir haben gar keine Wahl, wir lieben, wen wir eben lieben. Die Rollen, die wir im Leben spielen, schreiben wir nicht selbst. Sie werden uns auferlegt, wir werden für sie auserwählt. Es gibt kein Casting und kein Script, keine Klappe und keinen Abspann. Wir leben das Leben, für das wir bestimmt sind, und können nur entscheiden, auf welcher Seite wir stehen wollen."

„Ja, aber ist nicht ein Mensch für den anderen bestimmt? Überdauert dann Liebe nicht den Tod?", frage ich. Weil ich nicht glauben will, dass der Tod alles beendet. Weil ich aber auch nicht glauben will, dass es für Jonas und mich aufgrund der Vergangenheit keine Zukunft gibt.

„Natürlich überdauert die Liebe den Tod. Aber Liebe ist doch nicht nur die Zuneigung zweier Partner zueinander. Liebe ist viel mehr. Liebe ist bedingungslos wie Mutterliebe, vielfältig wie freundschaftliche Liebe, leidenschaftlich und energisch wie

Geschwisterliebe. Pauls Seele wird deiner immer ganz nah sein. Lene und Paul gehören zueinander, damals wie heute. Du musst nicht nach ihm suchen, er wird da sein. Begehe nicht den gleichen Fehler wie Lene.“

Wenn Liebe vielfältig ist, kann es dann nicht auch sein, dass Paul mir in anderer Gestalt wieder begegnen kann? Dass er nicht der Mann an meiner Seite sein muss, dass er stattdessen ein Freund sein kann, eine Vertraute, vielleicht jemand, der längst in meinem Leben einen Platz gefunden hat, ohne zu wissen, welchen er in meinem vorherigen Leben innehatte? Wenn Liebe vielfältig ist, kann dann nicht Jonas in diesem Leben Pauls Platz einnehmen? All das will ich Yolanda fragen, aber während ihr Körper noch neben mir steht, kann ich sehen, dass sie sich gedanklich bereits von mir verabschiedet hat. Sie geht ohne einen Gruß, ohne einen Abschied. Kurz bevor ihre magere Erscheinung sich endgültig von mir entfernt, dreht sie sich ein letztes Mal um, und ihre großen, allwissenden Augen sehen mich ernst an. Sie öffnet den Mund und spricht, aber ihre Worte werden verschluckt vom aufkommenden Verkehrslärm unter der Brücke. Aufgesogen von brummenden Lkw und hupenden Familienwagen. Nun stehe ich wieder alleine auf einer Brücke. Alleine mit meinen Gedanken an mein Leben, meine Leben im Plural.

Manchmal verwirrt es mich, wenn ich daran denke, dass Lene und ich Eins sind, dass ich ein früheres Leben hatte. Es ist ein seltsames Gefühl, so als betrachte man sich selbst von außen. Als schwebe man über seinem eigenen Selbst, als sehe man einen Film, in dem man selbst die Hauptrolle spielt. Wir schreiben die Rolle, die wir im Leben spielen, nicht selbst, hat Yolanda gesagt. Bedeutet das dann auch, dass ich nicht ändern kann, was passiert? Ist mein Leben von vorneherein vorbestimmt, jeder meiner Wege in Zement gegossen, in Stein gemeißelt? Musste es also sein, dass Mama stirbt, damit ich auf dieser Brücke stehe und Jonas mich rettet? Ich habe das Gefühl, das dringende Bedürfnis, alles über Lene zu erfahren, um mich selbst zu finden. Um herauszufinden, was das Leben für mich bedeutet. Das einzige, was klar ist, was wie ein gestochen scharfes Bild vor mir liegt und woran ich nicht zweifle, ist meine Liebe zu Jonas. Zu einem Zeitenmittler, einem Wesen zwischen den Welten. Jonas. Lene. Paul.

Mama. Alles gehört zusammen und kann doch nicht zusammen sein. Wenn das Leben vorbestimmt ist, wenn wir unser Schicksal erfüllen müssen, warum, verdammte Scheiße, muss dieses Leben dann so saukompliziert sein?

In der Nacht, die diesem Tag folgt, träume ich von Jonas, der auf einer Brücke steht, die sich immer weiter von mir weg bewegt. Ich laufe und renne und versuche, ihn zu erreichen und kann doch keinen Meter gewinnen, um näher an ihn heranzukommen. Plötzlich baut sich Yolanda vor mir auf und sagt ernst und lauter, als ich ihre Stimme in Erinnerung habe:

„Es ändert nichts, dass du mir sagst, du liebst ihn. Paul ist in deinem Kopf und in deinem Herzen. Manche Dinge überdauern die Zeit, überdauern ein Leben. Jonas wird nicht so enden wie Frieda. Er darf nicht so enden. Es tut mir leid."

Als ich erwache, frage ich mich lange, ob das nicht vielleicht genau die Worte waren, die der Verkehrslärm verschluckt hat. Ob ich sie falsch verstanden habe, weil ich sie falsch verstehen wollte. Könnte es sein, dass sie wirklich denkt, Jonas und ich gehören nicht zusammen, weil dieser Platz für Paul reserviert ist?

Mein Magen krampft sich zusammen bei dem Gedanken und der in mir wachsenden Befürchtung, dass Yolanda Recht haben könnte. Ich versuche mir einzureden, dass ihre Worte schließlich nur meinem Traum entspringen. Schließlich weiß ich auch nicht, wer Frieda ist. Vermutlich ist alles nur ein Produkt meiner Traumphantasie. Aber der Zweifel ist gesät und mit ihm die Angst, Jonas zu verlieren.

Jonas

Sie stehen beide vor mir. In menschlicher Gestalt. Zwei so vertraute Seelen. Und auf einmal dieser Unterschied zwischen uns. Ich sehe mich selbst nicht mehr in ihnen, ich verliere mich. Wie Wesen aus einer anderen Zeit, aus einem anderen Universum erscheinen sie mir. Mit all ihrer Ruhe, Gelassenheit. Mit dieser Unnahbarkeit, dieser Perfektion. Fast machen sie mich wütend. Schon wieder. Ungeduldig trete ich von einem Bein auf das andere. Vincent sieht mich mit einem Stirnrunzeln von oben bis unten an. Ungläubig, erwartungsvoll und ja, beinahe staunend. Er sagt nichts. Meine Güte, ich habe nach ihm geschrien, als ginge es um... Um was eigentlich? Mein Leben? Genau, darum geht es, also können die zwei vielleicht mal ihren Mund öffnen und mir Antworten geben, auf die Fragen, die ich ihnen seit Minuten entgegenbrülle? Ist es mein Gebrülle oder das Fußwackeln oder die Angst in meinen Augen, die Vincent aussehen lässt wie einen Zombie? Blutleer, gedankenleer. Oder sah er schon immer so aus, und ich kann mich nur nicht erinnern? Yolanda ist es, die das einseitige Schweigen bricht.

„Jonas, es gibt nur eine Antwort auf all diese Fragen. Du willst wissen, warum du dich anders fühlst, warum du das Gefühl hast, dich von uns - deiner Familie - zu entfernen?“

„Kurz gesagt, ja“, antworte ich und schreie noch immer. Es ist eine schäbige Zusammenfassung meiner Fragen, meines Wissensdurstes, aber ja, letzten Endes sind das meine Fragen.

„Es ist so einfach und doch so schwer.“

Sie tritt auf mich zu und nimmt in der mütterlichsten aller Gesten mein Gesicht in ihre Hände. Gleichzeitig spüre ich Vincents große Pranken auf meinen Schultern. Familie, das sind sie. Ein Bund. Ein Zusammenhalt, den ich nicht missen möchte, aber vielleicht muss. Ich kann fühlen, so schwer und bleiern am eigenen Körper empfinden, wie Lilly ihre Mutter vermissen muss. Mit körperlichem Schmerz, ziehenden, reißenden, packenden Krallen in den Eingeweiden. Für mich ist es ein kurzer Moment, der, in dem ich mir vorstelle, Vincent und Yolanda zu verlieren. Aber die beiden sind da, ich kann ihre Berührungen entgegnen und mich sicher wiegen in Wohlbehagen und Beschütztsein. Lilly kann das nicht mehr, nie mehr.

Es ist nicht Yolandas Art, um etwas herumzudrucksen. Sie spricht in kurzen Sätzen üblicherweise genau das aus, was sie denkt, ohne Gefühlsschoner, Weichzeichner oder Wattebausch in ihren Worten. Und so ist es auch diesmal, wenngleich ihr Seufzen und ihre Gesten verraten, dass es ihr nicht so leicht fällt wie sonst, die Wahrheit ungebremst auf mich loszulassen.

„Lilly liebt Paul. Die beiden sind füreinander bestimmt. Du bist ein Störfaktor, Jonas. Du musst aufhören, dich zwischen sie zu drängen.

Du schaffst ein Ungleichgewicht und bringst uns alle in Gefahr. Allen voran dich, das werde ich nicht zulassen."

Ich sehe zu Vincent, perplex, zu erstaunt und verletzt gleichzeitig, um Yolanda weiter ansehen zu können. Vincent hält meinem Blick stand. Ich bin ein Störfaktor. Ein zutiefst verletzter. Ich erwarte Gegenwehr, erwarte seinen Beistand und erwarte zu viel. Vincent sagt: „Trag es wie ein Mann, Jonas. Du hast die Grenzen zu weit überschritten. Dieses Mädchen ist es nicht wert, dass du mit uns brichst. Dass du deine Aufgabe vernachlässigst, dass du in dein Unglück rennst. Wir haben das schon hinter uns. Nicht noch einmal." Die letzten drei Worte spricht er aus, als seien sie eigenständige Sätze, mit Nachdruck und Druck.

Ich möchte sagen, dass sie es wert ist. Aber kann meine Familie nicht so verletzen, wie sie mich gerade. Ich möchte schreien, dass sie mein Glück ist und ich alles andere Unglück dafür auf mich nehme. Und weiß, dass ich das Unglück meiner Familie nicht schultern kann. Ich möchte flüstern, dass es diesmal anders ist. Und weiß, dass es nicht stimmt. Denn was meine Familie mir gesteht, weiß ich bereits seit Tagen selbst.

Yolanda sagt: „Ich möchte nicht, dass die Geschichte sich wiederholt, Jonas. Deswegen erzähle ich sie dir. Eine Episode meines Lebens, die ich dir bislang nicht anvertraut habe. Es ist eine andere Geschichte als die deine und im Kern doch zwillingsgleich."

Ich blicke sie ungläubig an. Ich dachte, alles über Yolanda zu wissen.

„Auch ich habe einst geliebt. Es kommt nicht selten vor, dass Zeitenmittler sich zusammentun, eine Familie bilden. So wie wir drei. Aber es kommt weitaus seltener vor, dass sie liebende Partnerschaften bilden. Zu uneigennützig ist unsere Berufung, um etwas so Uneigennütziges wie leidenschaftliche Liebe zu empfinden. Und dennoch ist es geschehen, mit mir und Frieda."

Ich kenne niemanden namens Frieda. Obwohl mich ihre letzten Worte noch fesseln und gefangen halten, lasse ich mich dennoch ein auf ihre Erzählung.

„Du kennst sie nicht, aber sie hat meinen Charakter entscheidend geformt. Im Guten und im Schlechten. Frieda gekannt zu haben, hat mich bereichert, sie verloren zu haben, hat mich beraubt. Jonas, ich denke, wir waren einst Menschen aus Fleisch und Blut. Gefallene Engel. Verwundete Seelen. So stecken wir in einer Zwischenwelt, um zu vermitteln. Buße zu tun oder Dank zu geben. Was auch immer man sich vorstellen mag. Als ich Frieda traf, im November, bei strömendem Regen, bunten Blättern auf dem Boden und dem Geruch nach Erde, war sie eine verstörte, unsichere, wandelnde Seele ohne Halt. Ähnlich wie ich. Halt gaben wir uns bald gegenseitig und noch viel mehr: Freundschaft, Familie, Liebe. Frieda war immer der Ansicht, ein Partner liebe mehr als der andere. Ich habe nie gewagt, sie zu fragen, wie sie das in unserem Fall sieht. Ich wollte nicht hören, was ich wusste und spürte. Wir gingen viele Jahre durch diese Zeit.

Anders als ich, die nur vermutete, wusste Frieda, wer sie einst gewesen ist. Instinktiv, intuitiv und dabei irritiert davon. Sie hat mir nie ihre ganze Geschichte erzählt. Aber ich kann sie nachempfinden, wenn ich eins und eins zusammen zähle. Und tue es dennoch aus Achtung vor ihr nicht, und vielleicht auch deshalb, weil es nichts ändert. Die Veränderung in ihr war plötzlich da, nach so vielen Jahren, und schnell spürbar. Sie hat immer weniger wahrgenommen, was um sie herum passiert. Sie bekam Gefühlsanwandlungen, die uns fremd sind. Neid, Missgunst, Eifersucht, die prominentesten Beispiele. Gier, Hass, und um die Gefährlichste zu nennen: Liebe. Zu einem Menschen. Ich habe gedacht, in ihr eine Seelenverwandte zu haben.

Ich habe gedacht, die Zeit, die es für uns gibt, mit ihr teilen zu können. Und als sie sich entschied, unwillkürlich, unbewusst und dennoch unwiderruflich, war ich bereit, sie gehen zu lassen. Ich wäre es nicht gewesen, wenn ich gewusst hätte, was als Folge dessen geschah. Wenn ich gewusst hätte, dass ich ihre Seele verlieren würde und sie sich selbst, hätte ich eingegriffen und muss es deshalb bei dir tun. Bei meinem Sohn, wenn ich es schon nicht bei meiner Frau vermochte."

Ich bin sprachlos und Vincent scheint - seinem überraschten Blick zufolge - diesen Teil von Yolandas Leben eben auch zum ersten Mal gehört zu haben.

„Was ist geschehen?", flüstere ich.

Yolanda seufzt schmerzhaft auf. Es muss viele lange Jahre zurückliegen, aber das Leid, das ihre Worte ausstrahlen, ist greifbar.

„Frieda hat sich in einen Menschen verliebt. Sie ist zu dem geworden, was sie sein wollte, um bei dem Menschen zu sein, der sie liebte. Ohne zurückgeliebt zu werden. Das hat ihre Seele gebrochen und ihr Herz in zwei Teile gerissen. Der Mensch, der ihre Liebe nicht verdient hat, ist ihr in ihrem vorherigen Leben begegnet, wie auch in ihrem späteren an meiner Seite, als Zeitenmittler. Er hat sie nicht losgelassen, über die Zeiten und Leben hinweg. Er hat sie aber auch nicht festhalten wollen. Die Boshaftigkeit unerwiderter Liebe."

„Yolanda, das tut mir leid. Sehr leid. Aber das heißt doch nicht, dass das gleiche mit Lilly und mir passiert."

„Doch, Jonas. So endet es immer. Ich kann diesen Schmerz nicht noch einmal ertragen. Ich kann dich nicht verlieren. Und denk daran, für Lilly ist es besser. Du solltest nicht der Störfaktor sein. Das Hindernis, das sie irgendwann unglücklich machen wird. DU bist nicht für sie bestimmt, es ist Paul. Es tut mir leid, Jonas, aber das ist die Wahrheit. Du musst dich ihr beugen."

Vincent und Yolanda reden noch eine Weile auf mich ein. Wortfetzen nehme ich wahr, der Rest verschwimmt zu einem Brei, der den Namen „Störfaktor" trägt und unheimlich schwer zu verdauen ist. Sie sprechen von Verantwortung, von Rücksichtnahme, von Selbstlosigkeit, von Selbstaufgabe. Es ist mir so egal, und wenn es mir nicht zu anstrengend wäre, würde ich es ihnen sagen: Dass jedes Wort zu viel ist. Dass jedes Wort zu schade ist.

Nicht, weil ich sowieso tun werde, was ich will. Sondern, weil ich das tun werde, was sie wollen. Nicht, weil ich ein besonders guter Zeitenmittler bin.

Nicht, weil ich mich gerne selbst aufgebe, aus Selbstlosigkeit, die ich nicht mehr empfinde; aus Rücksichtnahme, die mir unwichtig geworden ist; aus Verantwortung, die sich verändert hat. Sondern weil ich kein Störfaktor sein will. Weil ich Lilly und meine Familie zu sehr liebe, um noch einmal zu tun, was ich bereits tat: Einen Fehler begehen, die Zeiten vermischen, ein Leben verwischen.

Ich höre die weiteren Worte gar nicht mehr. Und weiß doch, dass die beiden, meine Familie, alles tun werden, so gut sie können, um mir zu helfen. Ich bin mir nur nicht sicher, ob sie das können. Ich kann und werde nicht von einer Brücke springen. Ich kann aber auch nicht mehr nur zusehen und nicht bei ihr sein dürfen. Ich muss noch eine Sache erledigen, etwas mit ihr klären. Dann werde ich gehen. In den Wald. Um zurückzufinden, zu meinem Ich. Einem Ich, das noch nicht wusste, wie es sich anfühlt, geliebt zu werden. Einem Ich, das noch nicht süchtig ist nach diesem Gefühl. Wenige Worte von Yolanda haben dazu geführt, dass all die Hoffnungen der letzten Tage lächerlich werden. Obsolet.

Ich muss an Ringelnatz denken. Die wohl zweite Gemeinsamkeit zwischen Paul und mir. Wir lieben Lene und wir lieben Ringelnatz. Seine Gedichte bleiben wahr. Ich denke an die Kniebeuge. Ich kann sie auswendig und habe doch noch nie darüber nachgedacht, wie sehr sie auf mich zutrifft. Auf Lilly, auf uns alle.

Kniee – beugt!
Wir Menschen sind Narren.
Sterbliche Eltern haben uns einst gezeugt.
Sterbliche Wesen werden uns später verscharren.
Schäbige Götter, wer seid ihr? und wo?
Warum lasset ihr uns nicht länger so
Menschlich verharren?
Was ist denn Leben?
Ein ewiges Zusichnehmen und Vonsichgeben.–
Schmach euch, ihr Götter, dass ihr so schlecht uns versorgt,

Dass ihr uns Geist und Würde und schöne Gestalt nur borgt.
Eure Schöpfung ist Plunder,
Das Werk sodomitischer Nachtung.
Ich blicke mit tiefster Verachtung
Auf euch hinunter.
Und redet mir nicht länger von Gnade und Milde!
Hier sitze ich; forme Menschen nach meinem Bilde.
Wehe euch, Göttern, wenn ihr uns drüben erweckt!
Beine streckt!

Ich fühle mich selbst wie der Narr seines Gedichtes. Wie Plunder der Schöpfung. Und verachte mich, für meinen Egoismus und die Einbildung, eine Rolle in Lillys Leben zu spielen. Die Geschichte wiederholt sich, so wie Lilly es gesagt hat. Ein ewig währender Kreislauf, den ich mir selbst doch so gut erklärt habe.

Was bin ich also, dass ich auszubrechen meine, aus etwas, aus dem ich gemacht bin? Wie kann ich einen Kreis beenden, dessen Anfang und Ende ich selbst bin? Wenn ich der Zahn bin, der sich verbeißt. Wenn ich derjenige bin, der das Karussell anstößt und dafür sorgen muss, dass es nicht stehen bleibt. Gibt es für mich noch eine Reißleine, ein „bevor es zu spät ist“? Es ist egal, wichtig ist, dass es das für Lilly gibt. Die Geschichte wird sich nicht wiederholen. Punkt.

Lilly

Irgendwie habe ich erwartet, dass Jonas auftaucht, nachdem Yolanda gegangen ist. Als am nächsten Morgen noch immer keine Spur von ihm zu sehen ist, verlasse ich das Haus in der Hoffnung, ihn zu treffen. So viel Unausgesprochenes steht zwischen uns. Ich möchte ihm sagen, dass er Recht hatte. Die Sichtweise bestimmt manchmal die Wahrheit, nicht die Geschichte selbst. Ich habe so viel begriffen in den letzten Stunden, Tagen. Und das verdanke ich ihm. Sehnsucht ist ja bekanntermaßen ein vertrautes Gefühl für mich. Aber die Sehnsucht nach Jonas ist zumindest erfüllbar. Er ist da, und ich möchte so gerne für ihn da sein. In eben diesem, jenem euphorischen Moment habe ich das Gefühl, alles mit ihm bewältigen zu können. Der Nachhall des Traumes und von Yolandas Worten wird leiser, aber nicht unbedeutender. Während ich nach Jonas Ausschau halte, denke ich über meine Mutter nach, über Mütter im Allgemeinen. Bedingungslos lieben kann nur eine Mutter oder vielleicht ein guter Vater, da bin ich mir sicher. Daraus schließe ich, dass ich für meinen Fall in meinem Leben nur noch Liebe unter Bedingungen erfahren werde. Geliebt wird, wie ich bin, wer ich bin, was ich darstelle, wie ich aussehe, was ich tue, wie ich mich verhalte. Gemessen wird Liebe an Nettigkeit, Hilfsbereitschaft, Anpassungsfähigkeit, Sex, Toleranz, Nachgiebigkeit, Fröhlichkeit, ... Mutterliebe ist das alles scheißegal. Mutterliebe ist bedingungslos.

Es macht mich furchtbar traurig, immer noch, und das wird immer so sein, dass es diese Art von Liebe für mich nicht mehr gibt. Aber wie gesagt, Yolandas Worte hallen nach. Ich muss nicht nach Paul suchen, er wird da sein. Das hat sie gesagt, und ich weiß, dass das auch für meine Mutter gilt. Das bedeutet nicht, dass sie mir nicht fehlt und nicht fehlen darf. Aber vielleicht kann es irgendwann bedeuten, dass ihr Fehlen nicht mehr so sehr schmerzt. So in meine Gedanken versunken, bemerke ich erst, dass es regnet, als meine Füße in den offenen Schuhen schon nass sind. Langsam laufe ich los und genieße den

Regen, die warme Sommerluft und den Duft, den das Wasser auf dem heißen Asphalt hinterlässt.

Ich kehre unverrichteter Dinge nach Haus zurück. Etwas ratlos, etwas planlos, etwas sehnsüchtig. Noch während der Schlüssel im Schloss steckt, noch während das bekannte Geräusch des Knackens, des kleinen Widerstandes beim letzten Umdrehen, das leere Treppenhaus herunter schallt, weiß ich, dass er da ist. Es ist dieser Geruch, dieses Gefühl, dass die kleinen Härchen im Nacken nach oben stellt, wie ein leichter Windhauch. Er steht hinter mir und legt seine Hände genau auf die Stelle mit den kleinen nach oben stehenden Härchen. Streicht mir zart darüber und irgendwie macht mich die Berührung traurig. Als sei sie eine Abschiedsgeste. Ich drehe mich um und strahle ihn an.

„Jonas! Es ist so gut, dich zu sehen."

Der Versuch eines Lächelns bleibt ein Versuch und kein gelungener. Seine Lippen verziehen sich, seine Augen erreichen sie nicht.

„Kann ich mit dir reden?", sagt er und beißt sich dabei auf die Unterlippe. Die Haare auf seinem Kopf tun es meinen Nackenhaaren gleich. Wirr sieht er aus. Verwirrt. Äußerlich, und scheint es auch innerlich zu sein. Was ist geschehen? Ich öffne die Tür, bitte ihn herein. Ich schenke mir ein Glas Wasser ein und schäle mich aus meinen nassen Schuhen, Socken und T-Shirt, bis ich nur noch ein Trägertop und Leggins trage. Er lässt mich dabei keine Sekunde aus den Augen. Aber es hat nichts Leidenschaftliches, Liebevolles oder gar Erotisches. Es macht mir Angst. Fieberhaft überlege ich, was falsch gelaufen sein könnte. Rufe mir die letzte Nacht vor Augen. Ich hätte es wissen müssen. Zu viel für zu kurze Zeit. Vielleicht bin ich nicht das, was ich mir vorgestellt habe, für Jonas zu sein. Wie könnte ich auch? Wie dumm ich bin, wie klein, wie naiv und selbstverliebt. Zu glauben, mein Leben könnte so eine Wendung nehmen. Eingebildet habe ich mir das alles. Er ist sicher hier, um es zu beenden. Mir klar zu machen, dass es ein Missverständnis war. Dass er mein Leben gerettet hat, aber das nicht bedeutet, dass ich einen Platz in seinem habe. Mein Herz pocht schnell und laut, meine Stirn ist schweißnass, und meine Bewegungen werden fahrig. So fahrig, dass ich kaum bemerke, dass Jonas nicht besser aussieht. Er setzt sich behutsam auf meine breite

Couch, spielt mit den Bastuntersetzern und sieht mich dabei weiterhin an. Sagt nichts. Dann endlich.

„Was ist eigentlich mit diesem Ben?“

Ben? Was will er denn mit Ben. Für einen lächerlichen Augenblick muss ich überlegen, wer Ben ist.

„Was soll mit Ben sein? Er ist mein Ex-Freund, er spielt keine Rolle in meinem Leben.“

Wie kann er nach allem, was zwischen uns war, nach letzter Nacht... Wie kann er Ben erwähnen?

„Vielleicht sollte er das“, antwortet Jonas, und der Ausdruck in seinen Augen ist unbekannt und ungewohnt. Ich sehe Wut. Ich kenne keine Wut an Jonas. Wieder verfalle ich kurz in fieberhaftes Überlegen. Durchstöbere den Dachboden meiner Erinnerungen nach irgendetwas, was Jonas verärgert haben könnte. Und finde nichts. Alle Kisten, die Bens Namen tragen, sind sauber verschlossen, mit dickem Tape verklebt, und ich gedenke auch, es so zu lassen.

„WAS sollte er?“, frage ich zurück und merke, wie seine Wut auf mich überspringt. Was denkt er sich? Hier reinzuplatzen und nach all dem Schönen zwischen uns nach Ben zu fragen. Ausgerechnet. Als ob diese Episode meines Lebens noch Bedeutung hätte.

„Er sollte vielleicht eine Rolle in deinem Leben spielen. Ihr wart doch sicher einmal glücklich. Vielleicht könntet ihr das wieder sein. Könnte es nicht sein, dass du dich vorzeitig getrennt hast und es irgendwann bereust? Dass er die Liebe deines Lebens ist?“

Mir steht sicher der Mund offen, vor Überraschung, und eigentlich möchte ich antworten, dass er, dass Jonas diese Liebe ist. Wenn es einer nicht ist, dann Ben. Aber eben diese Worte, diese Wut und Eifersucht (ist es denn Eifersucht?) erinnern mich so sehr an Ben, dass ich es nicht sagen kann und will. Ich dachte, ich kenne Jonas, und dass Zeit keine Rolle spielt zwischen uns. Wie dumm, wie albern, wie naiv. Ich möchte mir einbilden, dass er so ist wie Ben, wie die meisten Männer, und weiß insgeheim, dass es nicht so ist. Vielleicht tut es deshalb so weh, ihn wütend zu sehen. Wütend ohne Grund. Wie gut kenne ich Wut ohne Grund. Sie ist der Grund, dass Bens Kisten ganz hinten stehen im Dachboden meiner Erinnerungen. Dass sie nicht die ältesten sind, aber die verstaubtesten. Dass ich ihnen die Motten wünsche, den Schimmel, Rost und Patina.

Wenn er es denn hören will, erzähle ich. Wenn er eifersüchtig sein will, bitte.

„Ben und ich haben uns bei seiner Arbeit kennengelernt. Er ist Physiotherapeut, ich hatte chronische Kopfschmerzen. So schlimm, dass ich tagelang mehrere Tabletten schlucken musste, bis sich der Schub wieder gab und ich ohne Chemie schmerzfrei war. Er ist mir von einer Arbeitskollegin empfohlen worden. Jung, aber wahnsinnig gut sei er, und gerade bei seinem Vater in die Praxis eingestiegen."

Weil Jonas mich nur grimmig ansieht, rede ich weiter. Streue sätzeweise Salz in eine Wunde, von der ich nicht sicher weiß, ob sie offen klafft.

„Ben ist einige Jahre älter als ich. Auch wenn es sich wie ein Klischee anhört, das Erste, was mir an ihm auffiel, waren seine Hände. Wunderschöne, große Hände, die so kräftig und gezielt massieren konnten, dass ich nach zwei Massagestunden bei ihm nicht nur seine Telefonnummer, eine Verabredung zum Essen und ein paar Schmetterlinge im Bauch hatte, sondern auch keine Kopfschmerzen mehr. Selbstverständlich hätte ich die solange vorgetäuscht noch zu haben, bis die anderen drei Dinge klar gemacht sind. Wir hatten schnell Sex miteinander, vielleicht zu schnell. Sex mit ihm war umwerfend. Seine Hände konnten noch viel mehr als nur gut massieren. Obwohl er sicherlich genug Angebote bekam, war Ben überraschenderweise einer von der treuen Sorte. Bevor er mich betrügen würde, würde er mich anrufen und Schluss machen, versicherte er mir immer wieder. Er hasste Lügen. Bei ihm zu Hause wurde so viel gelogen, dass Ben für sich beschlossen hatte, dass Lügen in seinem Leben keinen Platz haben. Sechs Monate nach unserem ersten Date sind wir zusammen gezogen. Weil man sich nur so am besten und sichersten kennen lernt."

Was ich Jonas NICHT erzähle, weil es mich wütend macht, wie er zwischendurch mit den Fäusten auf meinen Couchtisch schlägt, ist folgendes:

Bens Hände konnten Dinge, die alles andere als schön sind: Meine Klamotten zerreißen, wenn sie ihm zu freizügig waren; den Stecker aus der Telefonbuchse ziehen, wenn ich ihm zu lange mit einem Kumpel telefoniert habe; vor Wut auf Dinge eindreschen und Türen zuknallen. Er hat mich nie geschlagen, aber die Art, wie er an mir und meiner Persönlichkeit gerissen und gezogen hat, wie er mich klein gemacht hat mit seiner Kontrolle, war seelisches Prügeln.

Wenn ich meine Familie klein, aber fein nannte, dann ist Bens Familie riesig, aber spießig. In Bens Familie ist der äußere Eindruck alles, der innere Frieden zählt nicht. Ben wollte nicht so sein und ist dennoch kein Stückchen besser.

Ben wollte nicht mit mir zusammenziehen, weil er mich so am besten kennen lernt, sondern weil er mich so am besten kontrollieren konnte. Was ich trage, wen ich treffe, wem ich Nachrichten schreibe, welche Menschen in meinem Leben ein- und ausgehen, wer potentielle Konkurrenz ist.

Jonas hört sich all das an, was ich sage und nicht sage, ohne etwas zu erwidern. Dann fragt er, er presst die Worte förmlich aus seinem Mund. So als blase er mit viel Kraft einen Luftballon auf.

„Das hört sich doch alles super an. Wieso habt ihr euch denn überhaupt getrennt?“

Wenn Ben Lügen hasst, dann hasse ich Heuchelei. Ich höre Jonas' Worte und frage mich, was er wirklich sagen will. Will er tatsächlich eine Erklärung für unsere Trennung, will er hören, dass er mir wichtiger ist als Ben? Wenn er nur wüsste, wie viel wichtiger er mir ist. Oder will er eine Entschuldigung, um aus meinem Leben zu verschwinden? Mich wieder mit meinem Ex verkuppeln, damit unser kurzes Intermezzo nicht zu schmerzhaft wird und ich nicht wieder auf eine Brücke steige, um sie über die Brüstung hinüber zu verlassen? Heuchelei hat mich von je her dazu gebracht, das zu sagen, was ich nicht sagen will. Zu beschönigen, ebenfalls zu heucheln. Also sage ich (und fühle mich elend dabei):

„Wir, er, wie auch immer. Wir haben uns getrennt, weil er nach dem Tod meiner Mutter nicht damit klargekommen ist, dass ich mich verändert habe.“

Was ich NICHT sage ist:

„Er hat sich von mir getrennt, weil er es nicht ertragen hat, dass er in meinen Gedanken nicht der Mittelpunkt ist. Weil er realisiert hat, dass meine Mutter wichtiger war und auch tot noch ist, als er. Es ist vermutlich die einzige, wirklich allereinzige gute Konsequenz aus Mamas Tod, dass Ben und ich nicht mehr zusammen sind. Aber wozu hat es geführt? Glücklicher gemacht hat es mich auch nicht. Nur ihn. Was für eine Scheißironie. Ich vermisse ihn nicht, aber ich vermisse jemanden an meiner Seite. Und ich finde es hundsgemein, dass er mit seinem kleinen dummen, herausgeputzten Pudelchen namens Tina (einer Hundetherapeutin!) tatsächlich glücklich geworden ist, während ich mich von einer Brücke stürzen wollte. Auch wenn es nicht seinetwegen war."

Jonas ist aufgestanden, er steht mir direkt gegenüber, Nasenspitze an Nasenspitze nehme ich seinen vertrauten Geruch wahr und möchte ihn küssen und kurz darauf schlagen.

Er sagt: „Dann musst du dich eben wieder verändern."

Ich brauche einen Augenblick, um zu begreifen, fassen zu können, was er da sagt. Dann ist er fort. Auf meinem Tisch liegt ein kleiner Zettel und in meinem Magen macht sich ein nur zu vertrautes Grummeln bemerkbar. Verzweiflung. Ich versuche sie weg zu schieben, weg zu drücken, mir einen Reim darauf zu machen, was hier in der letzten halben Stunde passiert ist, aber ich weiß es nicht. Fasse es nicht, begreife es nicht. Ich weiß nur, dass auch der Mensch, der mich gerettet hat, nicht das Recht und die Möglichkeit haben darf, mich wieder zu zerstören. Beschäftigung, das ist es, was ich jetzt brauche.

Den Zettel auf meinem Tisch lese ich nicht.

Nachdem ich eine halbe Stunde fassungslos vor mich hingestarrt habe und auf erleichternde Tränen gewartet habe, die nicht kommen wollten, hole ich mir eine Riesentafel Noisetteschokolade, ein Glas Milch (höre Mama dabei sagen: Man trinkt Milch nicht aus Gläsern, die werden blind!) und lege mich mit Lenes Tagebuch auf mein Bett. Tauche ein in ihre Welt, einmal wieder um nicht ich sein zu müssen.

Lenes Tagebuch - November 1938

Heut' haben wir uns das erste Mal gestritten. Paul und ich. Furchtbar war es. Ich weiß, es bleibt nicht aus, aber furchtbar war es trotzdem. Es hat so angefangen, dass ich Paul von Mutters kleiner Sammlung von Büchern erzählt habe und davon, dass sie Rilkes Gedichte gerne las. Dass ich all ihre Bücher mehrmals gelesen habe und sie mir heimlich aus der Stube mit hinaufnehme. Wieso heimlich, hat er mich gefragt. Und ich habe geantwortet, dass für Vater alles heilig ist, was Mutter persönlich gehört hat, und er nicht möchte, dass wir ihre Sachen berühren oder benutzen.

Daraufhin hat er verächtlich geschnaubt, so wie er es manchmal tut, wenn es um Vater geht. Weil Paul nicht versteht, was Trauer ist. Weil er keine erlebt hat und ich inständig hoffe, er müsse auch keine Trauer erleben. Trauer ist wie ein Strauß getrockneter Blumen. Trauer ist verdorrte Liebe. Wie blühende Blumen einst dufteten und den Raum schmückten, so sind sie getrocknet nur ein totes Abbild ihrer selbst. So ist es mit meinem Vater. Er ist nur noch ein Abbild seiner selbst, ein Schatten. Manche Menschen werden in ihrer Trauer stärker, weil sie die Aufgaben des Verstorbenen übernehmen müssen, andere werden schwächer, weil ihnen Halt fehlt. Und wem Halt fehlt, der kann anderen auch keinen Halt geben. Ich mag es nicht, wenn er über Vater verächtlich schnaubt, auch wenn ich weiß, dass es meinetwegen ist. Das habe ich ihm gesagt, das erste Mal. Daraufhin hat er gesagt: „Wenn wir einmal verheiratet sind, dann gehen wir fort. Dann kannst du das alles hinter dir lassen." Ich konnte nicht glauben, was er da sagte und habe ihn angeschrien. Was er denn denke, dass ich das Mariechen, Andreas und den Vater im Stich lasse? Dass ich verschwinde, um eigennützig und selbstgerecht ein Leben zu leben, das vielleicht gar nicht für mich bestimmt ist? Paul ist aufgesprungen und hat gerufen: „Und was erwartest du von mir? Dass ich nach dem Studium mit dir den Hof hier führe?" Wieder dieses verächtliche Schnauben. Wir haben uns noch allerlei an den Kopf geworfen. Ich habe ihm gesagt, er hielte sich für „etwas Studiertes, Besseres, der Herr Lehrersohn", er sagte „Bleibst unter deinen Möglichkeiten. Kochen, waschen, putzen, das kann wohl kaum das sein, was du immer tun willst. Ich hätte mehr von dir erwartet“. Das war das erste Mal seit langem, dass ich mir ihm wieder völlig unterlegen vorkam. Dumm, klein. Paul ist dann gegangen. Wir haben uns seither nicht mehr gesehen. Furchtbar war er, dieser Streit, und furchtbar ist er noch.

Ich kann fühlen, wie es sie belastet hat. Es ist, als laste nach der Lektüre dieser Zeilen ein schwerer Druck auf mir.

Mit Druck kenne ich mich aus. Druck auf der Brust ist ein vertrautes Gefühl. Ihr Druck überträgt sich geradewegs auf mich, als wäre er zeitlos und könnte mich aus ihren Zeilen heraus anspringen. Trotzdem lese ich weiter und werde geradezu trotzig von Lilly zu Lene. Ich springe von heute auf gestern, von meiner gewohnten Welt in eine, die mir einmal die einzig bekannte war.

Es ist Samstag. Pauls Fahrrad lehnt am Eingang zum Schulhaus, in dem die Lehrerfamilie wohnt. Er ist also zuhause. Ohne zuerst zu mir hoch zu kommen wie üblich. Hat dieser Streit alles kaputt gemacht? War es das? Ich höre in mich und suche nach dem bekannten Gefühl der Schuld. Aber seltsamerweise kann ich es nicht finden. Es trifft mich keine Schuld, ich habe nur ausgesprochen, was mein Verantwortungsgefühl mir vorgibt.

Eine Weile stehe ich unschlüssig da. Dann sehe ich Henny. Mit roten Wangen läuft sie auf mich zu.

„Lene! Lene! Endlich! Wir haben uns so lange nicht gesehen. Kommst' kurz mit rein?“

Ich nicke. Henny ist genau der Mensch, den ich jetzt brauche. Wir setzen uns in die kleine Küche, die an den Laden ihrer Eltern grenzt. Weil bereits Mittag ist, ist geschlossen. Henny muss nun noch die Backstube und das Geschäft putzen, aber sie nimmt sich die Zeit für mich.

Wie aus einem Bächlein sprudeln die Worte und Tränen aus mir, als ich ihr berichte. Von Paul, unserem Streit, vom Vater, der immer verstockter wird. Davon, dass Maria mit Fieber darniederliegt und ich eigentlich bei ihr sein müsste. Von der Angst vor Krieg, vor Veränderung. Davon, wie mir Mutter mit ihren Ratschlägen fehlt.

Henny hört zu, trocknet meine Tränen und sagt dann: „Jetzt gehst' hinüber und redst' mit dem Paul. Ihr habt lange noch Zeit zu entscheiden, was in Zukunft wird. Keiner von uns weiß, was die nächsten Jahre bringen. Also versucht doch zu genießen, dass ihr einander habt.“ Sie hat Recht, so Recht. Ich umarme Henny, drücke sie fest an mich. Sie gibt mir ein wenig Kraftbrühe für Mariechen mit und dann stehe ich wieder vor dem Schulhaus.

Pauls Fahrrad ebenfalls noch immer. Ich klopfe, und wenig später öffnet Pauls Mutter die Tür. Sophie Rahninger ist eine große Frau mit markanten Gesichtszügen. Hohe Wangenknochen, ein stolzes, ovales Gesicht, schmale Lippen. Sie trägt ihr Haar streng nach hinten, den Kopf nach oben gereckt. Ein dunkles Kleid, weißer Spitzenkragen, ein Gürtel um die Taille. Eher ein Sonntagsstaat und furchtbar elegant im Vergleich zu meinem Bauernkleid. „Sie sieht strenger aus als sie ist“, sagte Paul einmal. Sie mustert mich von oben bis unten und ich erwarte bereits, dass sie die Lippen kräuselt und mir die Tür vor der Nase zuschlägt, als völlig unerwartet das herzlichste, willkommenste Lächeln über ihre Lippen kommt, das ich jemals gesehen habe. Doch, ich habe es schon gesehen, bei Paul. Ich habe es nur nicht erwartet, bei dieser wunderschönen, kühl wirkenden Person.

„Lene, nicht wahr? Komm doch herein. Du willst sicher zu Paul.“

„Ja, aber keine Umstände, wenn es Ihnen nicht passt, gehe ich gleich wieder.“

„Unsinn, Mädchen. Bleib ein wenig. Paul ist mit seinem Vater in den Klassenzimmern. Er wird sicher gleich wieder hier sein. Leiste mir doch ein wenig Gesellschaft. Möchtest du einen Kaffee oder einen Tee?“

„Äh, danke, das ist sehr liebenswürdig, aber ich möchte wirklich keine Umstände machen.“

„Umstände? Mir hat noch niemand Umstände gemacht, außer meine drei Jungens vielleicht“, lacht sie und winkt mich hinein.

Vornehmer, moderner ist es hier als bei uns. Und überall stehen Bücher. Es ist, als säße man nicht in einer Stube, sondern in einer riesigen Bibliothek. Fast verwundert es mich, dass ich auf einem Stuhl Platz nehme und nicht auf einem Stapel Bücher.

Und so kommt es, dass ich das erste Mal mit Pauls Mutter an einem Tisch sitze und plaudere.

Es fühlt sich so natürlich und herzlich und gut an, als hätte man mich adoptiert und in die Familie aufgenommen. Sie fragt nicht gleich nach Vater, wie alle, sie fragt, wie es mir geht. Wie ich mit der vielen Arbeit zurechtkomme. Ob ich zum Lesen komme, sie würde mir gerne ein paar Bücher mit geben, wenn ich denn möchte. Und wie ich möchte. Sie erkundigt sich nach Maria. Erzählt mir von sich, davon, dass sie bevor sie heiratete, sogar studiert hat. Medizin. Als Frau, man stelle sich das vor! Nicht viele wissen davon, sagt sie. Es seien auch nur vier Semester gewesen. Sie zuckt mit den Schultern und sieht etwas traurig aus dabei. Vielleicht täusche ich mich aber auch. Warum sollte sie traurig sein? Sie hat einen wunderbaren Ehemann, sie ist schlau, hat drei tolle Jungen, ein gesichertes Einkommen, ein Haus. Was gäbe ich darum, all das von mir behaupten zu können.

Bevor wir weiter sprechen können, knarrt die Holztreppe und die drei Männer kommen, Rudolf Rahninger, sein jüngster Sohn Julius, und Paul.

Ich wage kaum, ihn anzusehen.

Dieser Streit schlägt mir so sehr auf's Gemüt, dass ich Angst habe, meine Beine hielten mich nicht, wenn ich mich erhebe. Paul sieht zunächst an mir vorbei, sein Bruder Julius aber strahlt über beide Backen, wobei sich seine Sommersprossen breit über das ganze Gesicht ziehen. Ein kleiner Flegel ist er, ein Knabe von 13 Jahren mit zu langen Beinen und Armen, der aussieht wie ein Welpe, der noch nicht in sein Fell hineingewachsen ist. Ich kann nicht anders, ich muss lächeln. Das scheint die Stille zu brechen. Rudolf Rahninger gibt mir höflich die Hand und nickt mir zu. Julius krächzt im Stimmbruch ein heiseres „Ah, du bist die Lene, dem Paul seine Lene..., der Paul erzählt immer...“ Weiter kommt er nicht, Paul hat ihn an seinen - ebenfalls zu langen - Ohren gepackt und hinausgezerrt. So stehe ich also etwas unbeholfen zwischen Küchentisch und Pauls Vater. Sophie Rahningers Blick ruht ruhig auf mir, und ich kann spüren, wie mir das Blut in den Kopf steigt.

Auf einem einfachen Hof wie dem unseren lernt man nicht, leicht dahin zu reden. Man spricht das, was eben gesprochen werden muss.

Nicht mehr und nicht weniger. Und auch all die Bücher, die ich gelesen habe, helfen mir gerade nicht. Ich fühle mich fehl am Platze. Dann knallt eine Tür, und Paul ruft vom Flur herüber: „Hab' den kleinen Teufel eingesperrt. Entschuldige."

Galt das mir? Er wendet sich mir zu und sieht mich das erste Mal an, seit er eingetreten ist. Seinen Blick kann ich nicht deuten.

„Helena, grüß dich."

„Grüß dich, Paul", sage ich und grinse albern, wie immer, wenn ich nicht weiter weiß.

„Helena? Ich darf doch noch du sagen, oder?"

Ich nicke Pauls Vater schnell zu.

„Die schöne Helena!"

Das erscheint mir maßlos übertrieben und ich merke, wie meine Wangen noch roter werden als zuvor.

„Die schönste Frau der antiken Geschichte! Oder bist du nach der nicht weniger spektakulären heiligen Helena von Konstantinopel benannt? Ich dachte immer, dein Name sei Lene!"

„Rudolf, bring doch das Mädel nicht so in Verlegenheit", geht Pauls Mutter dazwischen. „Setzt euch und nehmt einen Kaffee."

„Was heißt hier Verlegenheit? Das ist wissenschaftliches Interesse, meine Liebe!"

„Mutter liebte die griechische Mythologie. Aber Lene ist vollkommen in Ordnung. Außer Mutter nennt mich niemand Helena", antworte ich schüchtern und zu leise.

„Doch, der Paul! Weil der nämlich total in dich verliebt ist."

Julius hat sich wieder rein geschlichen, und nun könnte man eine Tomate nicht mehr von meinem Gesicht unterscheiden.

„Paul? Möchtest du Helena nicht unsere Bibliothek zeigen? Vielleicht möchte sie sich das ein oder andere mal ausleihen? Ich empfehle dir Jane Austen", schlägt nun Pauls Mutter vor und ich bin ihr unendlich dankbar, dass sie mich aus dieser Situation holt. Rudolf Rahninger grinst in seinen Bart hinein und knufft seinen vorlauten Jüngsten in die Seite.

Paul brummt etwas, nimmt mich dann am Arm und schiebt mich durch den Flur am Treppenhaus vorbei. Wortlos betreten wir ein

Zimmer, das von Büchern zusammengehalten zu sein scheint. Es gibt kaum einen Platz - außer dem Boden - der frei ist von Büchern. Ein kleines Kanapee steht dort, der Stoff muss Brokat sein, altrosa. Soweit ich das sagen kann, denn auch hier stapeln sich Bücher. Immer noch wort- und sprachlos räumt er die Bücher fort und bedeutet mir, mich zu setzen. Er setzt sich ans andere Ende und wir sehen uns nicht an. Eine Weile sitzen wir da und keiner weiß, wie er beginnen soll. Sollte ich mich entschuldigen? Nein, sollte ich nicht. Oder doch? Nein. Irgendwann - nach einer Ewigkeit - ich sollte längst wieder zu Hause bei Mariechen sein - sagt er leise und fast wie zu sich selbst:

„Wenn wir uns jetzt nicht küssen, steckt gleich mein Bruder seine Sommersprossen hier rein und dann wird es nichts mehr."

Ich sehe ihm fest in die Augen, die Lachfalten haben heute frei, und rutsche dann ein wenig näher. Er legt seine Hände um meine Hüften, zieht mich an sich, und dann küssen wir uns. Zwischen all den Klassikern der Weltliteratur, zwischen Jane Austen, Joachim Ringelnatz, Erich Kästner, den

Brontë-Schwestern, Oskar Wilde, Rilke und unzähligen Namen, die ich noch nie hörte, verliert sich ein schwerer Streit über unsere Zukunft in der Leichtigkeit der Gegenwart.

Irgendwann, das Gefühl über die Zeit habe ich verloren, steht Paul auf, nimmt ein dünnes Büchlein mit grauem Schutzumschlag und blauen Lettern aus dem Regal. Zielsicher, als wüsste er, wo ein jeder einzelner Band dieser unglaublichen Sammlung zu finden ist, und reicht ihn mir.

Dann sagt er: „Das möchte ich dir schenken, ich kann es ohnehin auswendig. Aber pass gut darauf auf, es ist mir sehr lieb. Hör mal, Helena, ich weiß nicht, was die kommenden Jahre uns bringen, ich weiß nur, dass ich sie mit dir verbringen will. Alles andere wird sich geben, irgendwann und irgendwie. Lies doch einfach mal Seite 92, die untersten vier Zeilen. Später, zuhause."

Ich nicke und sage heiser „Danke! Paul, ich... Paul, sind wir wieder gut?"

Jetzt kann ich sie endlich wieder sehen, seine Lachfalten. „Gut? Machst du Scherze? Ich finde, wir sind besser."

Nachdem ich mich noch hastig, aber höflich von den Rahningers verabschiedet habe, nicht ohne Pauls Mutter das Versprechen abzunehmen, bald wiederzukommen, eile ich nach Hause. Die Tiere müssen versorgt werden, die Stube gekehrt, es ist noch nicht gekocht und Marias Fieber ist gestiegen. Erst als der Mond die Sonne längst abgelöst, die Geräusche der Welt bis auf das leise Zirpen der Grillen erloschen sind, steige ich in mein Bett und nehme das Büchlein, Pauls Geschenk, hervor. Ehrfürchtig streiche ich über den rauen Einband.

103 Gedichte von Joachim Ringelnatz, Rowohlt Verlag Berlin W 50 - Ausgabe von 1934.

Seite 92, die vier letzten Zeilen:

Der du meine Wege mit mir gehst
Jede Laune meiner Wimper spürst
Meine Schlechtigkeiten duldest und verstehst
Weißt du wohl, wie heiß du oft mich rührst?

Unbemerkt, unwillkürlich habe ich selbst nun das Büchlein in der Hand. Das Büchlein vom Flohmarkt. Heiße Tränen laufen meine Backen hinunter. Ich lasse das Tagebuch Tagebuch sein und komme in der Gegenwart an. Ich laufe, nein, renne beinahe ins Wohnzimmer und greife nach Jonas' Zettel.

Jonas

Im Park

Ein ganz kleines Reh stand am ganz kleinen Baum
still und verklärt wie im Traum.
Das war des Nachts elf Uhr zwei.
Und dann kam ich um vier
Morgens wieder vorbei.
Und da träumte noch immer das Tier.
Nun schlich ich mich leise – ich atmete kaum –
gegen den Wind an den Baum,
und gab dem Reh einen ganz kleinen Stips.
Und da war es aus Gips.

(Joachim Ringelnatz)

Das steht auf dem Stück Papier, das ich auf Lillys Tisch gelegt habe. Nach dem unmöglichsten, menschlichsten, dümmsten und notwendigsten Auftritt meines erbärmlichen Daseins.

Lilly erscheint in meinem Leben, ich halte sie für den größten Glücksfall. Ich treffe sie wieder und wieder und merke nicht, das sie für mich aus Gips ist. Weil sie nicht für mich bestimmt ist, sondern für einen Anderen. Weil ich verzichten muss und auf einmal so menschlich geworden bin, dass ich zwar verzichten kann, aber nicht will.

Es ist nicht so gelaufen, wie es sollte. Ich wollte ihr klar machen, dass sie ihren Paul finden soll. Dass sie ihn vielleicht schon gefunden hat. Und was habe ich getan? Ich habe sie verletzt. Genau gesehen habe ich es und so einiges gehört, was sie nicht gesagt hat. Ich glaube, dass dieser Ben kein besonders guter Typ ist. Aber war Paul das? Beurteilen kann ich es nicht, aber es spielt keine Rolle, wenn er der Mensch ist, der sie glücklich macht. Der für sie bestimmt ist. Ich darf es nicht sein. Ich soll es nicht sein. Und wäre es so gern.

Lilly

Ich habe Jonas‘ Zettel gelesen und kann mir keinen richtigen Reim machen auf den Reim darauf. Ich möchte nicht aus Gips sein für Jonas. Ist es das, was er mir damit sagen will? Etwas, das meine Mutter mir vor langer Zeit einmal gesagt hat. Dass man nicht geliebt werden kann, wenn man keine Achtung vor sich selbst hat? Dass man erst lebendig werden muss, um zu leben?

Ich hatte es fast vergessen. Es war das einzige Mal, dass wir über Ben sprachen. Wenn wir sonst über alles sprechen konnten. Wenngleich es nicht einmal direkt um Achtung vor sich selbst ging, in unserem Gespräch, war es doch das, was ich im Hinterkopf hatte. Das, was mir jetzt wieder einfällt.

Ein Gespräch, irgendwann vor über zwei Jahren. Sie hat sich Sorgen gemacht um mich. Sorgen darüber, dass ich mich verändert habe, durch Ben. Dass ich mich selbst verkleinert habe durch ihn. Eine Tatsache, die ich viel zu lange nicht vor mir selbst zugeben konnte. Eine Erkenntnis, die sie nicht mehr erlebt hat.

Ich kann mich noch genau an den Wortlaut unseres Gespräches erinnern.

Ich sagte beschwichtigend zu ihr:

„Ach Mamili, wenn du dir nur immer Sorgen um mich und die ganze Welt machen kannst. Es gibt keinen Grund dazu. Mach dir doch ausnahmsweise mal nur Sorgen um dich selbst!“

Mama hat mich umarmt, mich etwas fester, etwas länger als notwendig gehalten und geantwortet:

„Ach du Dummerle, warum um Himmels Willen sollte ich mir denn Sorgen um mich selbst machen?“

Wenn ich daran denke, was ich heute zum ersten Mal tue, dann möchte ich zwei Dinge zu ihr sagen können:

Erstens: „Mama, du hast Grund, dir Sorgen um dich selbst zu machen, denn wenn es dir nicht gut geht, geht es auch mir nicht gut. Wenn du nicht mehr da wärst, ist auch ein großer Teil nicht mehr da.

Wenn ich dir also am Herzen liege, musst du dir auch am Herzen liegen."

Zweitens: „Du hast vollkommen Recht. Ben ist ein Idiot. Und er behandelt mich schlecht, und deswegen fühle ich mich so, wie er mich behandelt. Und warum behandelt er mich schlecht? Weil er mit sich selbst nicht im Reinen ist. Weil er einen Prügelknaben braucht, um sich besser zu fühlen. Weil es Menschen auf dieser Welt gibt, die anderen Leid zufügen müssen, um ihr eigenes nicht mehr spüren zu können."

Aber ich kann ihr keinen dieser Sätze sagen. Weil meine Mutter, dieser unglaublich gutmütige, liebevolle, herzliche Sorgenmensch, dieses Leben und mich verlassen hat. Der Verlust ist in diesem Moment gleichzeitig real und dabei unmögliche Wirklichkeit.

Ich fühle Panik in mir aufsteigen, als der Gedanke aufkommt, dass ich womöglich schon wieder einen Menschen verloren habe. Einen Menschen, den ich kurze Zeit kenne und dessen Zuneigung die Hand ist, die mich abhält, von einer Brücke zu springen. Mein brüchiges Ich aus Gips erträgt keinen weiteren Verlust. Ich brauche Jonas, um wieder vollständig lebendig zu werden und lebendig zu bleiben. Die Hoffnung, die Möglichkeit, von ihm geliebt zu werden, hat mich die letzten Tage aufrecht erhalten. Nun sinke ich wieder in mich zurück, werde klein, mache mich klein. Bin klein. Darum versucht mein Kopf sich selbst schützend einzureden, dass Jonas mir vielleicht nur sagen wollte, ich müsse wieder ich selbst werden, um kein Mensch aus Gips zu sein. Dass er mich gar nicht wirklich verlassen will.

Ich sollte all die Dinge in meinen Leben regeln, die außer Kontrolle geraten sind. Ich muss sie ordnen, einsortieren und bewerten. Meine Beziehungen zu anderen, meine Freundschaften, Bekanntschaften, Verwandtschaften. Zu Ende bringen, was ich in den letzten Tagen begonnen habe. Und doch halte ich zitternd einen Zettel in der Hand und denke plötzlich wieder über Sprünge nach und ob ich es diesmal vielleicht mit der Eisenbahnbrücke versuchen sollte.

Die Angst davor Jonas zu verlieren, ist schließlich gar nicht so ungeahnt. Vielmehr kenne ich ihre verführerische Kraft beängstigend gut, weil sie mich dazu gebracht hat, auf die Brüstung einer Brücke zu steigen und ohne Furcht vor dem Ende hinunterzublicken.

Jonas

Waren es schon immer so viele? Eine überschäumende Woge an Menschen, eine sich brechende Welle der Verzweiflung? Oder sehe ich mich selbst in ihnen, meine eigene traurige Gestalt als Ebenbild menschlicher Nöte? Ich schleiche durch die Gassen wie ein streunender Hund. Renne durch ein Leben, das sich fremd anfühlt. Sie fehlt mir. So sehr. Noch viel mehr als in den letzten Jahrzehnten. Weil es anders war und ist, als mit Lene. Inniger, näher, bedeutender, unauslöschbarer und einprägsamer. Gefühlvoller, wenn das möglich ist. Ängstlicher, wenn das die richtige Bezeichnung dafür ist. Es kommt mir vor, als renne ich ein Rennen, das ich nicht gewinnen kann. Weil Zeit auf einmal ein Faktor geworden ist. Mein Dasein war bisher nicht auf Minuten und Stunden begrenzt. Zeit war ein Wort, eine Bezeichnung für etwas Menschliches, das mich nicht berühren musste und nicht berührt hat. Jetzt sind Uhren und Kalender, Anzeigetafeln mit dem Datum des heutigen, des morgigen, des übermorgigen Tages alles, was ich sehe. Ich rechne, addiere, summiere und subtrahiere die Zeit mit Lilly. Das Ergebnis ist immer gleich: Es war zu wenig Zeit. Ich will mehr davon, so viel mehr. Ich will Lebenszeit mit ihr und an ihrer Seite. An meinen Haaren soll man sehen, dass sie grau werden. Lilly soll die Veränderung sehen. Und will doch nur Paul. Gehört doch nur zu Pauls grauen Haaren. Meine Haut soll faltig werden wie die ihre im Laufe unserer Zeit nach Uhren und Kalendern. Ich will Lebensabschnitte und nicht fortlaufende Gleichheit. Ich will beginnen und abschließen, will die ganze Bandbreite, das volle Programm, das Surplus. Ihre Stimme hören, an jedem einzelnen Tag, wie sie zu mir spricht wie zu niemandem sonst. Ihre Haut spüren, glatt und faltig, ganz egal. Jeder Abschnitt steht für sich. Ihre Augen auf meinen will ich ruhen sehen und suchen, was sie beschäftigt. Ich will bitteren Streit und süße Versöhnung, ich will wissen, wie es sich anfühlt. Eine Geschichte mit ihr, eine, die wir selbst schreiben, nicht andere für uns. Eine Geschichte, die nicht unsere sein darf, weil sie bereits einem anderen gehört. In jeder Hinsicht, von jedem Blickwinkel aus und in jedem Sinne. Weil diese Gedanken mich verrückt machen, weil ich Lilly vermisse, als hätte man mir ein Bein und einen Arm gleichzeitig herausgerissen und verlange nun von mir, ein Hochleistungsathlet zu sein. Weil ich leistungsunfähig bin ohne sie. Weil es keine Prothese gibt für diesen Verlust. Darum versuche ich, mich in bekanntes Terrain zu begeben. Ich bemühe mich, alle Gefühle zu unterdrücken und endlich einmal wieder zu funktionieren. So viele Geschichten in dieser Masse von Menschen um mich herum. Und sie alle interessieren mich nicht und sollten es aber doch. Ich bin wütend, auf Yolanda, auf mich selbst, auf Paul, auf das Schicksal oder die höhere Macht, die dafür sorgt, dass es keine Geschichte für Lilly und mich gibt. Wut ist eines dieser neuen Gefühle, von denen ich sehr gut weiß, wie Menschen damit umgehen. Insbesondere Männer. Wut ist für sie oft ein mühsam zurückgehaltenes Feuer. Wenn die Hitze zu groß wird, versuchen sie nicht, es zu löschen, sondern ihm einen neuen Weg zu bereiten. Es abzulenken, wegzulenken. Auf andere.

Ich habe es so oft beobachtet, ich weiß genau, wie es funktioniert. Wie man eine Windböe findet, die das Feuer in eine andere Richtung treibt. Wie man es anfacht, um es los zu werden. Paradox und doch sehr effektiv. Zumindest kurzzeitig. Ich sehe mich lange um, das Gute in mir ist zu groß, um der Versuchung sofort nachzugeben. Irgendwann betrete ich ein Einkaufszentrum und habe mein Opfer wenige Minuten später gefunden. Ein Imbiss gleich am Eingang des Ostflügels. Ich sehe den kleinen, gedrungenen Mann und kann erkennen, was er vorhat, bevor sein Hirn seinen Händen die gleiche Botschaft übermittelt hat. Meine Antennen funktionieren noch. Er ist auf dem Weg zu den öffentlichen Toiletten. Er trägt einen Kanister mit einer durchsichtigen Flüssigkeit. Er könnte stolpern, den hochgiftigen Stoff in seinen Händen verlieren. Einem Kind die Augen verätzen, einer alten Dame die schlimmsten körperlichen Schmerzen ihres Lebens zufügen. Es ist nicht das, was wirklich passiert oder passieren würde. Aber ich nehme es als meine eigene Rechtfertigung. Er hat nur vor, den Inhalt seines Behälters verbotenerweise auf den Toiletten zu entsorgen. Ich aber möchte der kleine stürmische Hund sein, der sich von der Leine reißt und ihn umstößt, so dass er die Lauge über seine eigenen Hände vergießt. Ich möchte eine Wespe sein, die ihn sticht, weshalb er so erschrickt, dass er den Kanister leicht kippt und die Flüssigkeit seine Haut verletzt. Oder der Haustürkeil, an falschem Ort und Stelle, über den er fällt und sich das ganze Gesicht mit ätzender Lauge verbrennt. Stattdessen aber stehe ich einfach nur da und unternehme gar nichts. Und sehe, wie meine Wut ein rasendes Buschfeuer wird, und habe große Mühe, nicht meinen Gedanken nachzugeben. Noch größere Mühe, das Feuer in mir wieder unter Kontrolle zu bekommen. Als es vorbei ist, als ich halbwegs klar denken kann, schäme ich mich nur. Wenn es das ist, was Menschen ausmacht, will ich dann ein Mensch sein?

Lilly

Manchmal habe ich das Gefühl, dass mir nicht nur die Mutter genommen wurde, sondern meine ganze Kindheit. Meine Mutterliebe gilt einer Toten. Ich bin nicht mehr das Kind meiner Eltern, nur noch das meines Vaters. Der Muttertag wird zum traurigsten Fest, weil ich ihr keine Freude mehr machen kann. Wenn ich Kinder „Mama“ rufen höre, schmerzt das, weil ich nie wieder in meinem Leben einen Menschen so rufen kann und werde. Das Wort „Muttersprache“ erhält eine neue Bedeutung, und ich werde nie wieder jemanden haben, der mich bemuttert. Nie wieder. Das „nie wieder“ macht mir am allermeisten zu schaffen. Nie wieder ihr Kind sein dürfen, nie wieder überhaupt Kind sein dürfen. Letztlich bleiben wir doch immer kleine Kinder. Eifrig bemüht zu gefallen. Wenn wir etwas Neues können, stolz auf etwas sind, spielt es keine Rolle, ob wir acht, achtzehn oder achtundvierzig sind. Wir wollen dann nur Eines: Zur Mutter rennen und sagen: „Schau mal, was ich kann, schau mal, was ich habe“. Was macht es denn aus uns, wenn wir das plötzlich nicht mehr können, ohne reif dafür zu sein?

Als ich heute Morgen aufgewacht bin, spürte ich wohlige Wärme um mich herum, einen kleinen Hauch von Sandelholz, und für die Sekunde des Erwachens hatte ich das erleichternde, trügerische Gefühl, Jonas wäre hier. Doch wie der Rest von Schlaf in meinen Augen verlor sich auch diese so kurze Empfindung und machte Platz für die ernüchternde Erkenntnis, alleine zu sein. Und einsam. Was, wenn ich nicht nur meine Mutter für immer verloren habe? Was, wenn auch Jonas nie mehr wiederkommt? Aus dem Geruch nach Sandelholz wurde urplötzlich panische Angst, nicht mehr atmen zu können. Ohne ihn. Es hat mir die Kehle zugeschnürt. Ich bin ans Fenster gerannt, habe es aufgerissen und meine Lungen mit frischer Luft gefüllt. Im Nachbargarten sah ich die Ringelblumen blühen. Sie lenkten mich ein wenig von Jonas ab, wenngleich die Panik noch nicht verebbt war und auch jetzt noch nachhallt. Ich musste daran denken, dass ich Mama zum Muttertag immer Ringelblumen gepflückt habe. Seit ich denken kann. Nicht weil sie Ringelblumen so gerne mochte, sondern weil mein Lieblingsbild aus dem Bauernkalender in Oma Hillus Küche Ringelblumen zeigte. Irgendwann konnte ich lesen, was darunter stand. „Mit Hilfe der Ringelblume lässt sich das Wetter vorhersagen. Sind die Blüten bereits am Morgen zwischen sechs und sieben Uhr geöffnet, erwarten wir einen schönen, sonnigen Tag. Sind sie nach sieben Uhr noch geschlossen, ist Regen wahrscheinlich." So stolz war ich darauf, den ganzen Text lesen zu können. So stolz, etwas so Interessantes zu verstehen. Einen Zugang zu haben zu einer ganz neuen Welt. Mit niemandem habe ich das auf die gleiche Weise geteilt wie mit meiner Mutter.

Die Ringelblumen haben mich als Kind so fasziniert, dass ich eine regelrechte Wissenschaft entwickelt habe. Buch geführt habe ich darüber, in der gesamten Blütezeit von Juni bis Oktober. Und fast immer stimmt sie, die alte Bauernregel. Manchmal erwische ich mich noch dabei, wie ich danach sehe, wenn mir Ringelblumen auffallen. Ich habe mich seit jeher aber auch gefragt, warum es keine Blumen gibt, die vorhersagen, ob uns ein Tag Glück oder Unglück bringt. Ob er bedeutend ist für unser Leben oder untergeht in der Masse von unbedeutenden Alltagstagen.

Für Jonas will ich bedeutend sein. Und lebendig, ohne Gips. Mit und für Jonas will ich leben. Ich möchte so gerne das Gefühl, ihn bei mir zu haben, wiederbeleben, es an die Oberfläche zerren und es bewahren. Stattdessen bleibt Leere, die kurz davor ist, sich wieder in einer Panikattacke zu entladen. Fast reflexartig, um eine erneute Atemnot zu vermeiden, laufe ich mit einer Schere bewaffnet zielstrebig in den Garten meiner Nachbarn. Eins, zwei, drei, vier, schnipp, schnapp. Ich schneide einen ganzen Bund Ringelblumen ab, so dass es auffallen könnte, aber nicht muss.

Dann setze ich mich ins Auto, die Blumen neben mir auf dem Beifahrersitz. Auf dem sonst leeren Sitz, auf dem ich Jonas so schmerzlich vermisse. Ich fahre dorthin, wo meine Mutter zuletzt war. An den Ort, den sie als letztes mit offenen Augen wahrnahm. Danach hat sie sie nicht mehr geöffnet. Nicht von selbst. Das Licht darin ist erloschen, aber ich will noch einmal sehen, was sie sah. Ich bin seit ihrem Tod nicht mehr hier gewesen, und ein wenig ist es, als müsste ich mir und Jonas, vielleicht auch in umgekehrter Reihenfolge, klar machen, dass ich das kann. Dass ich fähig bin, mich selbst aus dem Gips meiner Trauer zu befreien. Wenig später liegen die Ringelblumen neben Asphalt behutsam auf Gras gebettet. Ich bereue sofort, sie abgeschnitten zu haben. Tot sehen sie aus. Als lägen sie tot dort, wo meine Mutter sterbend lag. Tot auf toter Erde. Traurig hängen die Köpfe und wecken eine so verzweifelte Sehnsucht in mir, dass ich zu weinen beginne. Ich weine und weine und sehe dabei die Landschaft durch Nebel und Schleier, versuche mir vorzustellen, was sie dachte, wie sie dachte, ob sie glücklich war. Rufe mir unsere letzte Begegnung, unsere letzten Worte in Erinnerung. Eine Erinnerung, die mir ganz allein gehört, weil der einzige Mensch, der sie teilt, dort lag, wo jetzt die Ringelblumen verwelken werden. Ich wische mir die Tränen aus dem Gesicht, von den Armen, von meinem Muttermal am rechten Unterarm. Marienkäfergroß. Ein Muttermal, mein Schokoladenfleck. Mama hat mir erzählt, der Name käme aus dem späten Mittelalter. Dort glaubte man, Kinder bekämen Muttermale, wenn die Mutter in der Schwangerschaft unbefriedigte Gelüste gehabt hätte. Schokolade sei es gewesen, deswegen der Schokoladenfleck. Aus Angst, sich zu ungesund zu ernähren, habe sie sich die zweite Tafel des Tages selbst verwehrt, und das sei das Ergebnis. Ringelblumen und Muttermale. Ist es das, was bleibt? Wird sich die Erinnerung verlieren, oder werden mir auch in Jahren noch vergessene Erlebnisse einfallen? Werde ich mir noch vorstellen können, wie es ist, eine Mutter zu haben, wenn die Selbstverständlichkeit dessen längst mit ihr beerdigt wurde? Die Tränen sind versiegt und haben mein Herz für allerlei Gedanken geweitet, wie ein breiter Fluss, auf dem Schiffe aller Größen Platz finden.

Boote voll Emotionen, Paddelschläge pochenden Pulses, auf Wasser laufende Gefühlsregungen. Ringelblumen sind es, die man für das klassische „Er liebt mich, er liebt mich nicht"-Spiel benutzt. Man rupft Blütenblatt für Blütenblatt für die richtige Antwort, um sie sich selbst geben zu können. Ich brauche keine Weissagung, um zu wissen, dass ich Jonas liebe. Und ich brauche auch kein einziges Blütenblatt, um zu wissen, dass sein Verlust mich stärker in die Tiefe ziehen kann als alles andere seit Mamas Tod. Er darf sich nicht für immer von mir verabschiedet haben, er darf es einfach nicht. Es muss doch einen Sinn haben, dass er mir über den Weg gelaufen ist. Dass er mich nicht nur gerettet, sondern mich um die Liebe zu ihm bereichert hat.

Ich will mein Leben wieder in Ordnung bringen, aber ich weiß ohne ihn nicht mehr für wen. Für Jonas? Für Mama? Für Paul und Lene, oder sollte es nicht einfach nur für mich sein? Weil ich nicht das Recht habe, selbst über mein Ende zu entscheiden?

So bleibt mir nur weiter die Möglichkeit zu hoffen. Darauf, dass er zurückkommt, wenn ich mich selbst gefunden habe. Mich und meinen Platz in meinem Leben.

Jonas

Sie hat ein Muttermal. Am rechten Unterarm. Zeigefingerkuppengroß. In etwa.

Daran muss ich denken, während ich ziellos herumstreife. Es ist wieder Ringelnatz, immer wieder Ringelnatz, der mich an sie erinnert, an den sie mich erinnert. Und damit auch an Paul. Ob ich will oder nicht.

Joachim Ringelnatz aus „Das Mädchen mit dem Muttermal“
Beim Spielen oder Scherzen.
Sie war ein zarter Schmetterling.
Ich werde nie verschmerzen,
Wie vieles Goldene sie stahl,
Das Mädchen mit dem Muttermal
Zwei Handbreit unterm Herzen.

Zwei Handbreit unterm Herzen, mitten in meinem Herzen. So weit und viel weiter reicht sie, so viel Platz in mir macht sie aus. Bis zwei Handbreit unter meinem Herzen hat sich der Vermissensschmerz ausgebreitet. Er strahlt aus auf all meine Organe, auf mein ganzes Sein. In all der Fülle der Menschen um mich herum suche ich nur ihr Gesicht, obwohl ich weiß, dass ich es dort nicht sehen werde. Weil ich sie meide, ihr aus dem Weg gehe. Und warum? Je mehr Tage vergehen, an denen ich mich nicht besser fühle, sondern schlechter, desto mehr zweifle ich an meiner Entscheidung. Ich werde nicht weniger menschlich von Tag zu Tag, ich werde immer mehr Mensch. Die Gesichter um mich herum im Einheitsbrei von Alltagsmenschen, ich bin eines von ihnen. Gestern habe ich in ein sich spiegelndes Schaufenster gesehen und mich beinahe nicht erkannt, was vielleicht auch daran liegt, dass ich mir über mein menschliches Ich bisher nicht allzu viele Gedanken gemacht habe. Ein kleines Mädchen hat mich angesprochen.

„Du da, wieso guckst du so? Das bist doch nur du selber im Spiegel. Das weiß doch sogar meine kleine Schwester.“

Daraufhin hat sie sich mit der Hand auf die Stirn geschlagen, altklug den Kopf geschüttelt und ist weiter gelaufen, gezogen von der Mutter, der es sichtlich peinlich war. Ich musste schmunzeln und werde mir doch der Wahrheit und Weisheit kindlicher Worte erst heute bewusst. Das bin nur ich selbst. Niemand sonst. Nur ich selbst. Ich falle den Menschen nicht auf, sie übersehen mich, sie übergehen mich. Unbewusst und unterbewusst, weil ich jemand Fremdes bin in ihrer Welt. Eigentlich. Jetzt nicht mehr. Ein Bote eben, kein Mitbürger. Die Botschaft, mein Eingreifen sind es, was mich ausmacht.

Nicht mein Ich, mein eigenes Selbst. Alles verändert sich, nur das Einzige, was sich verändern soll, verändert sich nicht. Meine Liebe zu Lilly. Meine Verfallenheit, die nun zu meinem Zerfall wird. Ich verliere meine Familie darüber und meine Bestimmung. Ich versuchte, es mir nicht einzugestehen, aber je mehr Tage ich durch diese Welt wandle und mich selbst verwandelt fühle, desto klarer wird es. Ich unterscheide mich nicht mehr von den Menschen auf der Straße. Nicht äußerlich, nicht innerlich. Ich stoße mir genauso wie sie unbeholfen die Füße, wenn ich nicht Acht gebe. Verspüre niedere Gefühle mit einer Wucht, die Betonpfeiler aus den Angeln heben könnte. Und weiß nicht, wohin damit. Körperliche Bedürfnisse kommen seit kurzem dazu. Ich brauche Luft, Wasser, Nahrung, Schlaf. Ich unterscheide mich nicht in Verletzlichkeit mit den Seelen neben mir. Auch nicht in Sterblichkeit. Aus einem einzigen Grund: Ich werde einer von ihnen, bin es bereits. Ich werde ein Mensch.

Lilly

Eine Woche später habe ich noch immer nichts von Jonas gehört. Ich laufe mehrere Stunden täglich im Park herum und suche in allen Gesichtern nach seinen dunklen Augen, versuche aus jedem Stimmengewirr den ihm so eigenen, ruhigen, tiefen Klang herauszufiltern. Aber es gelingt mir nicht. Er bleibt verschwunden, als sei er nie da gewesen. Ich beginne mir Szenarien vorzustellen, die plausibel erklären, warum er nicht mehr auftaucht, suche mir selbst Ausreden, um die kleiner werdende Flamme der Hoffnung nicht erlöschen zu lassen. Ich fache sie an mit dummen Ideen und lande dann doch immer wieder bei zwei Möglichkeiten. Entweder bin ich nicht mehr für ihn als eine erfüllte Aufgabe, ein Anhängsel, das er abgeschüttelt und sich selbst überlassen hat. Oder aber er wartet darauf, dass ich endlich beginne, mein Leben zu leben und nicht nur sinn- und planlos meine Tage vergeude. Schließlich sitze ich erschöpft von meiner erneuten stundenlangen Suche nach ihm auf meiner Couch. Jegliche Nahrungsaufnahme, wenngleich dringend notwendig, ist irgendwie unmöglich und erscheint mir beinahe lächerlich. Ich schließe die Augen. Dabei schleicht sich ein unheimlicher Gedanke in meinen Kopf und setzt alles andere außer Kraft. Wenn es Jonas‘ Aufgabe ist, mich davon abzuhalten zu springen, muss ich dann nicht einfach wieder auf die Brüstung steigen, um ihn wiederzusehen? Aber er hält nicht lange an, dieser Gedanke. Ich will viel sein. Vielleicht will ich tot sein. Bemitleidenswert dagegen will ich nicht sein. Es kann so nicht weitergehen, mit diesen endlosen Tagen ohne Taten. Ohne Aufgabe, ohne geregelten Tagesablauf, ohne Arbeit.

Dabei habe ich meine Arbeit gerne gemacht. Gerne bin ich morgens aufgestanden, mit einer Thermoskanne Tee auf die Arbeit gefahren, habe meinen PC hochgefahren, freudig erwartet, was mich erwartet. Frühstücksthermoskannenteepause mit den Kollegen. Fachgesimpel, Tratsch und Klatsch, ein wenig Geplauder über Privates.

Ich arbeite in einem internationalen Industrieunternehmen. Wir halten das Patent für zahlreiche medizintechnische Geräte. Ich kenne all die Bezeichnungen für alle Geräte, die meine Mutter kurze Zeit im Krankenhaus am Leben gehalten haben. Ich übersetze die Verträge, mit denen die Geräte verkauft werden. Ich weiß, was es bedeutet, wenn im Arztbericht von Compressio cerebri die Rede ist. Ein Brillenhämaton ist für mich kein bloßer Begriff, keine reine medizinische Bezeichnung mehr, denn ich habe ein konkretes Bild dazu. Ein persönliches. Subdurale Ödeme, SHT, Frontallappenschädigung sind furchterregende Worte, schmerzerregende Worte. Vielleicht ist es auch das, was mich bisher davon abgehalten hat, wieder dorthin zu gehen, wo ich so gerne hinging. Anfangs dachte ich, ich müsste schnell wieder arbeiten, um mich abzulenken. Was eine Zeitlang auch funktioniert hat. Solange ich mir sofort nach der Arbeit die Laufschuhe schnüren konnte und allem davonlaufen konnte. Ich habe sogar über sie gesprochen, Beileidsbekundungen über mich ergehen lassen, wie eine Dusche aus schwarzem Pech. Habe mir die Leidensgeschichten meiner Kunden angehört, die gleich auf das Bedauern folgten. Ohne zu wissen, ob es ein Ablenken von meinem Schmerz sein soll, ein Aufmerksamkeit-Auf-Sich-Ziehen oder keines von beidem, weil einfach gedankenlos. Dann habe ich mir den Mittelfuß gebrochen. Konnte nicht mehr arbeiten, nicht mehr laufen und bin von Tag zu Tag unglücklicher geworden. Weil mein Schmerz kein Ventil mehr bekommen hat. Weil der Druck sich angefühlt hat wie eine pfeifende Teekanne, deren Deckel irgendwann explodiert, weil keiner den Druck von ihr nimmt, den Dampf herauslässt. Und wohin auch damit? Es gibt keine Sondermülldeponie für Trauer, die Luft nimmt sie nicht auf, die Sonnenstrahlung kann sie nicht aufspalten, nicht teilen und verteilen. Sie ist einfach da und übt Druck aus.

Seit meiner Verletzung vor Monaten war ich nicht mehr arbeiten. Lange Abwesenheit von Arbeit schafft Faulheit, Trägheit. Und Ungewissheit, wie die Kollegen reagieren. Wenn ich jetzt über die letzten Monate nachdenke, habe ich keinen blassen Schimmer mehr, was ich jeden Tag gemacht habe. Ein komisches Gefühl, aber ich stehe damit wohl nicht alleine da. Meine Großcousine Arlette hat ein Kind bekommen. Vor vier Jahren. Und mir am ersten Geburtstag ihrer kleinen Tochter erzählt, dass sie keine Ahnung hat, wie sie die Tage von der Geburt an bis dahin verbracht hat. Sie wusste, dass sie gewickelt hat, gefüttert hat, geputzt hat. Theoretisch. Aber der Einheitsbrei der Tage hat dazu geführt, dass sie keine Erinnerung mehr an die einzelnen Tage und Nächte hatte. Außer, dass es anstrengend war. Und so geht es mir auch, nur ohne Kind, ohne Mutter. Und jetzt auch noch ohne Jonas.

Ich weiß, dass es weitergehen muss, dass ich einen Weg zurück finden muss. Für mein Lebensgefühl, mein Selbstwertgefühl, meine Zukunft, mein Sozialleben. Und für mein Bankkonto.

In dieser Nacht schlafe ich schlecht, träume von einem Kunden aus England, mit dem ich im letzten Jahr wegen dem Verkauf von Herzschrittmachern korrespondiert habe. Nur dass in meinem Traum ich diejenige bin, die einen Schrittmacher für sich bestellen will und verzweifelt um den imaginären Preis von 23,50 Pfund (!) verhandelt. Träume von Jonas, der auf einmal Physiotherapeut ist wie Ben, und den ich in flagranti mit Carla auf der Massageliege erwische. Träume von Uwe, der rückwärts mit einem Porsche durch die Innenstadt rast und alle Cafétische und Bedienungen crasht.

Wache auf, bin schweißgebadet und weiß auch ohne diese Träume, dass sich in meinem Leben noch einiges ändern muss, bis wieder Ordnung herrscht. Bis ich mich wieder selbst gerne haben kann. Bis Jonas mich gern haben kann. Wenn er mich denn überhaupt gern haben will.

Jonas, den ich so gerne meinen Jonas nennen möchte. Jonas, mein Lebensretter, mein Anker, mein Seelenverwandter. Der mich nicht mehr möchte, der mich zu Ben schicken will... Ben. Mir fällt Bens alte Sprachnachricht ein, und eine Idee krabbelt mir durch den Kopf, setzt sich fest. Ich wähle seine Nummer, die nicht mehr in meinem Telefonbuch, aber leider in meinem Hirn nach wie vor gespeichert ist.

„Guten Morgen, Bens Telefon, Tina hier!“

Ah, die Hundeschlampe. Jetzt wird's interessant. Ich improvisiere.

„Ach hallo TINA, hier ist Lilly. Guten Morgen. Schick doch Ben morgen Vormittag vorbei, damit er sich den Couchtisch abholen kann.“

„Ääh, ja, ahem, Lilly, sooo sehr eilt das jetzt nicht..."

Ich kann mir bildlich vorstellen, wie sie mit ihren perfekt manikürten Fingernägeln nervös an ihrer Backe kratzt und sich dabei möglicherweise das spachtelweise aufgetragene Make-Up zerstört.

„Doch, tut es. Ganz ehrlich, die ganzen Erinnerungen. Weißt du, unter uns, Ben und ich hatten immer ziemlich heißen Sex auf diesem Tisch. Er fand es total angenehm, auf der kalten Platte zu sitzen, während wir so richtig bei der Sache waren. Das vermisst er bestimmt, nicht dass es bei euch deswegen im Bett nicht klappt. Ach ja und erinnere ihn bitte daran, 250 € mitzunehmen. Für die Flecken gibt es 'nen kleinen Nachlass. Ciao."

„Äh Lilly, warte doch mal..."

Tutututututu. Ich habe aufgelegt und bin sofort gut aufgelegt. Eine Sorge weniger. Ben wird niemals kommen, um den Tisch abzuholen. Tina auch nicht. Die Sache ist gegessen. Vom Tisch sozusagen. Ich muss kichern. Wenn nur alles so leicht wäre.

In den 44 Minuten, die ich mich zwischen 5 und 6 Uhr heute morgen schlaflos hin- und her gewälzt habe, habe ich beschlossen, auf die Arbeit zu fahren. Irgendwann muss es schließlich sein. Das ist eine andere Nummer als ein kleiner gemeiner Anruf bei der Neuen meines Ex. Hier geht es um die Zukunft, nicht die Vergangenheit. Ich vermisse meine Arbeit, das Suchen nach dem richtigen Wort, der korrekten Formulierung, das Verhandeln in fremder Sprache, die Gewissheit, etwas gut zu können. Anerkennung. Ich vermisse Verantwortungsgefühl, Zugehörigkeit und Kollegialität. All diese Dinge und vor allem eines: Wieder eine Aufgabe zu haben. Nach Hause zu kommen und zu wissen, etwas erledigt zu haben. Vielleicht sogar etwas geleistet zu haben. Ich packe mir eine zweite Bluse in die Handtasche. Wenn ich nervös bin, trinke ich nicht Tee, wie meine Mutter, ich schwitze den Tee, den sie trinkt, heraus. Im Auto sehe ich auf den Sitz neben mir und versuche mir vorzustellen, dass dort nicht meine Handtasche liegt, sondern, dass sie dort sitzt. Mich begleitet, mir hilft. Wie einem Schulkind am ersten Tag. Möchte hinübergreifen und ihre Hand kurz drücken. Sie drücken. Und es geht nicht, und ich kann nicht und ich fühle mich allein. Nach meiner Mutter ist Jonas derjenige, den ich jetzt gerne hier hätte. Er fehlt mir, er fehlt mir so sehr. Er fehlt mir, als wäre er von jeher ein fester Bestandteil meines Lebens gewesen. So, als sei er nicht erst in mein Leben getreten, sondern hätte all meine Fußabdrücke mit mir geteilt. Mühsam verdränge ich die Gedanken an ihn, mit Verdrängung kenne ich mich fast so gut aus wie mit Trauer, und zwinge mich, während der kurzen Fahrt nun ausschließlich an das zu denken, was mich auf der Arbeit erwarten könnte:

Zuerst zu Müller-Hemm oder erst Frau Leibold? Oder doch gleich zu Katharina?

Wie komme ich rein ohne Stechkarte und was, wenn ich klingele und man hält mich für die Hermesfrau? Vielleicht gibt es eine neue Empfangstussi?

Ich muss auf Toilette, kann ich erst auf Toilette und dann zu Müller-Hemm, oder denken die dann endgültig, ich hab 'nen Schlag weg?

DAS ist genau das, was sie über mich denken.

Vielleicht halte ich an der Tanke, wechsle die durchgeschwitzte Bluse und gehe dort auf's Klo.

Haben wir den Bermann-Auftrag eigentlich bekommen? Ich kann mich nicht erinnern. Wie war das noch? Hatten die nicht noch ein anderes Angebot?

Oh Gott, was, wenn keiner meine Aufzeichnungen zu der Redspace-Geschichte gelesen hat...

Ich muss wirklich ziemlich arg pinkeln.

Wer sitzt auf meinem alten Arbeitsplatz, und hat irgendjemand sich erbarmt und die Yuccapalme endlich auf den Müll befördert?

Ich habe keine Ahnung, wie die neuen Auszubildenden heißen.

Ich schwitze.

Ich habe Angst.

Was, wenn keiner mehr was von mir wissen will?

Was, wenn Müller-Hemm mir nachher freundlich sagt, dass sie mich zwar weiterbeschäftigen können, aber nur als Mutterschaftsersatz für die alte Heinle (deren Haupttätigkeit darin besteht, Kaffee zu kochen, Akten zu verlegen und wieder zu suchen und den Kopierer so zu verstellen, dass er nur noch Hieroglyphen druckt).

Eigentlich mochte ich die Yucca-Palme.

Was würde Jonas dazu sagen? Was würde er mir raten...

Am Ende ist es immer wieder Jonas. Am Ende meiner Gedanken. Am Ende des Tages. Am Ende der Nacht. Jonas, der nicht bei mir ist und es gerade offensichtlich auch nicht sein will. Aber ich kann es nicht zulassen, dass er mein Denken so sehr vereinnahmt. Ich will ihn für mich vereinnahmen, nicht nur irgendein Problem sein, das er lösen muss. Tag für Tag, Minute für Minute, muss ich versuchen, Fuß zu fassen.

Als ich besagten Fuß in die Firma setze, ist es, als wäre ich nie weg gewesen. Und gleichzeitig ein Gefühl, als habe ich zum zweiten Mal meinen ersten Tag dort. Die Empfangsdame ist noch die gleiche. Wenn sie versucht, sich ihre Überraschung nicht anmerken zu lassen, dann gelingt ihr das so gut, dass ich fast glauben könnte, ich wäre wirklich nicht weg gewesen. Sie ist geschwätzig wie immer. Innerhalb weniger Minuten sitze ich nicht nur im Besprechungszimmer und warte auf die Büroleiterin, sondern weiß außerdem, dass mein oberster Chef Herr Müller-Hemm im Urlaub ist („Kroatien, zum vierten Mal dieses Jahr, also ich sage Ihnen, Frau Gresler, wenn der da mal nichts laufen hat*“),* wir zwei neue Auszubildende mit dem gleichen Vornamen - Judith - haben und der Absatz der Herzschrittmacher durch die Decke geht. Ach ja, und dass die Heinle schon vier Wochen krank ist (neue Hüfte) - was mir wiederum Angst macht, doch noch zum Kaffeekochen abkommandiert zu werden. Als könnte sie meine Gedanken lesen, erklärt mir unsere Empfangsfrau aber sofort, wie der neue High-Tech-Kaffeevollautomat funktioniert. Kein Wort zu meiner Abwesenheit, zu Mama, zu irgendetwas, über das ich ohnehin nicht sprechen will.

Frau Leibold lässt auf sich warten. Die Zarin heißt sie hier, unter uns bösen Zungen. Karrierefrau, geschieden - zweimal, keine Kinder. Den bösen Zungen hat sie eine scharfe Zunge entgegen zu setzen, ihre Scheidungen hat sie mit Pizza für die gesamte Belegschaft gefeiert, und sie liebt ihre Nichten und Neffen so sehr, dass sie nicht nur für sie, sondern für die Kinder aller Angestellten in den Sommerferien eine Woche lang Ferienprogramm organisiert und an einem der Tage selbst mit den Kids und ein paar Erzieherinnen in einen Tierpark fährt. Ansonsten ist sie knallhart, verhandelt kompromisslos und unnachgiebig, lässt keine Schludereien durch und zeigt wenig Verständnis für Schwäche und längere Abwesenheiten. Ganz im Gegenteil zu Müller-Hemm, dem mit vier Kindern, einer alzheimerkranken Mutter, einer hysterischen Ex-Frau und einer zweiten Ehefrau, die vielbeschäftigte, selbstständige Optikerin ist, nichts Menschliches fremd ist. Daher zittere ich etwas und die Klimaanlage sorgt dafür, dass eine ordentliche Gänsehaut dazukommt. Müller-Hemm wäre mir lieber gewesen, aber die Leibold wäre mir ohnehin nicht erspart geblieben.

Wenig später betritt sie den Raum, die Zarin. Erhobenen Hauptes, das rote Kleid etwas zu eng um die Hüften, die Schuhe praktisch flach wie immer, der Lippenstift passend.

„Frau Gresler." Wie immer wundert mich, dass eine so starke Frau einen Händedruck hat wie ein nasser, labberiger Schwamm.

Wie macht sie das beim Golfen, mit so wenig Kraft und Körperspannung? Sie setzt sich mir gegenüber, mustert mich mit ihrem Röntgenblick von oben bis unten. Seufzt und sagt dann:

„Sie haben uns ganz schön lange im Stich gelassen. Wir mussten ordentlich ranklotzen, um ihren Ausfall zu überbrücken:"

Überbrücken. Beinahe muss ich lachen. Da ist sie wieder, die Brücke. Die im Kopf, die mir Jonas gebaut hat, die zurück in mein Leben. Die, die mich über den Main hierher geführt hat. Die, die ich immer noch betreten kann, wenn mich Jonas nicht will. Ein Gänsehautgedanke, der mich kurz durchfährt und von der scharfen Stimme der Leibold abgeschnitten wird.

„Aber nun sind Sie ja wieder hier und voll einsatzfähig, hoffe ich?"

„Äh, ja. Ja, das bin ich", sage ich wie automatisch. Die Zarin hat die Fähigkeit, Antworten zu entlocken, von denen man nicht wusste, dass man sie geben will, bis man sie ausgesprochen hat. Will ich das? Hier sein, auch wenn es vielleicht für immer ein Hier ohne Jonas sein wird?

Jetzt steht sie doch tatsächlich auf. „Na dann, ihr Büro finden Sie sicherlich noch, oder? Richten Sie sich mal wieder ein heute, und dann machen wir morgen eine Teambesprechung zur weiteren Vorgehensweise und Aufgabenneuverteilung. Sie werden Katharina bald ersetzen müssen, da trifft es sich gut, dass Sie wieder da sind!" Katharina ersetzen? Sie nickt mir zu, lächelt leicht und schief und öffnet die Tür, dreht sich nochmal um und sagt in aktzentfreiem Englisch:

„Good luck and please remember: It is better to burn out than to fade away! We are glad to have you back."

Sie hinterlässt mich verblüfft, ein wenig ratlos, aber fast etwas glücklich. So einfach? So schnell? Kann ich das? Ich beschließe, dass ich muss, und mache mich auf den Weg zu meinem alten Büro. Zu Katharina, Miros, Leandra und Ann-Suzanne. Als ich mich auf dem Gang instinktiv umblicke, bin ich dummerweise enttäuscht, eine mir unbekannte Kollegin ins Klo huschen zu sehen. Jonas ist nicht hier. Er wird möglicherweise nie wieder kommen. Wie saublöd und eitel zu glauben, er wäre hier, um zu bestaunen, dass ich es doch tatsächlich endlich geschafft habe, auf die Arbeit zu gehen. Ich bin nicht mehr sein Schützling, vermutlich bin ich nichts mehr als eine unter vielen. Eine, die er von der Brücke gezogen hat. Nicht weniger, aber auch nicht mehr.

Vor dem Büro angekommen, atme ich tief durch, öffne vorsichtig die Tür und platze geradewegs in die Frühstückspause. Miros, Experte für den osteuropäischen Raum, selbst 30jähriger Rumäne mit dem Humor eines friesischen Seebären, sitzt mitten auf Katharinas Schreibtisch, fuchtelt wie immer, wenn er erzählt, wie wild mit den Armen. Meine Lieblingskollegin sitzt mit dem Rücken zur Tür vor ihrem Tisch und hält sich den Bauch - vor Lachen? Leandra, unsere deutsch-griechische Göttin in Kleidergröße 44, sitzt mit Kaffeetasse in Yogapose auf dem Teppich zu Katharinas Füßen, und Ann-Suzanne hat sich wie immer abgestöpselt (vermutlich mit französischem Hip-Hop) und feilt ihre Nägel im Takt der Musik.

Als könne sie mich riechen, vielleicht kann sie das... dreht sich Katharina langsam und behäbig um und zeigt mir den Grund, warum ich sie bald ersetzen muss. Sie ist schwanger, richtig ordentlich rund. Kreischt und springt schneller auf, als ich mir vorstellen kann, dass es in ihrem Zustand gut ist.

Sie umarmt mich, bevor ich etwas sagen kann, ich versuche, sie ebenfalls zu umarmen, aber sie ist zu dick. Das Baby, ihr Bauch, steht wie eine Mahnung, eine Erinnerung meiner langen Abwesenheit zwischen uns. Ich weiß nicht, was ich sagen soll. Überrascht, nervös, erfreut, ängstlich stehe ich vor meiner Arbeitskollegin und Freundin, die auf einmal viel mehr ist als ich. Eine Frau, die ein Kind erwartet. In deren Leben es bald etwas so Wichtiges geben wird, dass niemand anders einen ebenbürtigen Platz daneben finden wird. Das ist nicht mehr Katharina, mit der ich um die Häuser gezogen bin; nicht mehr der Partymuffel, der nach zwei Sekt-O zum Partytiger wird; nicht mehr die lockere, charmante und unkomplizierte (manchmal etwas unordentliche) Mittzwanzigerin. Und doch ist sie Katharina, die leicht lispelt, was ihr furchtbar unangenehm ist; die das Haus nicht ohne zwei goldene Ohrcreolen verlässt, die ein Erbstück ihrer Oma sind; die das Kinn nach vorne reckt und wie automatisch die Arme nach einem ausstreckt, wenn sie sich freut. Die Katharina, deren Namen niemand zu einem (ihrer Ansicht nach) hässlichen Kati, Tina, Trina oder sonstigem Spitznamen verunglimpfen darf. Die selbst alle Schätzchen, Hase, Liebes oder Schnecki nennt. Die Katharina, die ich so gerne mag, die ich, wie ich schamvoll bemerke, erst in diesem Moment so richtig vermisse. Jetzt, wo sie vor mir steht. Jetzt, wo ich an unserem gemeinsamen Arbeitsplatz zurückkehren werde, den sie, ihrem Bauch nach, in wenigen Tage, Wochen verlassen wird. Es kann nicht alles wieder so sein, wie es einmal war. Das wusste ich, als ich heute hierherkam. Und doch dachte ich, dass ich der Grund bin. Dass die Welt, meine Welt, meine Arbeitswelt, stehengeblieben ist und auf meine Rückkehr gewartet hat. Natürlich ist das Unsinn, alles dreht sich, bewegt sich und steuert auf neue Richtungen, neue Ufer zu. Die Welt dreht sich auch ohne mich. Ich weiß nicht, wie lange ich schon in dieser seltsamen Halbumarmung mit Katharina stehe und immer noch nicht weiß, was ich sagen soll. Dann lacht sie.

„Wehe, du fragst jetzt, wie viele da drin sind. Es ist nur ein Kind.“

In ihrem Blick liegt kein Vorwurf, nur eine Frage, die sie noch nicht ausspricht.

Dankbar, dass sie den Anfang gemacht hat, sage ich:

„Ehrlich gesagt, wollte ich das gar nicht fragen. Arbeitest du noch? Du siehst aus, als könntest du jede Minute dafür sorgen, dass der Laden sich endlich mal einen neuen Bodenbelag leistet.“

Statt mir zu antworten, sagt sie: „Schön, dass du wieder da bist.“

Und Miros, der uns bisher stumm beobachtet hat, ergänzt:

„Du bist doch wieder da, oder?“

„Ich schätze schon“, antworte ich, zucke mit den Schultern und werde ein wenig rot. Weil ich im Hinterkopf noch immer eine Brücke sehe. Wie eine Art Versprechen, ein Hintertürchen zur Flucht, wenn mir ohne Jonas wieder alles zu schwer werden sollte.

Auch Leandra hat sich mühsam aus ihrer Yogaverknotung gelöst, steht auf, geht auf mich zu und fast schon denke ich, sie will mich ebenfalls umarmen, da zuckt sie zurück.

„Hallo Lilly, long time, no see. Wie wäre es gewesen, wenn du dich zwischendurch mal nach UNS erkundigt hättest? Genug Nachrichten haben wir dir ja hinterlassen.“

Sie hat Recht, und es tut mir leid. Aber beides bringe ich nicht über die Lippen.

Katharina ist es, die die Frage in ihrem Blick nun in Worte fasst:

„Lilly, wie geht es dir? Wie kommst du klar? Mach dir keine Gedanken um uns, auch wenn wir uns geärgert haben, kann keiner von uns nachfühlen, was du durchgemacht hast.“

Bei diesen Worten wirft sie Leandra einen scharfen Blick zu. Die rollt mit den Augen und murmelt etwas, was genauso gut „Ich gehe Kaffee holen“ wie „Du kannst mich mal“ heißen könnte.

„Sie hat Recht“, sage ich und füge hinzu, weil es leichter ist, wenn die kritische, vernichtende und gnadenlos ehrliche Leandra nicht im Raum ist: „Es tut mir leid. Ich war nicht ich die letzten Monate. Alles fühlte sich nicht mehr wie mein Leben an, und hier, hier... „

Ich breche ab, weil ich nicht gleichzeitig die Tränen zurückbeißen und sprechen kann. Ann-Suzanne hat sich in der Zwischenzeit wortlos zu uns herum gedreht.

„Il va neiger„ - Es geschehen noch Zeichen und Wunder - sagt sie und zieht sich erst dann die Ohrstöpsel aus den Ohren. „Ça va?“

„Es geht mir besser“, antworte ich und meine es ehrlich. Langsam fasse ich mich wieder, und vielleicht ist es dieses zwiespältige Gefühl, wieder auf eine Art und Weise zu Hause zu sein und doch neu zu beginnen, das mich auf einmal mit mehr Glück füllt als Angst.

„Katharina, der Wahnsinn. Herzlichen Glückwunsch, ich hatte keine Ahnung“, sage ich endlich, was ich sofort hätte sagen sollen. Katharina strahlt und streicht sich über ihren Bauch, der wirklich aussieht, als hätte sie den runden Golfpokal vom Schreibtisch der Leibold geklaut und unter ihr Kleid gesteckt.

„Wie auch, du hast dich ja nicht mehr für uns interessiert“, ruft Leandra vom Gang aus herein, die Kaffeekanne in der Hand.

Es verletzt mich, obwohl ich weiß, dass es stimmt. Vielleicht eben weil ich weiß, dass es stimmt.

„Doch, ich habe nur eine Zeitlang verdrängt, dass es außer mir noch andere Menschen gibt. Ich habe mich in meiner Trauer gewälzt wie in einem Dreckloch und dabei vergessen, dass es schöne, saubere, leuchtend grüne Fleckchen gibt.“

„Grün steht mir nicht. Pas du tout“, grinst Ann- Suzanne und drückt mir völlig unerwartet einen Kuss auf die Backe. Miros springt vom Schreibtisch und tut es ihr gleich. Nur Leandra stellt die Kaffeekanne scheppernd auf den Tisch und verlässt den Raum wieder.

„Du kennst sie. Es hat sie furchtbar verletzt, so lange nichts von dir zu hören, und sie hat sich - wie wir alle - Sorgen gemacht. Sie kommt drüber hinweg, und dann ist sie ganz die Alte“, versucht Katharina zu trösten. Ich nicke. Und bin mir nicht sicher, ob es stimmt. Doch die drei Verbliebenen lassen mir keine Zeit, weiter darüber nachzudenken. Innerhalb der nächsten Stunden frischen sie meinen Kenntnisstand (privater Natur) so auf, dass ich zwischenzeitlich das Gefühl habe, dabei gewesen zu sein. Ab morgen ist ein Teil meines alten Lebens, Teil eines neuen Lebens, wieder eine neue Zeitrechnung. Die nach der Brücke. Oder? Jonas, was sagst du dazu? Jonas, sag bitte einfach irgendetwas. Komm zurück und sprich mit mir. Vielleicht ist Mama die Brücke zwischen dem alten und dem neuen Leben. Ein Bindeglied, weil sie Vergangenheit ist, die für meine Zukunft verantwortlich ist. Ein unersetzlicher Bestandteil des Bauwerks meines Lebens, weil sie für mein Leben verantwortlich ist. Und weil ich dafür verantwortlich bin, es verantwortungsvoll zu leben. Das begreife ich immer mehr und weiß, dass ich es ohne Jonas nicht geschafft hätte. Aber was kann ich nur tun? Vermutlich war und ist er nicht dafür bestimmt, für immer bei mir zu sein. Was heißt schon für immer… Ich kann und will trotz all der Zweifel nicht glauben, nur eine Aufgabe für ihn gewesen zu sein.

Ich wünsche mir das, was Lene und Paul hatten, für uns beide. Ohne zu wissen, wie ihre Geschichte weiterging.

Ab morgen soll ich für einen Großteil des Tages wieder mit etwas anderem beschäftigt sein als mit mir selbst und meinen Grübeleien. Vielleicht ist das gut so. Vielleicht auch nicht.

Für den Moment habe ich nur Lenes Tagebuch.

Ein Buch mit vielen Seiten. So viele Seiten voll mit Liebe zu Paul. Erwiderter Liebe. Und was bleibt mir? Eine einzige beschriebene Seite. Der Rest sind weiße Blätter. Die Frage ist nur, ob ich die weiteren Seiten überhaupt beschreiben will... Wenn Jonas' Name nicht darauf stehen wird. Vielleicht ist es einfacher zu gehen, als zu bleiben. Möglicherweise ist tot sein die bessere Wahl, wenn es so schmerzt, jemanden zu vermissen, den man so lieb gewonnen hat. Auf der anderen Seite wartet meine Mutter. Wer wartet hier?

Weil ich in der Nacht wieder einmal nicht schlafen kann, lese ich. Lenes Gedanken, Lenes Leben, diesmal, um von meinem abzulenken, um irgendwann in wohltuenden Schlaf zu finden.

Lenes Tagebuch - November 1938

Die Zeit rennt nur so dahin, und mit ihr gewinnt die Vertrautheit zwischen Paul und mir. Ich fühle mich ihm tief verbunden, so sehr, dass es mir Angst und Bange wird, mir ein Leben ohne ihn vorzustellen. Aber wozu auch? Wegen des Kriegsgeredes, wegen der Woge an Gefahren, die ein Krieg mit sich bringen würde? Maria hat sich nach langen, kritischen Tagen erholt. Ihr Fieber ist langsam gesunken. Sie hat die Masern überwunden. Und mit ihr hat Vater einen Teil seiner Verstocktheit überwunden. Die Sorge um das Leben seiner jüngsten Tochter hat ihn überrollt wie Maria der Ausschlag. Verändert wirkt er, wacher, tatkräftiger. In den letzten Wochen gab es keinen Tag, an dem er sich nicht nach diesem und jenem auf dem Hofe erkundigt hat, kaputte Dinge repariert und sogar die Buchführung wieder an sich genommen hat. Ich begrüße die Entwicklung und freue mich ehrlich, dass er wieder zu sich zu kommen scheint. Dennoch bereitet es mir und Paul Schwierigkeiten. Wir können uns nicht mehr treffen, wie es uns beliebt. So ist es unabwendbar geworden. Ich habe all meinen Mut zusammen genommen und dem Vater berichtet, dass ich den Paul gern habe. Dass er mich auch gern hat. Es war vielleicht das erste Mal seit Mutters Tod, dass er mich angelächelt hat. Für einen kurzen, aber wahren Moment.

Er hat genickt und dann wieder auf seine Bücher hinuntergesehen. Eine kleine Geste, die für mich die Welt ist. Noch hat Paul nicht um meine Hand angehalten. Aber auf einmal ist es, als hätten wir eine Erlaubnis erhalten, als könnten wir uns freier bewegen. Zumindest was uns beide betrifft. Der Rest der Welt kommt mir immer unfreier vor. Bei uns hier auf dem Lande ist das Leben noch nicht so sehr verändert, aber in der Stadt spüre man es schon deutlich. Es liege ein Wandel in der Luft, berichtet Paul am Wochenende. Er stinke ihm, dieser Wandel. Er rieche übel, verfault und verlogen. Paul steckt viel Zeit in seine Studien. Wir sehen uns seltener, nicht mehr jedes Wochenende kommt er heraus auf's Dorf. Aber wenn wir uns sehen, ist es anders. Das Kribbeln in mir ist nicht weniger geworden, aber ich fühle mich sicherer, geborgener und ebenbürtiger. Wir sind beide enger und versprechender miteinander verbunden, nicht nur weil Vater Bescheid weiß.

Paul kennt mich, meine Seele und meinen Körper besser, als es je ein anderer tun wird, das weiß ich. Das habe ich mir selbst versprochen. Ich liebe an ihm, dass er die Neugier in mir weckt, ohne selbst gierig zu sein. Dass er mich so viel lehrt, ohne lehrerhaft zu sein. Dass ich sein kann, wer ich bin, ohne dass ich nicht genug bin. Ich liebe, dass er der Baum ist, an den ich mich lehne, und gleichzeitig die weiche Erde, auf die ich mich bette.

Lenes Tagebuch - Dezember 1938

Die Nacht ist nicht allein zum Schlafen da
Die Nacht ist da, dass was gescheh'.
Ein Schiff ist nicht nur für den Hafen da,
Es muss hinaus, hinaus auf hohe See!
Berauscht euch, Freunde, trinkt und liebt und lacht
Und lebt dem schönsten Augenblick,

Die Nacht, die man in einem Rausch verbracht,
Bedeutet Seligkeit und Glück!

Das ist ein Lied, gesungen von Gustaf Gründgens. Eins, dass ich auf immer im Gedächtnis behalten werde. Ach, es war so herrlich. Wir sehen uns immer seltener, das harte Winterwetter zwingt Paul, in der Stadt zu verweilen. Vor wenigen Tagen hat mich der Postillion mit in die Stadt genommen. Und Paul meinte, wir könnten doch ins Kino gehn'. Dass ich noch nie da gewesen bin, hat er glaub' ich nicht gewusst. So aufregend war es! Sie haben „Tanz auf dem Vulkan" gezeigt. Es ging um einen Schauspieler, der das Volk zur Rebellion gegen den König aufruft, den er im Theater und in Schmähschriften verhöhnt. Sein Herz hat er an die schöne Gräfin Héloise verschenkt. Sie lässt sich nicht von ihm dazu bewegen, mit ihm zu flüchten, als die Lage für ihn brenzlig wird. So stellt sich der Held dem Grafen, ihrem Ehemann, und wird verhaftet. Er wird zum Tode verurteilt und ruft auf dem Weg zum Schafott noch einmal zum Staatsstreich auf. Der Aufstand gelingt, der König wird abgesetzt.

Ich habe mich gefühlt, als wäre ich dabei. Als säße ich selbst im Theater und sähe der Vorstellung zu. Dabei bin ich noch nie in einem Theater gewesen. Am Ende sind mir die Tränen geflossen, und ich habe schnell versucht, sie vor Paul zu verbergen. Ich hab ihn dann gefragt, ob es ihm auch so gut gefallen habe, und er meinte, ja, er sei erstaunt, dass man den Film habe zeigen dürfen. In meiner Begeisterung ist es mir gar nicht aufgefallen, aber es stimmt, auch wenn es darum geht, einen König zu stürzen, so ist der Film recht offen mit der Rebellion umgegangen. Paul meinte, er könne sich nicht vorstellen, dass das Werk dem alten Hetzer gefallen habe. Er amüsierte sich den ganzen Weg zu seiner Studentenwohnung noch darüber und war bester Laune.

Mir war es ehrlich gesagt gleich, ob Göbbels, Hitler oder der ganzen SS der Film gefallen hat oder nicht. Ich genoss die Zeit in der Stadt mit Paul an meiner Seite so sehr wie nichts seit Mutters Tod.

Stellte mir heimlich vor, wie es wäre, hier zusammen zu leben, als Mann und Frau. Sicherlich bin ich ganz schön eitel bei ihm eingehakt herumspaziert, aber es war mir wirklich gleich. So wohl habe ich mich gefühlt. Paul teilt sein Zimmer mit einem anderen Studenten der Germanistik, der aber zu seiner kranken Mutter gereist war. Ich kann nicht mehr sagen, wie es so weit kam, ob der Überschwang unserer Gefühle, das Glück des Augenblicks dazu geführt hat, die Vorsicht zu vergessen und auch die Scham. So sind wir also auf sein Zimmer gegangen, und als ich es verlassen habe, war ich nicht mehr die Gleiche. Ich kann nicht sagen, ich wüsste jetzt, warum alle ein Aufhebens darum machen, aber vielleicht habe ich eine kleine Ahnung davon. Viel wichtiger als der Schmerz und viel wichtiger als die Sache selbst war es, sich ihm so nah zu fühlen. Er war so lieb zu mir und hat mich hundertmal gefragt, ob ich mir sicher sei. Schließlich habe ich ihm geantwortet:

Berauscht euch, Freunde, trinkt und liebt und lacht
Und lebt dem schönsten Augenblick,
Die Nacht, die man in einem Rausch verbracht,
Bedeutet Seligkeit und Glück!

Das hat ihn überzeugt.

Ich sitze an dem kleinen Dachfenster, und es fühlt sich an, als sei ich Lene. Nicht nur, weil sie eben jenen Film gesehen hat, den ich mir mit Jonas angeschaut habe. Zufall?

Ich schreibe in das kleine Büchlein, und mein Herz hüpft vor Aufregung über das Erlebte und vor Angst. Angst vor einer ungewissen Zukunft. Immer häufiger spricht Paul vom Krieg, immer häufiger höre ich es in unserem Dorf.

Überall ist man begeistert von Hitler, und wenn man es hier auf dem Dorfe auch nicht so mitbekommt, so habe ich von Paul doch allerlei Schreckliches gehört. Und auch wenn man hinsieht, genau hinsieht und beobachtet, dann kommt man doch nicht umhin zu merken, dass plötzlich nicht ein jeder mehr gleich ist. Die Judenfamilie aus der Lindenstraße ist seit Wochen nicht mehr hier. Als die Nachbarn nachsahen, war alles wie immer, nur die Menschen im Haus fehlten.

Dann dauerte es nicht lange und die Wohnung wurde geräumt. Nun wohnt die Tante unseres Ortsgruppenleiters, Hennys Onkel, dort. Ich finde es nicht Recht, wer weiß, wann die Sternbergs wiederkommen. Man munkelt, sie seien nach Übersee gegangen. Im Nachbarort haben sie im November gar die Synagoge demoliert, wie es in diesen Tagen vielerorts geschehen ist. Ich frage mich, was das für eine Welt ist. Was ist an den Juden denn anders als an mir oder Henny? Was unterscheidet einen jungen jüdischen Mann von Paul oder Andreas? Macht ihn seine Religion zu einem schlechteren Mann? Ich glaube es nicht, wenngleich man das nicht mehr laut aussprechen sollte, so wies mich Vater an. Er sagte erst gestern zu mir: „Wichtig ist nicht, was du laut aussprichst, sondern dass du das Richtige denkst.“ Ich kann nicht ganz mit ihm übereinkommen. Wenn alle nur das Richtige denken, aber nicht sagen, wird dann die Welt nicht noch verlogener?

Dennoch, ich habe nicht den Mut, den Pauls Studentenfreunde haben, die geheime Flugblätter verteilen. Ich bin zu feige und zu kleinbürgerlich, und vielleicht denke ich zu sehr an meine eigene Familie und deren Wohl als an das der Menschheit. Aber was sollte ich auch ausrichten? Ein Bauernmädchen aus der Provinz. Ein wenig schuldig fühle ich mich dennoch. So hat auch keiner von uns etwas gesagt, als man der kleinen Annelies den Judenstern angeheftet hat, als wäre sie ein Kalb, das man brandmarken müsse.

Ich blicke auf und weiß, wie Lene sich gefühlt haben muss. Wie ich mich gefühlt haben muss. Gleichzeitig beantwortet es mir eine Frage, die ich mir damals, als wir das dritte Reich in der Schule durchgenommen haben, gestellt habe: Was hätte ich getan? Wäre ich glühender Anhänger des Regimes gewesen - aus Überzeugung oder weil ich es nicht besser wusste? Oder eine Rebellin? Der Zwischenweg, der, den wohl unerkannt viele gegangen sind, ist der nicht der Schlimmste? Ein Mitläufer. Was ist, wenn jeder von seinem früheren Leben wüsste? Wenn man dadurch die Chance bekäme, sein Leben zu verbessern, Fehler auszumerzen, die richtigen Entscheidungen zu treffen? Würde das die Welt zu einem besseren Ort machen? Was ist der Umkehrschluss? Welche Bedeutung hat das Leben, das einzelne, noch, wenn sich ohnehin alles wiederholt?

Wenn es keine Angst vor Sterblichkeit mehr gibt, gibt es dann nicht auch bald keine Moral mehr? Ich erinnere mich an ein Zitat von Dostojewski: „Wenn es keinen Gott gibt, ist alles erlaubt.“ Zu viele Fragen, zu viele Gedanken. Alles ist manchmal immer noch etwas zu viel. Ich schließe das Tagebuch behutsam und streiche mit der Hand darüber, als sei es kein einfacher Einband, sondern Jonas‘ Hand. Eine Hand, die nicht nur einfach ist, sondern die ganze Welt beinhaltet, und nach der ich nicht einfach greifen kann. Was macht er jetzt? Wo ist er, und hängen seine Gedanken überhaupt noch fest in meiner Welt, oder hat er sich von mir und meinem Leben schon endgültig gelöst? Mit jedem Tag, der vergeht, steigt die Sehnsucht nach ihm und mit ihr die Angst, ihn nie wiederzusehen. Was, wenn alles, was ich tue, nichts daran ändert, dass er nicht bei mir sein will? Vielleicht habe ich mir einfach zu viel erwartet. Und es frustriert mich so sehr, wie es mich wütend macht, dass ich keinerlei Möglichkeit habe, ihn zu kontaktieren, selbst wenn mein eigener Stolz es zulassen würde. Er würde es zulassen, ich scheiß' auf den Stolz, wenn ich dafür Jonas haben kann.

Am nächsten Nachmittag verlasse ich das Büro und bin recht zufrieden mit mir. Es ist gut gelaufen, besser als gedacht. Es tat gut, eine Aufgabe zu haben, und ein wenig habe ich mich wieder gefühlt wie ich selbst. Meine Zufriedenheit wird nur dadurch getrübt, dass ich sie nicht mit Jonas teilen kann. Seine Meinung, seine Stimme, seine Augen, die auf mir ruhen, die kurzen stoppeligen Haare über seinen Ohren, seine Wangenknochen, die sich durch die Backe abzeichnen, wenn er sich konzentriert, all das fehlt mir, als sei es ein Teil von mir und nicht nur von ihm. Ich besitze kein einziges Bild von ihm, aber sein Gesicht ist in mein Gedächtnis gebrannt, wie das Negativ einer Schwarzweißfotografie. Unmöglich zu löschen, unmöglich zu kopieren. Und dennoch dreht sich die Welt wieder einmal einfach weiter, ohne sich um dieses Schreckensgespenst des Vermissens zu scheren.

Tante Bille hat eine SMS geschrieben und mich zum Grillen eingeladen. Uwe kommt auch. Was mich überrascht, aber eigentlich gefreut hat. Ich bilde mir nicht ein, dass es sein wird wie früher. Denn der Angel- und Drehpunkt unseres, meines Lebens kann nur in unseren

Gesprächen dabei sein. Ich hänge meinen Gedanken nach, lasse den Tag Revue passieren, passiere dabei die Kreuzung und stoße beinahe mit ihr zusammen. Es ist einer dieser Momente im Leben, in denen ich mich frage, ob es Zufälle gibt, oder ob Jonas, Vincent, Yolanda oder einer ihrer „Berufskollegen“ mich auf sie schubst. Uns zueinander führt, damit das Leben läuft, wie es läuft. Und nicht anders. Von all den Menschen an diesem Ort, von all den Leben, die mit meinem nicht das Geringste zu tun haben, stoße ich auf die Eine, mit der ich noch nicht im Reinen bin. Carla. Meine (einst) beste Freundin, meine Pferdestehlseelenverwandte, ein weiterer Dreh- und Angelpunkt meines (alten) Lebens. Ihre Haare sind kürzer, das ist das Erste, was mir auffällt. Viel kürzer. Die lange braune Mähne ist einem schicken Kurzhaarschnitt mit gefransten, stufigen Spitzen gewichen. Es bringt ihr schmales, spitzbübisches Gesicht und ihre großen braunen Augen (sie hasst es, wenn man Rehaugen sagt) viel besser zur Geltung. Eben diese Augen sehen so erstaunt aus wie die meinen. Viel erstaunter als irgendein Reh es sein könnte. Erstaunt, nicht erschrocken. Ist das ein gutes Zeichen?

„Carla“, sage ich, weil mir nichts anderes einfällt, und weil es gut tut, ihren Namen laut auszusprechen. Weil sie mir fehlt, weil es mir fehlt, ihren Namen laut zu hören.

Erstaunen weicht Wut, wie der wippende Pferdeschwanz den kurzen Fransen.

„Ich bin überrascht, dass du meinen Namen noch kennst“, sagt sie bissiger, als ich sie in Erinnerung habe. Lauter als ich ihre Stimme kenne. Trauriger als sich richtige Wut anhört.

„Es tut mir leid, Carla. Ich weiß, dass ich dich ganz schön im Stich gelassen habe...“

„Lilly, du hast mich nicht im Stich gelassen, du hast dich nicht mehr gemeldet. Auf keinen meiner Versuche. Du hast dich einfach davongemacht und mir eine Scheißangst eingejagt. Seit Wochen fahre ich immer wieder bei dir vorbei und sehe nach, ob deine Jalousien noch hoch und runter gefahren werden. Ich überprüfe immer wieder, ob deine Krankenkarte, die sich übrigens seit Monaten in meinem Geldbeutel befindet, noch gültig ist. Aus Angst, du könntest dir etwas angetan haben.

Das ist nicht mehr mit Trauer zu erklären, Lilly, das ist scheiße, einfach nur scheiße..."

Jetzt weint sie, mitten auf der Straße, dicke große Tränen aus braunen Augen, die wieder sehr stark an grazile, langbeinige Waldbewohner erinnern.

Ich möchte sie in den Arm nehmen und weiß nicht, ob es das ist, was sie möchte.

Also sage ich betroffen und getroffen gleichermaßen:

„Ich weiß."

„Du bist noch nicht einmal zu meiner Ausstellung gekommen. Es war mir wichtig, dass du kommst, so viele der Bilder dort, das ganze Thema habe ich für dich gemacht. Doch du warst nicht da. Lilly, ich weiß, auch wenn ich nicht ansatzweise nachfühlen kann, was es heißt, seine Mutter zu verlieren, dass es verdammt schwer ist. Aber du musst weitermachen, und du musst dir helfen lassen."

„Kannst du mir helfen?", sage ich kleinlaut und weiß nicht, warum ich es plötzlich sagen kann. Etwas was mir nicht über die Lippen kam, all die Tage, Wochen, Monate, Jahre inzwischen.

Sie sieht mich an, mit immer noch laufenden Tränen, verschmierter Wimperntusche. Seit wann trägt sie Wimperntusche, und so viel?

„Das weiß ich nicht, Lilly, wirklich nicht. Ich wünschte es..."

„Können wir wieder Freunde sein?", frage ich, fast bettelnd.

„Ich wünschte es...", antwortet sie wieder.

Etwas ist kaputt, das kann ich deutlich spüren. Es ist auch nicht wichtig, ob ich Schuld daran bin, ob wir beide Schuld sind, ob der Tod meiner Mutter Schuld daran ist. Freundschaften verändern sich. Im Laufe der Zeit und im Laufe von Ereignissen. Als natürliches Ergebnis natürlicher und unnatürlicher Geschehnisse. Ein Abnutzungsprozess, Verschleiß, Vernachlässigung oder auch einfach Vergessen, Freundschaft zu pflegen und zu hegen. Nach einem anderen Menschen zu fragen, zu sagen: Du bist mir wichtig. Und den anderen das auch spüren lassen.

Manchmal kann man kitten, reparieren, die Farbe auffrischen. Manchmal hilft ein neuer Lack, und alles wirkt wie neu. Ein Ersatzteil einbauen, das besser ist als das Originalteil. Vielleicht funktioniert es, und die Kiste läuft besser und runder als zuvor. Vielleicht aber sind wir danach nur noch reif für den Schrottplatz.

Im Kindergarten habe ich mit Carla mein Brot geteilt, in der Grundschule die Hausaufgaben, mit vierzehn den Lippenstift, mit fünfzehn unseren ersten Freund, und jetzt werde ich mit ihr teilen, was auch immer sie mit mir teilen will. Ob wir noch teilen können, wird sich dann zeigen.

Lenes Tagebuch Frühjahr 1939

Angst
Ich bange
drücke meine feuchte Wange
an die deine, weil die deine
die einzige ist, die meine
trösten kann und das Schaudern
lindern kann, in dem wir plaudern
Ich fürchte
zu verlieren nach dem Verlieben
geraubt von kriegerischen Dieben
die niemals lieben
wie ich dich
wie du hoffentlich mich

Januar und Februar sind ohne nennenswerte Ereignisse vergangen. Die Tage sind lang, wenn es so spät hell und so früh dunkel wird. An Weihnachten haben wir uns gesehen. Pauls Mutter hat mir eine herrliche Ausgabe von Rilkes Gedichten geschenkt. Ich habe den Rahningers selbst gebackene Christstollen und eingemachte Marmeladen gebracht. Vom Andreas und der Maria habe ich ein neues Tuch bekommen, und der Vater hat uns das beste Geschenk gemacht, in dem er wie Mutter früher Lieder mit uns sang und immer mehr wieder er selbst wird.

Nun ist es bereits März und wir haben hartes Winterwetter mit viel Schnee. Einmal die Woche gehe ich hinunter ins Dorf zu Rahningers und verbringe etwas Zeit mit Sophie. Es tut gut, eine Frau zu haben, mit der man sprechen kann. Über Dinge, über die ich mit Mutter nicht mehr reden kann. Und gleichzeitig drückt mich das Gewissen, als hinterginge ich Mutter, als hätte ich mir Ersatz gesucht. Und dazu eine schlaue moderne Frau. Nicht, dass Mutter dumm gewesen wäre, aber sie ist ja nie aus unserem Dorf herausgekommen. Sie war einfach und einfach so, wie eine Mutter sein sollte. Wann immer der schmerzende, hämmernde, beißende Moment mich überkommt, den man wohl Trauer nennt, grabe ich mir die Zähne in den Arm, bis das Blut spritzt. Dann überdeckt der körperliche Schmerz den seelischen, und ich kann wieder atmen und gehen und sehen und meiner Arbeit nachgehen, ohne das Gefühl zu haben, von der Sehnsucht erstickt zu werden. Niemandem habe ich bisher davon erzählt, und niemandem werde ich davon erzählen. Auch Paul nicht. Er würde nicht verstehen, dass die Trauer um meine Mutter mich manchmal um den Verstand bringt. Ich weiß, dass ich einen derartigen Verlust nicht mehr überleben würde. Ich würde mich zu Tode beißen. Bei Rahningers ist eine andere Welt. Deshalb gehe ich trotz des schlechten Gewissens unheimlich gerne hin.

Ich halte inne, und wieder einmal kann ich nicht unterscheiden. Kenne keinen Unterschied mehr zwischen Lene und Lilly. Die Grenzen und Zeiten verschwimmen. Bin ich eine junge Frau im neuen Jahrtausend, die ihre Mutter verloren hat, und die aus Verzweiflung darüber und der Tatsache, dass sich ihr Leben nicht annähernd so entwickelt hat, wie sie es dachte, auf eine Brücke gestiegen ist mit der festen Absicht, diese lebendig nicht mehr zu verlassen? Oder bin ich Lene, ein junges Mädchen kurz vor Kriegsbeginn, das ebenfalls wenngleich viel ruhiger und unbemerkter vor Trauer um die Mutter zerfließt, gleichzeitig die Liebe ihres Lebens gefunden hat und in einem Leben steckt, das aus einer unbeschwerten jungen Frau schlagartig und ungewollt das Oberhaupt einer zerstörten Familie gemacht hat? Die Zeiten sind eins geworden, haben sich zu einer einzigen Masse, einer einzigen Geschichte vermischt, die ich - wenn ich mich in Lenes Tagebuch vertiefe - nicht mehr zu zweiteilen vermag. Gerade das macht es manchmal schwierig – trotz all der Neugier – in ihr Leben einzutauchen. Manchmal ist es, als halte man mir einen Spiegel vor, und manchmal kann ich das Bild darin nicht sonderlich gut leiden.

Ich sehe Lene am Küchentisch sitzen mit Pauls Mutter.

Sophie Rahninger springt hastig auf und dreht das Radio auf der Küchenanrichte lauter. Zu laut. Der Rundfunk bringt Nachrichten.

Nachrichten, die die sonst so einigen Rahningers entzweien. Rudolf Rahninger, der - wie er mir kürzlich überraschenderweise gestand - bereits mehrfach strafversetzt worden war in seiner Stellung als Lehrer, kann oft nur noch resigniert und traurig den Kopf schütteln. Seit der Sudetenkrise ist er restlos überzeugt vom kommenden Krieg. Er weigert sich noch immer standhaft, der NSDAP beizutreten, trotz des wachsenden Drucks, den die Partei auf ihn ausübt. Sophie dagegen hat noch Hoffnung. Sie kann und will nicht an Krieg glauben. Zunächst, erzählt sie mir, sei sie recht angetan gewesen von der Partei. Von der positiven Entwicklung im Land. So gehe es vielen, meint sie, jenen, die nicht groß genug sind, um über den Tellerrand zu sehen. Das Radio läuft immer bei Rahningers. Zu laut. Rudolf spricht in die Lautstärke hinein, durchbricht sie mit seiner mächtigen, geübten Lehrerstimme.

„Sophie, es ist eine Diktatur, in der wir leben. Eine Diktatur, die man uns untergeschoben hat, eine, von der wir uns befreien müssen, bevor sie sich von uns befreit. Der Gleichlaut der Worte Diktat und Diktatur kommt nicht von ungefähr. Wenn ich in meiner Klasse ein Diktat aufgebe, gibt es keinen Spielraum für Abweichungen. Ich gebe vor, was geschrieben wird. Jedes Komma, jeder Punkt. Ich bestimme, was richtig ist. So ist es auch mit dem Führer. Er diktiert uns, wie wir zu leben haben und schlimmer noch, er diktiert, WER zu leben hat. Wo soll das hinführen, Sophie?“

Pauls Mutter hat aufgehört, darauf zu antworten. Manchmal noch ermahnt sie ihren Mann, diese Dinge nicht außerhalb der Stube zu erwähnen, und ich habe sie bereits dabei erwischt, mich etwas vorsichtig anzusehen. Spitzeleien sind inzwischen an der Tagesordnung, das weiß ich von Paul. Heute aber erhebt Sophie das Wort.

„Rudolf, ich bitte dich. Trete der Partei bei, gib ihnen klein bei, es ist doch einerlei, wie du fühlst und denkst. Tu es zur Tarnung. Tu es für mich, für unsere Jungen! Tu es für deine Familie!"

Pauls Vater fährt so heftig auf, dass meine Teetasse sich heiß über meinem Rock ergießt. Was niemand bemerkt. Ebenso wenig, dass ich mich leise hinausschleiche. Ich möchte nicht Zeuge ihres Streits sein und möchte nicht wiedergeben, was ich hörte.

Was bleibt, ist eine furchtbare Angst. Denn ich kann spüren, dass sich wieder einmal etwas ändern wird. Ganz an mich allein denke ich in diesem Moment und schäme mich dafür. Größer aber ist der Schmerz zu wissen, dass die gemütlichen Tage im Haus der Rahningers über kurz oder lang gezählt sein werden. Die Gewissheit, die sich wie klebendes, stinkendes, schwarzes und unabwaschbares Pech auf mich legt, ist, dass dieser Krieg stattfinden wird, und dass danach nichts mehr sein wird wie früher. Ich weiß nicht mehr, wie ich nach Hause gekommen bin. Den ganzen Weg habe ich nur geweint. Geweint um Mutter, um mich, um alles, was ich hätte haben können und was nun auf dem Spiele steht. Denn ich weiß, ich spüre es und mein klarer Verstand sagt mir: Rudolf hat Recht. Wir werden Krieg haben. Und Krieg bedeutet Tod.

Wenn Paul bei mir ist, vergesse ich es, für Momente. Nur er schafft es, mir die Angst zu nehmen. Wenngleich er niemals die Gefahr leugnet. Wir sprechen nicht mehr darüber, aber ich weiß, dass er wie sein Vater denkt.

Lenes Tagebuch - August 1939

Vor diesem Eintrag, den ich noch lese, bis es Zeit ist, zu Bille zu fahren und mit einer Familie zu grillen, die erst wieder zu einer Familie zusammenfinden muss, fällt mir ein alter, vergilbter offizieller Bescheid in die Hände.

Wehrmeldeamt

Abt. III teilt ihnen mit, daß Sie ab 26.08.1939 mit einer Einberufung zu rechnen haben.

Rückstellungsgesuche sind zwecklos und daher zu unterlassen.
I.A. Wehrbezirksfeldwebel

Was bleibt, wenn nur noch wenig Zeit bleibt? Paul sagt, es bleibt, die Zeit zu nutzen, die einem bleibt. Ist es, weil ich Mutter verloren habe? Ist es, weil die Angst bereits jetzt mein täglicher Begleiter ist? Ein lästiger Gast, der mir nicht mehr von der Seite weicht? Was ist aus mir geworden? Ich verrichte meine Arbeit mehr schlecht als recht, ich zähle jede Minute mit Paul. Die Minuten, die noch bleiben, bis ich jede Minute zählen werde, bis er wiederkommt. Manchmal könnte ich mich selbst für mein Schwarzsehen ohrfeigen. Noch ist nichts verloren, noch der Krieg nicht erklärt, noch ist Paul nicht an der Front, die es noch nicht gibt, und noch ist er hier bei mir, wann immer er kann, und noch lebt er und ist nicht tot. Aber was, wenn es kein noch mehr gibt?

Plötzlich kommt mir die alte griechische Sage von Orpheus und Eurydike in den Sinn und ich sehe sie: Lene und Paul. Nein, ich sehe sie nicht nur, ich bin da. Bin dabei, bin sie.

Wir sitzen auf dem Heuboden, eng umschlungen und Paul trägt Uniform. Es ist ein Abschied.

Ich weiß so wenig, wie die beiden es wissen, für wie lange und ob der Abschied bedeutet, es gibt ein Wiedersehen.

„Erzähl mir etwas, Paul. Irgendetwas, woran ich mich halten kann. Eine Geschichte. Ein Gedicht. Irgendetwas."

Er streicht mir übers Haar, und es ist eine Geste, die so zärtlich ist, wie wenn man ein Kind streichelt, und gleichzeitig so einfühlsam und eigen, dass ich mich ganz und gar nicht wie ein Kind dabei fühle. „Helena. Einer Helena gebührt eine griechische Sage zum Abschied, findest du nicht?"

„Bitte hör auf, von Abschied zu sprechen."

„Das ganze Leben ist Abschied und Wiederkehr. Das weißt du doch am besten, Helena."

„Eben drum will ich nichts mehr davon wissen."

„Gut, dennoch. Meine Geschichte handelt auch vom Abschied. Und von Liebe."

„Liebe ist gut", sage ich und versuche zu lächeln. Paul streicht über meine Hand, fährt die Linien meiner Handfläche nach, als wären sie Straßen auf einer Karte, als zeigten sie ihm den Weg. Es riecht trocken und staubig hier oben, und es ist glühend heiß. Über den Balken vor uns huscht eine Spitzmaus. Unter uns lauern die Katzen. Spinnenweben wabern in der Sonne, und all das nehme ich wahr, ohne es für wahr zu halten. Wahr sind nur wir beide in diesem Moment.

„Kennst du die Sage von Orpheus und Eurydike?", fragt er.

Ich schüttele den Kopf und lüge, weil ich es so gerne von ihm hören will.

„Orpheus war der Sage nach ein begnadeter Sänger. Er verzauberte alle mit seiner Sangeskunst und konnte so - zu seinem großen Glück und Entzücken - die schöne Eurydike für sich gewinnen. Lange aber war ihrer großen Liebe kein Glück vergönnt. Von einer Schlange gebissen verstarb Eurydike und stürzte Orpheus in unendliche Trauer. Seine Wehklagen rührten die ganze Natur, die für ihn still zu stehen schien. Doch die Geliebte brachte es ihm nicht zurück. So kam er in seinem Schmerz auf den Gedanken, in die Unterwelt hinabzusteigen und Hades um Freigabe der geliebten Frau anzuflehen. Er war sich sicher, Hades würde ihm die Bitte nicht abschlagen können, wenn er sich der unendlichen Liebe der beiden gewahr werden würde. Er griff zu seinem Instrumente und sang. Davon, dass er sich der Liebe nicht erwehren könne, dass er - wenn Hades ihm seine Bitte nicht erfülle - gleich im Reich der Schatten bleiben und nicht zurückkehren würde zur Erde. Tatsächlich konnte er die wesenlosen Schatten entgegen ihrer Natur zu Tränen rühren. Auch Persepone und Hades, das Königspaar der Unterwelt, war gerührt, und so schickten sie einen Boten, Eurydike zu holen. Der Gott erlaubte ihm, Eurydike mit sich zurück ins Leben zu holen, doch warnte er ihn, nicht zurückzublicken, bis er die Unterwelt verlassen und das Tor durchschritten hatte. Sollte er sich daran nicht halten, sei Eurydike für immer verloren."

Paul hält kurz inne, holt Luft und fast scheint es, als müsse er überlegen, wie die Geschichte weitergeht. Dabei weiß ich sicher, dass er mir alle Sagen und Legenden der alten Griechen im Schlaf aufsagen könnte.

Er blickt mich nicht an, als er fortfährt: „Es ist ihm sehr schwergefallen, nicht nach seiner Geliebten zu sehen. Blind zu vertrauen, dass sie noch immer hinter ihm sei, auch wenn er ihre Schritte nicht hören konnte. Aber er hielt durch, und zum Dank war den Liebenden ein langes Leben auf Erden beschieden, bis sie gemeinsam erneut den Weg in die Unterwelt antraten, um dort auf ewig untrennbar vereint zu sein."

Er lügt. Er kann mich nicht dabei ansehen, aber er lügt. Genauso wie ich gelogen habe, als ich behauptete, die Geschichte nicht zu kennen.

Das wahre Ende ist ein anderes, ein ganz anderes. Ich öffne meinen Mund, um zu protestieren, aber Paul sieht noch immer an mir vorbei, durch das Loch im Scheunendach hinaus. Hinaus in eine Welt, die bald nicht mehr zu erkennen sein wird. Hinaus in eine ungewisse, angstvolle Zukunft. Und ich bringe es nicht über mich, zu sprechen.

Da sagt Paul: „So wird es mit uns sein, Helena. Ich kehre zurück, aus welcher Hölle auch immer, ich werde wieder bei dir sein und dir die fünf Kinder machen, die du unbedingt willst."

Er grinst, aber seine Lachfalten bleiben glatt. Es ist kein Lächeln, dass bis zu den Ohren und zurück reicht. Es ist ein Lächeln, das mich trösten soll.

Deshalb sage ich nichts, deshalb erinnere ich ihn nicht daran, dass Orpheus zurückgeblickt und Eurydike für immer an die Unterwelt verloren hat. Dass nichts nützte, ein zweites Mal musste er ihren Verlust ertragen. Erst als er selbst die Lebenden verließ, traf er sie wieder. Nicht in dieser Welt, sondern in der nächsten.

Ich weiß, warum Paul mir nicht das wahre Ende - von dem er dachte, ich kenne es nicht - erzählt hat. Und ich weiß auch, warum ich ihn nicht korrigiert habe. Es ist der gleiche Grund: Eine Lüge für die Liebe.

Am Abend fährt er und nimmt mein Herz mit sich.

Als ich Lenes Tagebuch zur Seite lege, weine ich. Um Lene, um Paul, um Jonas und um mich. Und denke an die Schlange, die sich selbst in den Schwanz beißt. Ein ewig währender Kreislauf, eine sich wiederholende Geschichte.

Ich will Jonas. Endlich. Wiedersehen. Punkt. Ich schlage das Tagebuch zu. Angst. Angst ist es, die sich jetzt auch in mir breit gemacht hat. Angst, zu erfahren, was den beiden geschah. Angst, es auf mein Leben zu übertragen. Vielleicht ist es richtig, was Yolanda denkt und Jonas nicht sagt. Man sollte nichts von seinen alten Leben wissen, wenn man die Zeiten vermischt, die Grenzen verwischt.

Wenn ich aber nichts von meinem alten Leben wüsste, dann hätte ich vermutlich Jonas gar nicht kennengelernt. Ein schrecklicher Gedanke. Wenige Stunden mit dem richtigen Menschen, einem Seelenverwandten, sind so viel mehr und so viel wichtiger als Jahre mit dem Falschen. Das weiß ich jetzt, und deswegen tut es umso mehr weh, langsam realisieren zu müssen, dass Jonas nicht so für mich empfindet wie ich für ihn. Wie anders das für Lene war. Für mich in meinem anderen Leben. Mit Paul. Eine Lüge für die Liebe, schreibt Lene, schrieb ich. Müsste ich mich selbst belügen und Jonas vergessen, um meinen Paul der Gegenwart zu finden? Und was, wenn ich das gar nicht will? Weil ich nur Jonas will...

Ich komme nicht weiter mit meinen Gedanken, sie drehen sich schwindelerregend schnell im Kreis. Also lasse ich das Tagebuch liegen, verlasse das Haus und fahre hinaus in das Leben, für das ich keinen Plan und keine Agenda habe, weil das Ziel einen Namen trägt, der von Tag zu Tag unerreichbarer wird. Ich fahre hinaus in ein reales Leben, in die Wirklichkeit und Gegenwart, und wünsche mir dabei nichts mehr, als die Vergangenheit zur Zukunft zu machen.

Jonas

Ist es ein ausreichender Grund dafür, mit Lilly zusammen sein zu dürfen, dass ich ein Mensch bin? Bin ich meiner Aufgabe enthoben und berechtigt, ein Leben an ihrer Seite zu führen? Alt zu werden, grau zu werden, zu sterben? Wie alle anderen Menschen. Oder die meisten. Ich versuche, es mir damit zu erklären, zu rechtfertigen und weiß doch, dass nicht mein Anderssein der Grund ist, mich von Lilly fern zu halten. Es ist, das muss ich mir immer wieder sagen, weil sie nicht für mich bestimmt ist. Beobachtet habe ich sie heute und kam mir vor wie ein Dieb. Ich stehle ihr gefühlte unbeobachtete Momente, in dem ich sie heimlich betrachte. Es tut mir nicht gut, es weckt so viel Sehnsucht. Aber ich konnte nicht anders. Wieder versuche ich, es vor mir selbst zu rechtfertigen, indem ich mir gegenüber behaupte, um ihre Sicherheit besorgt zu sein. Dabei bin ich doch nur besorgt darum, dass sie meinen Anweisungen hin folgend diesen Ben trifft. Was sie nicht getan hat, zumindest nicht in der Zeit, in der ich sie verfolgt habe. Sie hat sich verändert. Sie leuchtet viel heller und hat so viel an Fröhlichkeit gewonnen, dass sich ihre Freude unwillkürlich beginnt, auf mich zu übertragen. Und doch ist ihr Blick noch immer melancholisch, so als hätte sie selbst noch nicht bemerkt, dass sie sich ihr Leben zurück erobert. Wenn ich es mir nicht selbst ausreden würde, könnte ich mir einreden, dass ihr noch etwas, jemand fehlt und dass ich derjenige bin. Aber solche Gedanken muss ich mir verbieten. Bevor es zu viel wird, bevor ich nicht mehr ertragen kann, dass wir unsere gemeinsame Freude, ich die meine über die ihre, nicht teilen können, löse ich mich von ihr und setze meine ziellosen Wanderungen fort.

Es ist nicht nur diese Antriebslosigkeit und die Sehnsucht nach Lillys Augen, die mich umtreibt, die dafür sorgt, dass ich nicht schlafen kann, wenn ich es doch müsste. Nicht essen kann, obwohl es nun nötig ist. Es kommt noch etwas sehr viel Beunruhigenderes hinzu: Déjà-vus. Menschen sind anfällig für Déjà-vus in unserer Gegenwart. Vielleicht bin ich doch nur eingeschlafen, schließlich habe ich keine

Erfahrung mit Träumen. Ich sehe Dinge, von denen ich weiß, sie noch nie gesehen zu haben, und sie fühlen sich vertraut an. Wie eine Wiederholung. Und noch viel mehr, es kommt Paranoia dazu. Kein Wunder, mein Dasein ist alles andere als beruhigend, eher paranoid. Der kaputte Auspuff eines Autos hat dafür gesorgt, dass ich mich ruckartig in ein Gebüsch geworfen und meinen Kopf mit meinen Händen bedeckt habe und dabei eine Katze in ihrer Mittagsruhe mindestens genauso erschreckt habe wie das Auto mich. Das war kein willkürliches Handeln, das war Reflex. Reflex aus Erinnerung, Reflex aus Déjà-vu, Reflex aus was auch immer. Dann dieser Geschmack auf meiner Zunge. Nach Limonade, nein, es ist etwas anderes: Melissentee. Woher weiß ich, wie Melissentee schmeckt?

Ständig sehe ich Kinder, bin mir nicht sicher, ob es Kinder sind. Oder besser gesagt, ob es reale Kinder sind. Sie sehen älter aus, obwohl sie es nicht sind. Sie sehen dreckiger aus, als es mir üblich erscheint. Und ihre Kleidung stammt aus einer anderen Zeit. Manche Mädchen tragen Puppen, einfache mit aufgemalten Gesichtern. Sie streifen mich im Vorübergehen am Arm, ohne mich zu bemerken. Ihr Lachen hallt in meinen Ohren, ihre Tornister baumeln auf ihren Rücken, und ich weiß nicht, warum ich Tornister dazu sage statt Schulranzen.

An jeder Straßenecke scheint mir der gleiche Mann freundlich zuzuwinken. Die Haare nach hinten gegelt mit einer kleinen Welle, das Gesicht erschreckend vertraut, ja sogar geliebt, ein Siegelring mit einem „R“ am Ringfinger der linken Hand. Grauer Anzug, große Ohren, ein schönes intelligentes Gesicht. Manchmal hat er ein Akkordeon im Arm, ohne zu spielen. Dann ist es ein Junge, den ich sehe. Fast ein Mann. Er sitzt auf jedem Stuhl, an dem ich vorüber komme, sein Hemd ist blutrot und ich weiß nicht, ob es die Farbe des Hemdes ist oder echtes Blut. Er bewegt sich kaum, wie eine Statue, und er lächelt traurig, eingefroren. Die Kinder und der Mann und der Junge, der fast ein Mann ist, haben eines gemeinsam, das weiß ich, spüre ich, ohne zu wissen, was es ist. Langsam bekomme ich das bange Gefühl, dass ich verrückt werde. Ich weiß nicht, ob ich träume oder wach bin, ich stecke mittendrin dazwischen. Und dann diese Gedichte. Ich könnte mich auf den Marktplatz stellen und rezitieren.

Den ganzen Tag. Mein Repertoire ist unendlich. Zu jedem meiner Träume, meiner Visionen spricht ein Poet. Rilke über die Kindheit, von Aßmann von Abschatz über das Nichts der Ewigkeit und Ludwig Uhland über den verlorenen Kameraden.

All diese Gedichte, all die Lyrik ist nun Teil von mir. Teil meines Menschseins. Ohne dass ich eine Ahnung habe, warum und vor allem woher die Zeilen in meinem Kopf auf einmal kommen.

Während ich eben diese Zeilen in meinem Kopf hin- und her schiebe, hervorhole und wieder wegpacke, packt es mich. Sie mich. Die Erkenntnis.

Der junge Mann, der alte Mann, die Kinder. Sie alle haben eins gemein: Sie sind tot.

Und was bin ich? Und wer bin ich? Und wage nicht zu fragen, wer ich war.

Ich weiß nur, wer ich sein will. Und nicht kann.

Zumindest weiß ich, was ich tun muss. Lilly verdient es, dass ich noch einmal mit ihr spreche. Ihr etwas Wichtiges erkläre und gestehe.

Lilly

Ich bin glücklich, als ich nach Hause komme. Wegen meiner Familie. Auch wenn diese Bezeichnung einen Beigeschmack hat wie zu starker Knoblauchgenuss. Er verursacht Durst. Und trinkt man, will man stets noch mehr. So ist es mit Familie. Zumindest für mich. Ich will mehr, doch die Quelle ist versiegt. Im Hier und Jetzt fühle ich mich, und deshalb bin ich umso erschrockener, als er plötzlich vor mir sitzt. Auf einer Mauer, vor dem Haus, in dem meine Wohnung liegt. Jonas. Ich blinzele gegen die Sonne, ich zwinkere und zweifle noch. Aber er ist es. Tausend Fragen brennen mir auf der knoblauchbelegten Zunge. Aber ich spreche sie nicht aus, sondern setze mich neben ihn. Warte durstig. Er sieht mich an, und ich suche in seinen Augen, was die meinen widerspiegeln müssen. Und finde es. Und bin unendlich erleichtert.

Er sagt: „Hallo Lilly."

„Hallo Jonas."

Wo warst du? Was hast du gemacht? Und was hast du mit mir gemacht, dass sich meine Gedanken nur noch darum drehen, dich zu vermissen? Aber all das sage ich nicht. Sondern warte. Aus Angst, mit meinen Fragen etwas kaputt zu machen, den Ausdruck in seinen Augen zu zerstören. Mein Herz schlägt einen unruhigen, unregelmäßigen, viel zu schnellen Takt.

Er sieht mich nicht an, er sieht auf den Boden. So als hätte er etwas zu verheimlichen, als stecke in seinem Blick die verborgene Botschaft, mit seinen Worten nicht alles preisgeben zu können.

„Lilly, liebe Lilly. Es gibt so viele Dinge, die ich dir sagen müsste. Die ich erklären müsste. Die aber nichts verändern würden."

Er ist wieder hier. Das ist das Wichtigste, oder? Er ist wieder hier. Und ich bin noch seine liebe Lilly. Seine weiteren Worte gehen unter in einem gewaltigen Anflug von Erleichterung darüber, ihn zu sehen. Ich wünsche mir telepathische Fähigkeiten, die Möglichkeit ihn zu zwingen, mich anzusehen und halte mich selbst mit innerer Strenge und Gewalt davon ab, ihn zu berühren. Er schwitzt ein wenig, kleine Perlen habe sich auf seiner Stirn gebildet, sein helles Hemd scheint an ihm zu kleben. Habe ich ihn jemals schwitzen gesehen? Auch seine Haare sitzen nicht so perfekt wie sonst. Und um seinen Mund ist ein Zug, der in seiner Härte nicht zu der feinen geschwungen Form der Lippen passen will. Es fällt so schwer, ihn nicht einfach in die Arme zu schließen. Ich wage es nicht. Und er macht keine Anstalten, sich mir zuzuwenden. Stattdessen redet er weiter, viel mehr so als spräche er für sich selbst als für mich.

„Ich möchte dir eine alte, sehr alte Geschichte erzählen. Bitte hör mir einfach nur zu."

Ich nicke mechanisch, immer noch bemüht, nicht einfach meine Hände nach ihm auszustrecken. Angestrengt bemühe ich mich, meine Freude ihn zu sehen, nicht mit Händen, Füßen, Worten und Gesten zu zeigen.

„Es ist die Geschichte von Gilgamesch, einer Art Mischwesen, zu einem Drittel Mensch, zu zwei Dritteln Gott. Er besitzt enorme Kräfte und gilt als ein tatenkräftiger, furchtloser, aber auch rauer König. Zur Bändigung des Herrschers erschafft die Muttergöttin als Widerpart das menschenähnliche Wesen Enkidu. Mittels seiner Träume erhält Gilgamesch Kenntnis von Enkidus Existenz. Durch menschliche Genüsse wandelt sich Enkidu endgültig von einer Mischgestalt in einen Menschen. In Uruk, Gilgameschs Reich, treffen die beiden aufeinander, ein erster Kampf endet unentschieden, und sie schließen Freundschaft. Beide vor Kraft strotzend wollen Heldentaten begehen und stürzen sich in gemeinsame Abenteuer. Bei einem solchen wird Enkidu durch ein Ungeheuer getötet. Nun macht sich der trauernde Gilgamesch auf die Suche nach dem ewigen Leben, um seinen Freund wiederzubeleben."

Warum erzählt er mir das? Was soll diese Geschichte, wenn es doch um uns gehen sollte? Darum, dass er weg war, darum, dass er wieder da ist. Und wie es weitergeht. Es wird doch weitergehen, oder? Warum sollte er sonst hier sein? Aber Jonas nimmt gar keine Notiz von mir, er spricht weiter, den Blick auf den Boden gerichtet. Auf den Asphalt und seine Turnschuhe, einen krabbelnden Marienkäfer und alles, was doch viel unwichtiger sein sollte als ich.

„Schon immer haben Trauernde versucht, Linderung ihrer Trauer darin zu erhalten, entweder den Tod für immer zu vermeiden, oder nach Erklärungen und Antworten zur Frage nach dem Dies- und dem Jenseits zu erhalten. Von jeher beherrscht das Thema Unsterblichkeit die Köpfe großer Menschen. Manch einer sieht die Unsterblichkeit als rein körperliche Angelegenheit und sucht nach Pflanzen und Quellen für die ewige Jugend. Ein anderer will Taten und Werke hinterlassen, um von der Nachwelt nicht vergessen zu werden. Was beide nicht berücksichtigen ist, dass unsere Körper immer sterblich sein werden, unsere Seelen aber nicht. Vielleicht kann dich das trösten, vielleicht kannst du daran denken, wenn du an deine Mutter denkst und sie dir zurück wünschst."

Ich seufze und strenge mich an, auf seine Worte zu reagieren, statt ihm meine verzweifelten Fragen entgegen zu rufen.

„Dass sie nicht zurückkommt, als die, die sie war, weiß ich. Das kann ich mir wünschen, und es wird nie wahr werden. Deshalb wünsche ich mir Dinge für sie. Ich wünsche mir so sehr, dass Sterben sich angefühlt hat wie das Ende eines Tages im Schwimmbad. Wie nasses Gras, von der Sonne getrocknet. Wie fröhliche Stimmen, die langsam leiser werden. Wie das Gefühl von Sonne auf der Haut, nach einem Tag an der frischen Luft. Wie schmelzendes Eis, das man schnell noch genießen muss. Ich wünsche ihr, dass Sterben sich angefühlt hat, wie auf dem Rücken im Wasser treiben, die Ohren taub, weil unter Wasser, und die Augen im Himmel, bei den Wolken. Ich wünsche ihr, dass sie mich nicht sehen kann und meine Trauer nicht wahrnimmt. Dass sie dennoch weiß, dass sie nicht nur in mir, sondern mit mir weiterlebt, weil sie Teil meiner Geschichte ist."

Ich sage ihm nicht, dass ich mir wünsche, dass sie bereits ein neues Leben begonnen hat, und nicht, wie er zwischen den Leben hängt, und ich sage auch nicht, dass ich hoffe, dass sie nie an meiner Liebe gezweifelt hat. Und dass ich hoffe, dass er nicht länger an uns zweifelt. Ich füge nur hinzu:

„Jonas, ich wünsche mir so sehr, dass ihr plötzlicher und unerwarteter Tod ihr einen langsamen, erwarteten erspart hat, und dass es für sie mehr erfüllte als unerfüllte Wünsche gegeben hat."

Jonas nickt langsam, atmet tief ein und sieht mich endlich an. Dunkle, traurige Augen, die schnell wieder wegblicken. Ins Leere. Weg von mir. Und auf einmal ist sie wieder da, die Panik. Jonas ist nicht wiedergekommen, um zu bleiben. Das ist eine Abschiedsrede. Seine letzten Worte an einen ehemaligen Schützling. Er verbirgt nichts vor mir, er hat nur Angst, ich könnte etwas sehen, was nicht da ist. Ich habe ihn nicht wiederbekommen, ich habe ihn endgültig verloren.

In die Leere der Sommerluft und in die Leere meines Herzens hinein sagt er, ohne mir direkt zu antworten:

„Wir sind und bleiben Asche und Staub, auf welche Art wir auch immer sterben. Unsere Seelen aber, unser tiefstes Inneres ist weit darüber erhaben. Unsterblichkeit ist jedem von uns gegeben, nur auf andere - auf weniger „weltliche" Art und Weise."

Ich nicke. Mit dem Schmerz zu leben, ist mir aufgelastet. Jonas hat mir geholfen, die Schwere der Last besser tragen zu können. Mir die Hand dazu gereicht, alles in den Griff zu bekommen. Ich bin dabei, Halt zu gewinnen, aber mein Halt ist aus Sand und wackelig ohne Jonas. Er gehört mehr zu mir, als es nach wenigen Tagen sein sollte, aber es ist Gefühl, das zählt, nicht Vernunft. Ich weiß nicht, warum er überhaupt noch einmal gekommen ist, wenn er mich doch offensichtlich nicht einmal ansehen kann. Alles ergibt auf einmal so wenig Sinn. All meine Begegnungen mit Jonas habe ich bislang als eine Art glückliche Fügung empfunden, doch jetzt weiß ich nicht mehr, wo mir Sinn und Verstand stehen. An dem Platz, an dem sich endlich wieder Hoffnung angesiedelt hat und Glück, droht sich wieder nur Leere breit zu machen. –Aber ich befürchte, er bemerkt es gar nicht. Wie denn auch, wenn er mir nicht in die Augen sieht.

„Ich muss dir etwas sagen, ich habe dir etwas verschwiegen. Ich kannte Lene, und ich habe sie geliebt. Wie ich dich liebe. Wie ich eure gemeinsame Seele liebe."

Er liebt mich? Warum sagt er das dann so, als müsse man an dieser Liebe krank werden? So, als wäre sie etwas Unheilvolles. Seine Worte sagen etwas anderes als sein Ausdruck, und daher stürzen sie mein armes Herz nur in größere Verzweiflung.

„Jonas, bitte, bitte geh nicht fort. Bitte bleib. Jetzt. Für immer."

Wenn ich hoffte, ihn lächeln zu sehen, täuschte ich mich. Ernst fährt er fort:

„Was ich dir nicht gesagt habe ist, dass Lene mich nicht kannte. Ich habe mich ihr nicht zu erkennen gegeben.“

„Was soll das bedeuten?“, frage ich mich und ihn. Hat es eine Bedeutung? Eine entscheidende?

„Ich habe dir nicht gesagt, dass ich einen furchtbaren und unverzeihlichen Fehler begangen habe. Bitte Lilly, du musst mir verzeihen. Nein, du musst nicht, aber ich bitte dich, verzeih mir. Werde glücklich, ja, werde glücklich, mit wem du möchtest und wie du es möchtest. Aber bitte, werde glücklich und vergiss mich.“

Ich will ihm entgegen schreien, dass ich nur mit ihm glücklich werden kann, dass ich nicht verstehe, was er mir zu sagen versucht, aber trotzdem verschweigt. Was war dieser Fehler? Was ist so schlimm, dass er sich von mir abwendet? Ich möchte ihn fragen, ob er doch nicht der ist, für den ich ihn halte. Ob ich mich so täuschen konnte. Doch ich sehe, dass er mich nicht mehr hört, nicht mehr hören will. Er hat sich nicht körperlich von mir entfernt, nur mit Worten. Ich kann es nicht aushalten, ihn so zu sehen. Was ich in seinen Augen gesehen habe, kann ich nicht mehr suchen, um mich zu vergewissern, weil er mich noch immer nicht ansieht. Bevor ich mich aus meiner Schockstarre lösen kann und bevor weitere flehende Worte meinen Mund verlassen, ist er gegangen.

Tränen habe ich keine, nur Verzweiflung. Unverständnis. Und Lenes Tagebuch. Das mir vielleicht Antworten geben kann. Was ist geschehen? Warum hat er sich Lene nicht zu erkennen gegeben? Was bedeutet das, und warum war es ein Fehler?

Mir bleibt nur der Sprung durch die Seiten ins Buch, in ihr Leben, mein altes. Zwei Leben, zwei Geschichten, die noch stärker miteinander verwoben zu sein scheinen, als ich es für möglich hielt.

Lenes Tagebuch – Oktober 1939

Angst schnürt mir die Kehle zu
wie anderen ein Schnürsenkel den Schuh

Hoffnung keimt dennoch in mir
ich zehr von ihr, ich leb von ihr
Wut steigt kochend, will rasen
wie Wasser wirft im Kessel Blasen
Liebe ist es, die mich umfängt
ich fühle mich wie von ihr erhängt
Sehnsucht nach dir ist immerdar
sind wir beide, unsere Zukunft wahr?

Die erste Nachricht von Paul . Endlich.

Ich kann Lenes Erleichterung fühlen.

Wenige Zeilen erreichen mich, aber sie sind so heilsam, so tröstend, und machen mir gleichermaßen unbändige Angst.

Er schreibt mir, wie vereinbart, in den Briefen an seine Mutter. Verschlüsselt. Es ist mir gar nicht mühsam, zu entziffern, was er sagen will. Es ist wie eine Liebkosung, wie seine Hand auf meiner zu spüren, wenn ich lese, was nur für mich bestimmt. Was niemand versteht, nur ich. Ein Code, eine Geheimsprache, die wir vereinbart haben, damit die Zensur seine Briefe an mich nicht zurückhält. Dazu dient der kleine Gedichtband, in seinen Briefen „Bibel" genannt, den er mir einst schenkte, nach unserem Streit. Seine liebe Mutter ist es, die mir die Nachricht bringt. Sie öffnet die Briefe und trennt den für mich bestimmten Teil ab, bevor sie seine Briefe weiterreicht an den Rest der Familie. Wie Futter für hungernde Kälber, wie Wasser für dürstende Kriegsgäule. So müssen sich alle fühlen, deren Lieben sich in der unbekannten Hölle dort draußen befinden.

Paul schreibt:

Auf Seite 11 unserer Bibel findest du humpelnde Zeilen. Die erste trifft wohl für deinen liebenden Gläubigen zu. Doch sei getrost, die letzte der Seite ebenso. Habe ich auch den richtigen Schuh noch nicht gefunden, die Rechte wartet zuhause auf mich. Hoffentlich. Den letzten Satz hierzu auf Seite zwölf, Wort zwei bis fünf, sieh Dir genau an und sei gewiss: Er steht dort nur für Dich. Ich schließe meinen Brief mit den herzlichsten Grüßen in die Heimat und dem ersten Satz auf Seite 92 unseres Bibelbüchleins.

Hastig schlage ich das kleine Büchlein auf. So wie Lene einst halte ich es in meinen Händen.

Seite 11

Humpelnde Welt

Es bleibt nicht aus, daß man den Mut verliert,
Wenn man schon längere Zeit mit seinen wunden
Füßen herumexperimentiert. -
Ich hatte noch immer nicht den richtigen Schuh,
Die richtige Sohle, die richtige Salbe gefunden;
Ich sah - fast getröstet - anderen Humpelnden zu.

Und kam ein Morgen, ein kalter, unangenehmer,
Der hatte - mir günstig - mir freudige Post beschert.
Ich humpelte weinwärts, aber ich hinkte bequemer
als sonst. Und fand **alles Leben so lebenswert.**

Ich glaube: es schneite, donnerte, regnete,
Rauchte - aber für mich nicht bestellt.
Mir lächelte alles, was mir begegnete.
Auch **du kannst so schön sein**, humpelnde Welt.

Seite 92

Sehnsucht nach zwei Augen

Weiter lese ich nicht. Wozu auch, das ist seine Botschaft. Das ist Paul. Er lebt und er liebt mich. Mehr muss ich nicht wissen auf dieser Welt. Als ich das Büchlein schließe, haben die Augen, nach denen jemand Sehnsucht hat, zwei nasse Flecken auf dem Umschlag hinterlassen.

Jonas

Ich kann ihr die Wahrheit sagen, ihr beichten, berichten und mich erklären. Kann mich um Kopf und Kragen reden, und es bleibt ja doch gleich. Sie würde es mir nicht verzeihen. Deshalb sage ich nichts. Da ich sie gut kenne, weiß ich, dass sie es nicht darauf beruhen lassen wird. Sie wird bohren, graben, suchen, denn sie hat Verdacht geschöpft. Sie wird nicht das Ausmaß, die Größe des dunklen Flecks in meiner Vergangenheit erahnen und auch nicht, wie dieser dunkle Fleck auf sie abgefärbt hat und noch abfärben könnte. Die Farbe ist frisch, feucht und unauswaschbar. Ich kann mich nur fern halten von ihr, bis ich eine Lösung gefunden habe. Und ich weiß, dass meine Lösung paradoxerweise ähnlich aussehen könnte wie Lillys. Wie unser erstes Zusammentreffen in ihrer Gegenwart. Ich träume erneut verrückte Tagträume. Sehe Menschen, die sicherlich da nicht sind, wo ich sie sehe. Nicht in dieser Zeit. Suche und rufe nach Yolanda und Vincent und kann sie nicht finden. Es ist, als existierten sie nicht mehr in der gleichen Ebene wie ich. Eine unsichtbare Familie. Und doch denke ich, ihre Gesichter vor mir zu sehen, nur dass sie anders aussehen. Yolandas Gesicht wird in meiner Erinnerung markanter, ihr Gesicht ovaler, ihre Lippen schmaler. Vincent wirkt jünger, als er ist. Sein Gesicht hat in meiner neuen Erinnerung Sommersprossen. Es ist, als hätte ich meine Vergangenheit eingetauscht gegen abstruse Phantasien; als seien meine Jahre als Zeitenmittler nicht mehr wahr und nicht länger greifbar. Fühlt man sich grundsätzlich so als Mensch? So verwirrt, so durcheinander, so ohne Halt? Ich gehe hinauf in den Wald, ich warte und warte, Stunde um Stunde. Auf Vincent. Auf Antworten. Und höre nur Kanonen. Ein Dröhnen in meinen Ohren. Und sehe nur schwarz-weiß, weil die Farbe aus mir gewichen ist ohne Lilly. Außer den Kanonen, dem Dröhnen und Toben, klingt noch etwas anderes leise im Hintergrund. Wie eine alte Platte, ein alter Schlager spielt mein Unterbewusstsein immer wieder die gleichen Zeilen, das gleiche Lied. Ausnahmsweise ist es einmal nicht

Ringelnatz, dessen Geist mich verfolgt. Es sind Hugo von Hofmannsthals Terzinen über Vergänglichkeit. Am Ende des Gedichts stehen diese Zeilen, die dort stehen, als stünden sie stellvertretend für mein Leben:

Dass ich auch vor hundert Jahren war
Und meine Ahnen, die im Totenhemd,
Mit mir verwandt sind wie mein eignes Haar,
So eins mit mir als wie mein eignes Haar

So eins mit mir als wie mein eignes Haar? Mein eignes Haar? Mein dummes Hirn!! Mein dummes, dummes Hirn!

Ich lausche immer wieder den Zeilen, die ich nicht zu kennen wusste, die sich in meinen Kopf bohren, als wollten sie mir eine Nachricht übermitteln, die lebensnotwendig bei mir ankommen und verstanden werden muss. Wie lautet dieser seltsame Ausspruch? Ja, genau, wie Schuppen vor den Augen. Ganze Fische, nicht nur Schuppen fallen mir auf einmal von den Augen. Natürlich ist es eine Botschaft! Es kommt mir vor, als gewinne endlich alles an Sinn und Sinnhaftigkeit. Aber ist es möglich? Kann das wahr sein? Ich wage nicht zu glauben, was alles lösen würde, wenn es nur wahr wäre. Aber ich wage es auch nicht, daran zu zweifeln und darüber zu verzweifeln. Ich muss wissen, nicht nur ahnen und hoffen. Also springe ich auf und renne atemlos hinaus in den Regen. An den einen Ort, der Antworten geben kann, der Anfang und Ende ist. Ein geschlossener Kreis.

Ich habe nicht gewusst, dass Yolanda mir dort begegnen wird, und es doch geahnt. Gehofft, dass sich unsere Wege hier noch einmal kreuzen werden. Sie ist nun einmal die Seele, die für mich einer Familie am ehesten gleichkommt. Es hat etwas sehr Symbolisches, ein Anfang und ein Ende. Wir laufen aufeinander zu. Es regnet wie aus Eimern. Regen, der mir als Mensch nichts anhaben kann, und den ich dennoch spüre. Regen, der für Yolanda, die für mich in ungeliebter Gestalt wandelt, unwichtig ist.

Wahrscheinlich nimmt sie ihn noch nicht einmal wirklich wahr. Ich bin am einen Ende, oder sollte ich sagen am Anfang? Sie am anderen. Und auf einmal kann ich erkennen, dass sie nicht alleine ist. Vincent, mein Seelenbruder, ist bei ihr. Zu Beginn gehen wir, dann laufen wir, dann renne ich. Als könnte es zu spät sein, als könnten wir nicht mehr rechtzeitig die Mitte und damit uns erreichen, als könnte der Regen unseren noch nicht stattgefunden, aber bevorstehenden Abschied davon spülen. als wären wir Figuren aus Zucker, die sich darin auflösen. Lösen werden wir uns und müssen es, aber nicht auflösen. Man kann Erinnerungen nicht auflösen, sie sind aus Stein und nicht aus Zucker. Yolanda sieht wieder aus, wie ich sie als Yolanda kenne, nicht wie in meinen Tagträumen, die genauso gut Déjà-vus sein können oder aber reale Erinnerungen. Auch Vincent ist der Bruder, der er ist, in diesem Leben und in dieser Zeit. Yolanda reicht mir die Hände, und ich fasse sie fest. Es wird nicht viele Worte geben, weil es sie nicht geben muss, und weil ein Händedruck und ein Blick mehr sagen können als die tausend Gedichtbände in meinem Kopf. Weil Paul wusste und weil ich weiß, dass Worte manchmal flüssiger und überflüssiger sind als Regen. Dann spricht Yolanda und spricht all das aus, was noch gesagt werden muss und niemals unausgesprochen bleiben darf.

„Ich habe gesehen, dass du ohne Lilly unglücklich bist, weil wir dich dazu gebracht haben, auf sie zu verzichten. Ich habe gesehen, dass Lilly unglücklich ist, ohne dich. Es hat mir dennoch nicht gereicht, Jonas. Ich habe geglaubt, der Prozess des Menschwerdens lasse sich rückgängig machen, und habe mich getäuscht. Wir haben dich nicht an uns gebunden, sondern die letzten Bande durchschnitten. Auch das hat mir nicht gereicht. Ich wollte mir nicht vorstellen können, dass es eine andere Möglichkeit gibt. Eine gar nicht so Unplausible. Weil es bedeutet hätte, Unrecht getan und Unrecht zu haben. An dir, an Lilly, an Paul nicht zuletzt. Mit dir verliere ich wieder eine geliebte Seele, aber diesmal ist es etwas anders. Du wirst dein Glück machen, du hast es in Lilly gefunden. Nichts wird verloren sein, nur unsere gemeinsame Zeit beendet. Vincent hat mich darauf gebracht, Jonas. Er ist in einem alten Gedichtband darauf gestoßen, den er einst von dir erhalten hat. „So eins mit mir als wie mein eignes Haar“. Manchmal ist der Krug, aus dem wir trinken, nicht so fremd wie gedacht. Es kommt vor, dass sich ein Leben fremder anfühlt, als es ist. Von Zeit zu Zeit leben wir ein Leben ohne zu wissen, was für ein Leben es ist. Ich habe mich geirrt, Jonas, es tut mir leid. Ich hoffe, es ist nicht zu spät. Du musst das werden, was dich glücklich macht. Wieder der werden, der du einst warst. Reifer, schlauer, bedachter, aber doch der Gleiche."

„Ich weiß, Yolanda, ich weiß es. Ich habe es solange nicht begriffen, bin an der Wahrheit vorbei gehastet und habe vor Menschen die Seelen nicht gesehen. Aber ich weiß es jetzt. Wie einfach es ist, nicht wahr? Wie nahe die Lösung liegt, die keiner Lösung mehr bedarf."

„Weil das Schicksal sich seinen Weg gebahnt hat. Weil vorbestimmt ist, was geschieht und wir darin nicht eingreifen können", ergänzt mich Vincent. Hände wie Pranken auf meiner Schulter. Ein Löwengruß, ein Löwenherz.

„Du wirst mir fehlen, mein Sohn! Du wirst mir so schrecklich fehlen", sagt Yolanda. Das sagen ihre Augen.

Mein Sohn. Das bin ich, ihr Sohn. Leiblichkeit spielt keine Rolle. Sie ist meine Mutterseele, ich ihr Seelensohn. Sie berührt mich an der Schulter, seitlich meines Schlüsselbeins.

„Vergiss mich nicht!", sagt sie, und als sie ihren Finger von meiner Haut nimmt, hat sie einen kleinen schwarzen Punkt hinterlassen. Ein Muttermal. An einer Schlüsselstelle. Das fasst so gut zusammen, was sie für mich war. Der Schlüssel zum Rätsel meiner Leben. Der Schlüssel zur Tür der Rückkehr. Eine Mutter an einer Stelle in meinem Zwischenleben als Zeitenmittler.

„Danke! Danke für all die Güte, für dein Sorgen und die Sorgen, die du dir um mich gemacht hast. Danke für den Schutz, die Nestwärme, das Verantwortungübernehmen und die Liebe! Danke, Yolanda, für das Muttermal, das ich nicht brauche, um mich an dich erinnern zu können! Du weißt doch, dass die wichtigen Erinnerungen - auch wenn sie leise und unbemerkt in uns schlummern - zeitlos sind und manchmal auch die Zeiten überdauern."

Sie nickt. Ich kann den Kloß in ihrem Hals sehen.

„Brüder bleiben Brüder. Auch wenn Entfernungen und Zeiten, sogar wenn ganze Leben sie trennen", sage ich zu Vincent. Wir umarmen uns lange, wir drei. Ein letztes Mal Familie, so wie wir sie kennen. Dann trennen sich unsere Wege für diese Zeit. Ich gehe weiter und verbinde ein altes mit einem neuen Leben. Und hoffe, dass es dafür diesmal nicht zu spät ist.

Lilly

Ich lese und lese.

Brief von Paul und Lenes Tagebuch, November 1939

Die Heimat fehlt mir so sehr. Ein unverschlüsselter Satz Wahrheit für dich. Wenn du dich fragst, wie ich mich fühle, so schlag unsere Bibel auf und lies den letzten Absatz auf Seite 55 und du wirst spüren, auf einmal steht es neben dir. Dann habe ich noch eine Überraschung für dich auf Seite 52 ganz unten, aber nur die Überschrift! Denk daran und sei gewappnet: Auf einmal stehe ich neben Dir!

Und auf einmal merkst du äußerlich:
wieviel Kummer zu dir kam,
wieviel Freundschaft leise von dir wich,
alles Lachen von dir nahm.
Fragst verwundert in die Tage.
Doch die Tage hallen leer.
Dann verkümmert deine Klage ...
Du fragst niemanden mehr.
Lernst es endlich, dich zu fügen,
von den Sorgen gezähmt,
willst dich selber nicht belügen,
und erstickst es, was dich grämt.
Sinnlos, arm erscheint das Leben dir,
längst zu lang ausgedehnt. –
Und auf einmal –: Steht es neben dir,
an dich gelehnt –
Was?
Das, was du so lang ersehnt.

(Joachim Ringelnatz)

Ich weiß zunächst nicht was ich tun soll. Schreien aus Leid, aus Mitgefühl für Paul, aus Mitleid für unser beider Lage.

So bin ich doch zumindest in der Heimat und habe ein paar liebe Gesichter um mich, höre gute Worte und bin nicht inmitten dieser Hölle, dieser Angst.

Seite 52 ganz unten, fast hätte ich es vergessen:

Vorfreude auf Weihnachten.

Vorfreude auf Weihnachten? Weihnachten, Heimaturlaub! Paul kommt, Paul wird neben mir stehen, mich in den Arm nehmen. Er wird da sein. Leibhaftig.

Es gibt einen Eintrag über Weihnachten. Ich beginne zu lesen.

Selbst wenn die Welt schneeweiß erscheint
ist sie befleckt mit Blut
drückt sich unter jedem Schuh
die Schuld noch durch
wir leben, weil wir leben müssen
Versuchen für einander da zu sein
und leben doch nur für uns allein

Weihnachten. Pauls Heimatbesuch. Ich berichte und es ist mir dabei, als liege es nicht zwei Tage, sondern Wochen zurück. So sehr ist schon wieder Alltag eingekehrt, Alltag, der ohne Paul stattfindet. Alltag in einem Land, das Krieg führt. Es war gut, ihn hier zu haben und schwer. Nicht nur, ihn wieder gehen zu lassen. Auch weil er nicht mehr ist, wie er einst war. Die Leichtigkeit fehlt und das Lachen. Meine Liebe zu ihm ist unverändert, aber er ist mir gegenüber verändert. Es ist, als wolle er mich schützen. Er erzählt nicht viel, aber gerade deshalb weiß ich, dass es ihm schlecht ergangen sein muss. Hennys Bruder ist nicht auf Heimaturlaub zurückgekehrt, Hennys Bruder kehrt gar nicht mehr heim. Nicht lebendig und nicht tot. Namenlos liegt er begraben ohne seine Familie.

Nur Paul war dabei, Paul, der in der Stunde seines Todes bei seinem Kameraden war und der seit dieser Stunde ein anderer ist. Nicht nur wegen Hennys Bruder, wegen all der Brüder, Väter, Söhne, Neffen dort draußen. Ist es gleichgültig und grausam, wenn ich dennoch unendlich froh bin, dass es Hennys Bruder ist und nicht Paul, der kalt irgendwo in einem Massengrab liegt? Es macht mich wütend, was dieser Krieg mit Paul macht. Es ist, als hätten die Kanonen seine Lachfalten weg geschossen, als hätten die Gewehre ihm die Geschichten aus dem Kopf geballert. Aber er ist hier, und das zählt. Es gab einen Moment, an diesem Fest, als ich beinahe dachte, er könne wieder der Alte werden. Ein Moment nur zwischen uns. Dann aber nahm er mich beiseite und sagte ernst: „Wir können nicht heiraten, Lene. Ich mache dich nicht zur Witwe eines Soldaten, der kämpft und noch nicht einmal dahintersteht. Ich möchte das nicht."

Zunächst war es das Schlimmste, was er mir sagen konnte, aber ich habe schnell verstanden, wie er es meinte. Also habe ich gesagt: „Ich werde nicht deine Witwe sein, Paul, wir werden beide entweder hier oder in der Unterwelt zusammen sein." Er hat traurig den Kopf geschüttelt und mich den Rest des Tages ermahnt, keine Dummheiten zu machen, selbst wenn ihm etwas geschehe. Aber es war mir gleich. Was bin ich ohne ihn? Ich will nicht ohne ihn sein. Die Tage vergingen zu schnell, und nun ist er wieder dort, in der Hölle. Und ich bin hier und fühle mich gleichermaßen, auch wenn ich nicht annähernd erdulden muss, was er erduldet. Ich lebe nur noch von Brief zu Brief, von Nachricht zu Nachricht. Ich höre die Rundfunksendungen nicht mehr, weil ich nicht hören will, wie viele unserer Männer gefallen sind. Weil ich kein Mitleid haben will, weil ich mir nicht vorstellen will, wie es wäre, selbst eine solche Nachricht zu erhalten. Ich bange nicht nur um Paul. Ich bange um meinen Bruder, ebenfalls an der Front. Mein Leben ist ein einziges Bangen geworden. Dass des Führers Soldaten Sieg um Sieg erringen, tröstet mich nicht. Um zu siegen, müssen Menschen sterben. Was macht es für einen Unterschied, für das siegende oder das verlierende Land zu sterben? Im Sterben sind sie alle gleich. Ich bange um Vater, der in alte

Verhaltensmuster zurückfällt, der Krieg tut ihm nicht gut. Um Maria, die nicht verstehen will, dass wir nicht mehr leben können wie früher, als es uns schließlich auch nicht immer besonders gut ging.

Um Pauls Familie, seinen Bruder Johann und seinen Vater, den sie einziehen werden und der täglich mehr unter Druck gesetzt wird, der Partei beizutreten. Um die Menschen in unserem Ort. Aber mein erster und mein letzter Gedanke des Tages gilt Paul. Möge meine Mutter über ihn wachen und ihn schützen.

Es ist, als gäbe es für Lene nichts mehr zu erzählen, außer Nachrichten von Paul. Als wäre sie leer, blutleer ohne ihn. Es macht mir Angst, ihre Verzweiflung so gut spüren zu können. Die Verzweiflung ist der Grund, dass es mir so schwer fällt, jemanden an mich heranzulassen. Sie ist sicher der Grund, warum Jonas der einzige ist, der zu mir durchdrang. Verzweiflung und die Angst, erneut einen geliebten Menschen zu verlieren. Was ist mit ihrem Vater, Maria, Andreas, Henny? Haben alle diese Menschen, die ihr so lieb waren, den Zugang zu ihr verloren? Zum ersten Mal habe ich das Gefühl, sie bei ihren Zeilen nicht zu kennen. Keinen Zugang zu ihr zu finden. Das Tagebuch ist fast zu Ende. Nur noch wenige Seiten, und ich wage beinahe nicht, weiterzublättern. Wage nicht, herauszufinden, dass es kein Happy End gibt. Wage nicht, mir auszumalen, was das für meine Geschichte bedeutet. Wenn Lene ihre Mutter verloren hat und dann auch noch Paul, wird es mir dann genauso ergehen? Werde ich Jonas verlieren? Endgültig, ohne Wiederkehr? Auf die Fragen in meiner Gegenwart habe ich noch keine Antworten, und ich glaube auch nicht mehr, dass Lene mir Antworten geben kann. Dennoch möchte und muss ich wissen, was mit ihr und Paul geschehen ist. Ich verspreche mir selbst, bevor ich die folgenden Zeilen lese, nicht zu viele Rückschlüsse auf mein eigenes, mein jetziges Leben zu ziehen. Ich verspreche mir ein Versprechen, von dem ich nicht weiß, ob ich es halten kann, und lese weiter. Mit klopfendem Herzen.

Brief von Paul an Lene - September 1940

Helena, ich liebe dich! Lass uns zusammen sein, wenn ich dieser Hölle entkomme? Vergiss, was ich Weihnachten sagte.

Schlag das Büchlein heute nicht auf, ja, bitte hör nur einmal auf mich.

Wenn ich nicht bei dir sein kann, dann weil die Hölle mich verschlungen hat. Dann gibt es einen Wunsch. Schlag ein letztes Mal das Büchlein auf, auf Seite 92 - September 1930 und dann Lene, dann vergiss mich. Bitte vergiss mich und finde dein Glück.

Lenes Tagebuch - September 1940

Die Versuchung ist groß, aber ich möchte glauben, dass er zurückkommt. Ich nehme das Büchlein und stecke es unter mein Bett. Ich werde es nicht öffnen, nie mehr. Denn wenn ich es nicht mehr öffne, kommt Paul zurück zu mir. Es wird uns geben, uns, Helena und Paul. Ohne Krieg, ohne Hölle, ein ruhiges Leben mit einer Handvoll Kindern.

Lenes Tagebuch - Dezember 1940

Es gibt keine Reime mehr, es gibt keine Liebe mehr, es gibt keine Hoffnung mehr, es gibt nichts mehr zu tun, es gibt nur noch Seite 92. Denn nichts bleibt mir, nichts ist mir mehr etwas wert. Die Hölle hat uns verschluckt.

Seite 92, Joachim Ringelnatz, September 1930

Diese Augen haben um mich geweint.
Denk ich daran, wird mir weh.
Wie die mir scheinen und spiegeln, so scheint
Keine Sonne, so spiegelt kein See.
Und rührend dankten und jubelten sie
Für das kleinste gute Wort.
Diese Augen belogen mich nie.

Nun bin ich weit von ihnen fort,
Getrennt für Zeit voll Ungeduld.
Da träumt's in mir aus Leid und Schuld:
Daß sie noch einmal weinen
Werden über meinen
Augen, wenn ich tot bin.
Der du meine Wege mit mir gehst,
Jede Laune meiner Wimper spürst,
Meine Schlechtigkeiten duldest und verstehst -
Weißt du wohl, wie heiß du mich oft rührst?

Wenn ich tot bin, darfst du gar nicht trauern.
Meine Liebe wird mich überdauern
und in fremden Kleidern dir begegnen
Und dich segnen.
Lebe, lache gut!
Mache deine Sache gut!

Das sind die letzten Zeilen. Darauf folgen leere Seiten, die ich mit Fragezeichen füllen möchte und mit Worten des Bedauerns und der Trauer.

Und dennoch: Ich kann nicht mehr so mit Lene fühlen wie zu Beginn ihres Tagebuchs. Ist sie mir fremd geworden, weil ich in den letzten Wochen eine andere geworden bin? Weil mehr und mehr Leben in mich zurückgekehrt ist, und die Trauer, Einsamkeit und Verzweiflung durch Liebe und Freundschaft regelrecht an die Wand gedrückt werden? Erst jetzt wird es mir bewusst, dass sich so vieles verändert hat. Durch Jonas. Wie konnte ich überhaupt auf die Idee kommen, Paul suchen zu müssen, wenn ich Jonas habe? Fast schon schäme ich mich für die Zweifel. Auf einmal überkommt sie mich wieder, Panik. Was, wenn es zu spät ist? Für Paul und Lene war es zu spät. Für mich muss es das noch nicht sein, für uns muss es das noch nicht sein. Lene hat mich vielleicht im rechten Moment wachgerüttelt. Die Geschichte muss sich nicht nur nicht wiederholen, sie darf sich nicht mehr wiederholen. Ich muss zu Jonas. Ich muss ihm sagen, dass er es ist, nur er. Dass es mich nicht schert, wer Paul ist. Selbst wenn

Lene ihn geliebt hat, ich liebe Jonas. Wir beide haben eine Chance. Es trennen uns nur die Kriege, die in unseren Seelen toben. Wir können Waffenstillstand mit uns selbst schließen. Lene und Paul hatten keine Wahl, aber wir haben sie. Es ist, als habe ich gerade noch rechtzeitig bemerkt - so hoffe ich - dass ich mich nicht umsehen und die Vergangenheit auf die Gegenwart übertragen darf. Ich darf kein Orpheus sein. Denn das würde bedeuten, dass Jonas, dass ich, dass wir verloren sind. Ich springe auf, stürze aus dem Haus und laufe hinaus auf die Straße. Es hat begonnen, in Strömen zu regnen. Ich muss ihn finden. Und weiß zunächst nicht, wo ich suchen soll. Eine Weile stehe ich völlig regungs- und orientierungslos im Regen. Dann renne ich. Der Ouroboros - die Schlange, die sich selbst in den Schwanz beißt: Anfang und Ende zugleich. Mir wird klar, wo ich ihn finden kann. Auf einmal weiß ich, dass Paul lieben nicht Jonas lieben ausschließt, in keinster Form; dass diese Liebe auch keine Ergänzung ist, sondern ein- und dieselbe!

Die Brücke. Die Verbindung. Das Symbol für das Bindeglied zwischen zwei Welten, zwei Zeiten, zwei Leben.

Jonas

Es regnet noch immer in Strömen. Ein Strom ist ein großer Fluss, der ins Meer mündet. Ein Satz aus dem Lehrbuch und auch ein Satz fürs Leben. Es wird Zeit, dass alles zu seinem Ursprung zurückfindet. Ich werde nicht drum herum reden. Meine Schuld ist da, aber sie hat nicht mehr die gleiche Schwere, seit ich weiß, wer ich bin. Sie steht dort, wo sie stand, als ich sie hinunterriss, um sie vor etwas zu bewahren, was sich nicht wiederholen durfte, an der gleichen Stelle. Ich weiß, dass nur sie es sein kann, auch wenn die Kapuze ihrer Jacke ihre Locken verdeckt. Dort habe ich sie in mein Leben gerissen und die Zeiten mehr vermischt, als es hätte sein dürfen. Wenn sie mir verzeihen kann, und wenn sie mir glauben kann, dann war alles richtig. Genauso wie es war, nicht anders. Menschen suchen immer nach Worten, nach den richtigen Silben und Zusammensetzungen. Ich bin nun einer von ihnen und fühle mich wortlos. Ich kann mit Lilly nicht auf die gleiche Art kommunizieren, wie ich es mit Yolanda und Vincent konnte. Ich muss ihr erklären, was ich weiß, und es ist entscheidend, wie sie diese Worte versteht. Mein Kopf spielt ein Puzzle aus gestanzten Ausdrücken, Wendungen, Punkten und Kommas, findet die richtige Satzstellung nicht. Langsam dreht sie sich um, mein Lieblingsmensch, meine geliebteste Seele dieser Welt und der nächsten. Der Regen tropft ihr über die Augenbrauen, und ich stelle mir vor, dass das Wasser alles davon wäscht, was zwischen uns steht, das nichts übrig bleibt, als das Gefühl, um jeden Preis zusammen sein zu müssen. Ich muss gar nicht zuerst sprechen, weil sie es tut. Ich glaube, sie möchte mich Wortlosen gar nicht zu Wort kommen lassen. Dann spricht sie, und ich will ihre Stimme festhalten können, ich will alles an ihr einfangen und konservieren können für die Ewigkeit. Wenn nicht für eine allgemeingültige Ewigkeit, dann für die unsere.

„Jonas, ich liebe dich. Und es ist mir egal, ob du mir das ausreden willst. Ausreden zählen nicht mehr. Du bist meine Welt, und ich will Teil deiner Welt werden. Niemanden anderes Welt. Kein Ben, kein

Paul. Nur Jonas. Lass uns einfach von vorne beginnen, bitte. Hier am Anfang. Wie und auf welche Art und Weise wir zusammen sein können, irgendwie werden wir eine Lösung finden."

Es ist fast ein wenig schnulzig. Bei Lilly stört mich Schnulzigkeit nicht, und ich weiß, dass sie die Wahrheit sagt, weil ihre regennassen Augen nicht lügen können. Genauso, wie ich nun nicht mehr lügen kann. Der Regen spült uns klar, macht uns rein. Das Wasser lässt alles Bisherige von uns fließen, es transportiert leise all die Missverständnisse, alle Zweifel, alle Lügen unwiederbringlich ab. Was ich schließlich sage, ist sicher nicht das, was sie erwartet, aber vielleicht ist es mehr als ein Liebesbekenntnis, das ich ohnehin nicht ablegen muss, weil ich mich alleine durch meine Anwesenheit auf dieser schicksalsträchtigen Brücke zu unserer Liebe bekannt habe.

„Hallo Lilly", sage ich und strecke ihr meine regennasse Hand entgegen: „Mein Name ist Paul."

Lilly

Noch während ich lief und das Wasser an mir herabprasselte, als wäre ich Teil des Regens, wusste ich, dass Jonas da sein würde. Ich konnte seine Nähe spüren, die Wärme, die er ausstrahlt. Alles, was ich an ihm liebe, er, den ich so sehr liebe, bewegte sich auf mich zu. Noch während ich hierhin lief, wusste ich, selbst wenn er nicht mit mir zusammen sein will, war es nicht umsonst, dass wir uns trafen. Es war überlebenswichtig, vielleicht nicht nur für mich, und die intensivste Begegnung meines Lebens.

An gleicher Stelle wie bei unserem ersten Aufeinandertreffen stehe ich nun und höre seine Worte. Ich stehe hier nicht, weil ich dramatisch sein will, sondern weil ich weiß, dass es hier begonnen hat zwischen uns. Hier hat mein Leben einen neuen Anfang bekommen. Zunächst verstehe ich nicht, was er sagt, begreife es nicht. „Mein Name ist Paul...“. Bis die Erkenntnis mich punktgenau ins Herz trifft. Paul und Jonas sind eins! Bevor ich weiter nachdenken kann, mich freuen kann, mich fürchten kann, was auch immer davon am ehesten zutrifft, redet Jonas weiter, und ich lasse ihn sprechen.

Er sagt: „Ich habe es nicht gewusst, all die Zeit, die vielen Jahre habe ich es noch nicht einmal geahnt. Dabei ist es doch so naheliegend! Wie hätte alles anders kommen können, wenn ich es nur gewusst hätte!“

Er fährt sich in einer verzweifelten Geste mit den Händen über das Gesicht. Diesmal bin ich diejenige, die schweigt, und er erzählt.

„Verstehst du, wie naheliegend alles doch ist? Lene ist die erste Begegnung, der erste Mensch, an den ich mich erinnere, und die erste Handlung, in die ich als Zeitenmittler eingreifen sollte. Das war kein Zufall! Ich verliebte mich in sie, ohne zu wissen, dass es nicht das erste Mal ist! Ich war Paul, ich fiel im Krieg und kam als Jonas wieder. Um sie zu beschützen und vielleicht auch, weil mich ihre Seele nicht losließ; weil der fehlende Abschied meine ruhelose Seele nicht weiterziehen ließ. Doch was tat ich? Ich habe sie nicht beschützt, ich habe das Gegenteil davon getan. Aus Egoismus, nicht aus Unwissenheit, wie Yolanda und Vincent dachten."

„Was hast du getan? Was quält dich so, Jonas?", frage ich.

Er wird leiser, als er fortfährt. Fortwährend tropft das Wasser aus seinen pechschwarzen Haaren. Wir sind alleine mit uns und den Schatten der Vergangenheit.

„Ich habe nichts getan, das ist es eben. Lene hat sich in den Tod gestürzt, und ich habe sie nicht davon abgehalten. Es ist meine Schuld, denn es war meine Aufgabe. Ich habe ihr Leben auf dem Gewissen und all das Leid, das damit ihrer Familie zugefügt wurde. Ich habe die Zeiten verändert und die Geschichte verfälscht. Das ist meine Schuld."

Ich kann in meinem Kopf die Gedanken noch nicht ordnen, finde keine Bezeichnung für das, was Jonas mir gerade erzählt, und begreife es noch nicht ganz, auch wenn ich jedes seiner Worte aufsauge, als wäre es wichtig, die einzelnen Silben detailgetreu wiedergeben zu können. Für mich selbst, um zu verstehen, was die Vergangenheit verbirgt, und welchen Stellenwert sie für die Zukunft hat.

„Sag mir, was genau passiert ist, von vorne. Ich fürchte, ich begreife nicht ganz. Ich habe Pauls, ähm, deinen letzten Brief gelesen, aber ich kann nicht fühlen, was Lene fühlte. Was ist geschehen, wofür du dir solche Vorwürfe machst?"

Er seufzt und beginnt zu erzählen: „Die letzte Nachricht von Paul, die, die du gelesen hast, war drei Wochen alt, und Lene fühlte sich, als sei ihr Leben seither nichts mehr wert. Mein Leben dagegen ist in diesen drei Wochen wertvoll geworden. Drei Wochen lang bin ich wie eine Katze um sie herum geschlichen. Um sie, die keine Liebe mehr, keine Hoffnung mehr, keine Zukunft mehr hatte, wie sie ihrem Tagebuch anvertraute. Nichts ist ihr mehr von Paul geblieben. Nur noch Erinnerung, ein Bündel Briefe, der Gedichtband von Joachim Ringelnatz. Drei Wochen lang stand sie neben sich und ich neben ihr. Ich denke, sie fühlte sich beobachtet und war es ja auch. Ich folgte ihr wie ein Schatten, eine Gestalt der Nacht, die sich nicht traut, ins Licht zu treten. Manchmal sprach sie traurig in ihrer unglaublich schönen Stimme laut aus, was sie dachte. In ihrer kleinen Kammer, die sie fast nicht mehr verließ. Sie sprach es leise, sie schrie es laut. Sie warf mir entgegen, was ihr fehlte, ohne zu wissen, dass ich da war und getroffen von ihren Worten. Sie hatte ihre Mutter verloren, sie hatte Paul verloren. Sie weinte, verzweifelt darüber, zu der Welt der Verlorenen keinen Zugang mehr zu haben. Sie versprach leise, sich Zugang zu verschaffen. Ich wusste, dass sie sich vor nichts mehr fürchtete, und das ließ mich fürchten. Um sie, um mich, um ein Uns, dass es in dieser Welt nicht geben würde. So dachte ich, weil ich nicht wissen konnte..."

Er hält kurz inne, seinen dunklen Augen sehen mich so traurig an. Dann spricht er weiter: „Ich, der dumme kleine Schatten an ihrer Seite, hatte sich in sie verliebt und war unsichtbar für sie. Selbst wenn ich mich sichtbar gemacht hätte, hätte sie mich nicht gesehen, so dachte ich. Weil sie nur Paul sah. Sie hatte aufgehört, in ihr Tagebuch zu kritzeln. Sie schrieb es an die Wände, sie kratzte seinen Namen mit ihren Nägeln in das Holz und brannte mit ihren Tränen Todesversprechen in ihre Wangen. Sie war das zauberhafteste, traurigste, rührendste Geschöpf, das ich je sah. Yolanda hatte es mir erklärt. Theoretisch wusste ich, was zu tun war. Sie liebte diesen Paul, und ich konnte doch nicht ahnen, dass sie damit auch mich liebte. Es war nicht zu ertragen, diese Liebe zu einem vermeintlich Anderen. Weil ich sie doch liebte, weil ich bei ihr sein wollte, weil ich ihre Tränen trocknen wollte. Sie wollte sich durch das Fenster zu ihm stürzen, und ich durfte das nicht zulassen. Es war nicht ihr bestimmtes Schicksal, es war meine Aufgabe, zwischen den Zeiten und ihren Leben zu vermitteln. Sie aber wollte zu ihm. Konnte ich ihr diesen Wunsch verwehren? Ja, ich musste.

Aber ich konnte mir selbst nicht das Glück und die Hoffnung verwehren, sie in ihrem nächsten Leben für mich zu gewinnen. Also tat ich nicht, was ich tun musste, sondern wartete. Ich stand da und sah zu. Als ein Schatten, ein unfähiger Geist, eine Nachtgestalt ohne Charakter. Als sie aus dem Fenster sprang, hallte mein Schrei wie ein Echo des ihren durch die Nacht.

Jonas spricht schnell, ohne Punkt und Komma, und vermischt mit seinen Worten die Zeiten, macht mir klar, wie wahr dieser Ausdruck ist: Die Zeiten vermischen. Er war nicht immer ein Zeitenmittler ohne Vergangenheit, ohne Gegenwart, ohne Zukunft. Er war vielmehr eine Seele auf Wanderschaft, dazu bestimmt, das Gleichgewicht zu halten, und es nicht selbst zu verlieren. Doch genau das ist passiert.

„Du konntest es nicht wissen. Woher hättest du ahnen sollen, dass du Paul warst?“

So ist es, so war es. Jonas war Paul. Die Unglaublichkeit, die Einfachheit und die Selbstverständlichkeit dieser Tatsache umarmt mich mit zärtlichen Händen, bricht über mir als Welle von Wohlgefühl und Nachhausekommen.

„Ich weiß, Lilly und dennoch... Es war eiskalte Berechnung. Ich wollte Lene für mich, und ich wusste, dass sie in diesem Leben Paul für immer verfallen sein wird. Ich dachte, ich könne neben Paul nur eine Nebenrolle spielen und wollte kein Statist sein in ihrem Leben. Also hoffte ich auf einen Neuanfang, sie wieder zu treffen, in einem neuen Leben, und dann derjenige an ihrer Seite sein zu dürfen. Darum habe ich sie springen lassen.“

Ich würde lügen, wenn ich behauptete, nicht schockiert zu sein, zumindest überrascht. Aber ich würde auch lügen, wenn ich behaupten würde, dass es etwas ändert. Er hat es all die Zeit vor mir verheimlicht und dieses alte Geheimnis hätte fast dazu geführt, dass wir uns auch in diesem Leben wieder verloren hätten. Ich kann ihn verstehen. Ich vielleicht am besten von allen. Hätte ich die Chance nicht selbst genutzt? Natürlich hätte ich ebenfalls versucht, einen geliebten Menschen an mich zu binden. Macht Liebe nicht automatisch egoistisch, weil es nicht nur darum geht, einen anderen zu lieben, sondern auch zurückgeliebt zu werden? Ich gehe auf ihn zu und wische ihm die Tropfen aus dem Gesicht. Meinem Jonas, meinem Paul. Meiner Lieblingsseele.

Es hört langsam auf zu regnen. Die Sonne kämpft sich durch die Wolken.

Jonas sagt: „Erst in den letzten Stunden habe ich gemerkt, was wirklich passiert ist. Aber es ist keine Entschuldigung. „Wir werden zu Menschen, wenn wir lieben, Jonas“, sagte Yolanda einst zu mir. Und als ich ein Mensch wurde, weil ich dich liebe, Lilly, kam die Erinnerung an mein früheres Leben zurück. Ich war Paul, ich bin Jonas und beides ist eins. Wir sind füreinander bestimmt und über die Zeiten und Leben hinweg miteinander verbunden. Wenn du das noch möchtest. Wenn du mir verzeihen kannst.“

Er sieht mir so tief in die Augen, dass ich mich selbst darin erkennen kann. Und muss mich endlich nicht mehr fragen, was ich in seinen Augen bin. Es gibt nichts zu verzeihen. Es gibt uns. Das ist wichtig. Was er getan hat, hat er aus Liebe getan und wenngleich ich nicht der Meinung bin, dass im Krieg alles erlaubt ist, so glaube ich doch, dass es auf die Liebe manchmal zutreffen darf. Ich musste meinen Paul nie suchen, er war immer da.

Und wird es fortan hoffentlich immer sein. Denn mein Paul ist Jonas und Jonas ist mein Paul. Ich nehme ihn in meine Arme und er mich in die seinen. So stehen wir am Anfang.

Lilly - einige Wochen später

An jenem Tag, als meine Mutter verunglückte, aß ich zum Frühstück ein Hörnchen und ein halbes Brötchen mit Marmelade. Ich trug dunkle ausgewaschene Jeans und ein pinkfarbenes T-Shirt. Nicht, weil das etwas Besonderes war, sondern weil es ganz oben im Kleiderschrank lag. Ich hatte morgens eine meiner leidigen Streitereien mit Ben. Danach war ich schwimmen. Die Post brachte drei Briefe. Einen mit Werbung für ein Gewinnspielunternehmen, eine Rechnung eines Onlinehändlers und einen Steuerbescheid. Ich habe meine Schwimmsachen auf der Terrasse zum Trocknen aufgehängt und mich dann mit einem Eistee auf den Liegestuhl gelegt. Es war mein erster Urlaubstag in diesem Jahr und der letzte unbeschwerte meines Lebens. Dann kam der Anruf. Ich erinnere mich an jede Einzelheit dieses Tages. Es war Mamawetter, so nenne ich noch heute die unerbittlich heißen Sommertage, die sie so sehr liebte. Auch wenn es keine Mama mehr gibt. Auf dem Weg ins Krankenhaus lief im Radio „Ten O'Clock Postman", ein uralter Song, wie für sie bestellt, auf den meine Eltern früher tanzten. Meine Eltern. Seit diesem Tag ist das nur noch mein Vater. Ich saß nur durch eine zehn Zentimeter dicke Mauer von ihrem Krankenbett auf der Intensivstation entfernt auf einem Stuhl und starrte auf Flyerständer mit Prospekten einer christlichen Hilfsorganisation und fragte mich, damals zum ersten von vielen Malen, ob die abgebildete fröhliche Familie, symbolisch für alle anderen glücklichen Familien - zu denen wir nicht mehr gehören - eines Tages Ähnliches erleiden muss wie wir.

Das Schlimmste am Tod ist nicht das Sterben. Es ist die Unendlichkeit, die Unwiederbringlichkeit, die Endgültigkeit, die Ewigkeit, auf die einen niemand vorbereitet. Für alles gibt es plötzlich ein letztes Mal. Eine letzte Umarmung, ein letzter Kuss, die letzten Worte. Und auch viel banalere letzte Male. Das letzte Buch, dessen Ende sie nie erfahren hat. Der letzte Film, den sie sah und von dem ich nicht weiß, wie er heißt. Das letzte Telefonat, der letzte Streit, das letzte Essen. Und schließlich, das Letzte, was ihre Augen bewusst wahrnahmen. Der Tod macht Entscheidungen irreversibel. Falsche Entscheidungen kleben wie Harz an unserem Gewissen und vergiften die Seele. Richtige Entscheidungen dagegen verblassen in der unerbittlichen Hitze des Leids und versinken im Meer der Traurigkeit.

Es ist nicht wichtig, woran Mama starb. Es spielt keine Rolle. Das Ergebnis ist, sie ist nicht mehr hier. Und sie fehlt. Ihr Platz ist und bleibt leer. Der Platz im Leben und der Platz in meinem Herzen. Es spielt keine Rolle, warum sie starb, weil dies eine Frage ist, auf die ich nie eine Antwort erhalten werde. Aber es spielt eine Rolle, dass es sie gab. Das habe ich von Jonas gelernt. Das weiß ich durch Lene. Das versuche ich mir jeden Tag zu sagen und überlebe. Ich überlebe den Schmerz und die Illusion, dass Zeit Wunden heilt. Es ist eine Lüge. Zeit heilt Wunden nicht, sie reißt sie immer wieder blutig auf. Das ist eine Sache von vielen, die ich über die Trauer gelernt habe.

Es ist viel Zeit vergangen und manchmal auch zu wenig, seit meine Mutter starb. Ich bin zu jung, um meine Mutter zu verlieren, und zu alt, um zu vergessen, wie wundervoll es ist, eine Mutter zu haben. Eine Mutter, wie meine Mutter es war.

Ihre Liebe war einzigartig und der Schmerz ihres Verlustes zerstörerisch.

Ich bin aber auch zu jung, um zu vergessen, was Leben bedeutet; zu jung, um alles aufzugeben. Ich bin alt genug, für die Liebe zu kämpfen und für die Freude am Leben weiterzuleben. Und ganz klar bin ich zu alt für Dummheiten.

***

An jenem Tag, an dem mir Jonas begegnet ist, aß ich nichts zum Frühstück, weil ich mich für keine Henkersmahlzeit entscheiden wollte und weil es mir egal war, mit leerem oder vollem Magen auf die Brücke zu steigen. Ich trug helle Turnschuhe und mein Lieblingsoberteil. Ab diesem Tag war alles anders. Ab diesem Tag wusste ich, es kann weitergehen. Und wenngleich es in den darauffolgenden Tagen und Wochen so viele Momente gab, in denen ich an die Brücke dachte, so hatte mir Jonas doch von Anfang an eine im Kopf gebaut. Eine Brücke in ein Leben mit Trauer, ohne an ihr zu zerbrechen. Nun hat Jonas seine ganz eigenen Brücken hinter sich abgebrochen. Er ist ein Mensch geworden, weil wir uns lieben. Wir sind ein ganz neuer Anfang. Unsere Liebe hat die Zeiten überdauert, hat Krieg und Leid überstanden und hat sich selbst bewiesen, ewig zu sein.

Epilog

Paul

„Unsereiner wird immer kleiner, je tiefer er ins Leben geguckt hat.“ Das sind die letzten Zeilen, die ich an meine Mutter schrieb. Ich weiß, dass es die letzten Zeilen bleiben werden, weil ich sterbe. Ich liege in einem Schützengraben auf einem namenlosen russischen Acker und hauche mein Leben aus. Es ist nichts Schlimmes daran, wenn ich nur an mich selbst denke. Ich bin so klein geworden in diesem Krieg. So viel Tod, so wenig Liebe. Soviel Schmerz ohne Sinn und Verstand. Ich bin gut mit Worten und mit Wissen. Nichts davon hat mir hier geholfen. Hier bin ich nur immer kleiner geworden, bis ich nun zu Staub werde. Ich spüre nicht mehr viel. Es ist mindestens eine Kugel, ich vermute zwei. Die Mühe, nachzusehen, werde ich mir nicht machen. Wozu auch? Der Krieg und diese Zerstörung, dieses Ausmaß an Brutalität. Ich fühle mich nicht mehr wie ein Mensch. Es ist gut so, dass ich bald keiner mehr sein werde. Wie könnte ich zurückkehren zu Helena, ihr in die Augen sehen, von Büchern sprechen und doch nur Blut sehen? Ich bereue nur, nicht die richtigen Worte gefunden zu haben, das letzte Mal, als wir uns sahen. Das Gedicht, der Hinweis, den ich ihr geben wollte, die Frage, die ich ihr endlich richtig stellen wollte, ist nicht in ihrem Buch. Und nun kann ich es ihr nicht mehr schreiben, nicht mehr rezitieren. Es ist nur noch hier in meinem Kopf. Einem Körperteil, das die Fähigkeit zu lesen und zu denken, zu erinnern und sich in Erinnerung rufen, nicht mehr lange innehaben wird. Sterben fühlt sich anders an als ich dachte, es ist weniger schmerzhaft. Verzerrt ist alles, leicht verschwommen. Und langsam und ruhig. Ich höre keine Kanonen mehr, ich kann die juckenden Läuse und Flöhe nicht mehr spüren. Der Dreck unter mir, neben mir und an mir scheint weg gewaschen. Es ist nicht so, als laufe mein Leben an mir vorbei, viel mehr laufe ich an meinen Erinnerungen vorüber. Ich kann Limonade auf meiner Zunge spüren, statt Staub.

Limonade, die keine Limonade ist, sondern kalter Melissentee, aber Limonade genannt von meiner Mutter. Die ich trinken durfte, aus Vaters imposantem Krug, wenn ich krank war. Ich sehe Helena so deutlich vor mir, dass ich, wenn ich meinen Arm heben könnte, nach ihren Haaren greifen würde. Ich höre meine Brüder lachen, das Hallen der Flure im Schulhaus, wenn sie durch die Gänge rasen. Ich fühle die Hand meines Vaters, wie er die meine fest drückt, so fest, als wolle er mit einem Händedruck all die fehlenden Berührungen der Kriegsmonate wettmachen. Lavendelgeruch füllt meine Nasenflügel, nicht mehr der metallene Gestank von Blut. Nein, süßer Julilavendel, das Parfum meiner Mutter, das Parfum der Heimat und Geborgenheit. Irgendwann, eine Zeit kann ich nicht bestimmen, verschwindet Helena vor meinem Auge, sie zwinkert mir zum Abschied zu. Ich möchte sie küssen, sie umarmen. Dann lässt Vater meine Hand los, langsam, behutsam, sachte, legt er sie zurück auf Muttererde in einem fremden Vaterland. Es verschwindet der Geschmack von Limonade und macht geschmacklosem Nichts Platz. Der Lavendelgeruch verflüchtigt sich, als hätte ihn ein böiger Wind davon geweht. Und jetzt weiß ich es, es dauert nicht mehr lang. Ich verabschiede mich von dieser Welt einsam und alleine und bin es doch nicht. Mit allen fünf Sinnen sagen die Menschen meines Lebens mir auf Wiedersehen, auf baldiges. Eine Weile noch kann ich das Lachen, die trampelnden Schritte meiner Brüder hören. Bis sie verhallen. In Dunkelheit und Unendlichkeit. Ich sterbe. Wie ein leiser Chor, ein Trommeln, ein Hämmern, wie ein Lied höre ich es, und widme es dir, Helena. Mit meinem Ende wird es einen neuen Anfang geben. Für mich und auch für uns. Irgendwann und irgendwo. In Jahren oder Jahrzehnten, die keine Rolle spielen, weil ich mehr will als nur ein Leben mit dir. Ich will nur eine Ewigkeit mit dir.

Danksagung

Ich sage Tausend Dank an alle, die an dieses Buch und damit an mich geglaubt haben! Vor allem danke ich meinen Schwestern Luisa und Teresa für das Probelesen meiner ersten Entwürfe, für ihre Kritik, ihre Ratschläge und ihr Lob. Ich danke meinem Mann Tom und meinen zauberhaften Kindern dafür, dass sie für mich das waren, was Jonas für Lilly war: Das Licht in dunkelster Nacht. Ich liebe euch so sehr. Ein ganz besonderer Dank geht an Anke Unger, die beste Lektorin, die ich mir wünschen konnte! Außerdem danke ich Tim Rohrer und dem Team vom FeuerWerkeVerlag für das Vertrauen in meine Geschichte, auch oder vielleicht gerade weil sie sich nicht in eine Schublade zwingen lässt.

Eine kleine Bitte zum Schluss...

Wir hoffen, Ihnen hat dieses Buch um die Geschichte von Lilly und Jonas gefallen …

Der schnellste Weg, andere Leser da draußen an Ihren Erfahrungen mit diesem Roman teilhaben zu lassen, ist eine Rezension im Online-Buch-Shop. Ihr Feedback hilft nicht nur anderen Lesern, Neues zu entdecken, sondern auch dem Autor, zu verstehen, was aus Lesersicht in diesem Buch gut und weniger gut ist. Nur so kann sich der Autor weiterentwickeln und Ihnen sowie anderen Lesern in Zukunft noch schönere Geschichten präsentieren. Außerdem sind Ihre Erfahrungen, Erkenntnisse und Eindrücke als ehrliches Leser-Feedback eine enorme Wertschätzung vieler liebevoller Arbeitsstunden, die in dieses Buch geflossen sind.

Danke also schon im Voraus, wenn Sie sich zwei bis drei Minuten Zeit nehmen und eine kleine Bewertung zum Buch veröffentlichen.

Mehr zur Autorin finden Sie auf
www.kristina-moninger.de,
www.facebook.com/InaMon85/ und
www.feuerwerkeverlag.de/moninger/

Abonnieren Sie auch unseren Verlags- und Autoren-Newsletter und erfahren Sie so als Erster von unseren **Neuerscheinungen**, **Autorennews** und exklusiven **Buch-Gewinnspielen**:
www.feuerwerkeverlag.de/newsletter/

Weitere Bücher des Verlages

Dem Horizont so nah

Jessica Koch

ISBN: 978-3-945362-19-8

Jessica ist jung, liebt das unkomplizierte Leben und hat Aussichten auf eine vielversprechende Zukunft. Als sie eines Abends das Haus verlässt, ahnt sie nicht, dass sie ihrer großen Liebe begegnen wird. Sie ahnt nicht, dass diese Begegnung ihr gesamtes Weltbild verändern wird. Und vor allem ahnt sie nicht, dass sie schon bald vor der schwerwiegendsten Entscheidung ihres Lebens stehen wird ...
Die Geschichte einer großen Liebe. Eine Geschichte über Vertrauen, Mut, Schmerz, Verzweiflung und die Kraft loszulassen. Eine wahre Geschichte.

Keine Angst, es ist nur Liebe.

Marlies Zebinger

ISBN: 978-3-945362-04-4

Anna hat Angst vor so ziemlich allem, besonders vor der Liebe. Dieser hat sie eigentlich bereits abgeschworen – sie hält nichts mehr von rosaroten Brillen, Bauchkribbeln oder schmachtenden Blicken. Bloß nicht! Doch plötzlich ist da Matts. Er vertraut auf sein Gefühl und bittet Anna, sieben erstaunliche Angstbewältigungsaufgaben zu lösen. Denn er vermutet, dass es nur die Angst ist, die ihr im Wege steht. Überraschenderweise ist Anna einverstanden und begibt sich mit kleinen Schritten, die von ganz alleine immer größer werden, auf die befreiende Suche nach sich selbst – und damit auch auf die Suche nach der Liebe ihres Lebens ...

Vergiss nicht, dass wir uns lieben

Barbara Leciejewski

ISBN: 978-3-945362-13-68

Ohne die geringste Erinnerung an ihre Vergangenheit oder Identität treffen Paula und Johannes aufeinander – im einzigen Haus einer wunderschönen, aber menschenleeren Gegend am Meer. Sie sind einander fremd, aber auf irgendeine Weise auch unendlich vertraut. Aus Angst, Unsicherheit und Verzweiflung wird innerhalb weniger Tage Liebe – eine unerklärliche Liebe. Doch was geschieht, wenn eines Tages alle Rätsel gelöst werden, wenn die Vergangenheit zurückkehrt und wenn nur noch eine einzige Frage bleibt: Wie stark ist die Macht der Liebe wirklich?

Telefonseelsorge – Liebe hat eine lange Leitung

Emma Lots – ISBN: 978-3-945362-09-9

Jessies Leben verläuft so gar nicht wie geplant. Anstatt beruflich an der Seite ihres Freundes durchzustarten und die Familienplanung voranzutreiben, arbeitet sie als schlecht bezahlte Praktikantin in einer Werbeagentur, wohnt in einem winzigen Loch und wird von ihrem Freund betrogen.

Was tun, wenn man sich von der Familie und den Freunden ein „Das hab ich dir doch gleich gesagt!“ nicht anhören will? Genau! Man wählt nachts betrunken einfach irgendeine Nummer und heult sich aus. Dumm nur, wenn man dabei gar nicht die Telefonseelsorge, sondern einen fremden Mann an die Leitung bekommt, der überraschenderweise auch noch ein paar wirklich kluge Ratschläge zu haben scheint …

Quellenverzeichnis

Das Buch *103 Gedichte von Joachim Ringelnatz*, Rowohlt Verlag Berlin W 50 - Ausgabe von 1934 existiert so wie im Buch beschrieben. Ein Großteil der folgenden Gedichte des wunderbaren Joachim Ringelnatz, die ich in meinem Roman zitiere, erwähne und vollständig oder teilweise wiedergebe, entstammen diesem Buch.

- Ich habe versucht, einen Wind einzufangen
- Ich habe dich so lieb
- Beinchen
- Die Kniebeuge
- Der du meine Wege mit mir gehst...
- Im Park
- Das Mädchen mit dem Muttermal
- Humpelnde Welt
- Und auf einmal steht es neben dir
- Vorfreude auf Weihnachten
- Sehnsucht nach zwei Augen
- An M.

Folgende Zitate dieses Romans stammen ebenfalls von Joachim Ringelnatz

- Kopf ist nicht alles, auch der Kohl hat einen Kopf.
- Humor ist der Knopf, der verhindert, dass uns der Kragen platzt.
- Sicher ist, dass nichts sicher ist. Selbst das nicht.
- Wenn alle Stricke reißen, hänge ich mich auf

Weiterhin sind in diesem Buch folgende Zitate/Lieder/Gedichte enthalten:

Folgender Titel eines Liedes, gesungen von Rosita Serrano, wird erwähnt:

Mmmh, mmmmmh mmmmh mmmmhh, Küss mich bitte, bitte küss mich, eh die letzte Bahn kommt

Folgender Auszug aus dem Lied „Die Nacht ist nicht allein zum Schlafen da“ - Liedtext von Otto Ernst Hesse:

Die Nacht ist nicht allein zum Schlafen da
Die Nacht ist da, dass was gescheh'.
Ein Schiff ist nicht nur für den Hafen da,
Es muss hinaus, hinaus auf hohe See!
Berauscht euch, Freunde, trinkt und liebt und lacht
Und lebt dem schönsten Augenblick,
Die Nacht, die man in einem Rausch verbracht,
Bedeutet Seligkeit und Glück!

Auszug aus Hugo von Hofmannsthals Terzinen über Vergänglichkeit:

Dass ich auch vor hundert Jahren war
Und meine Ahnen, die im Totenhemd,
Mit mir verwandt sind wie mein eignes Haar,
So eins mit mir als wie mein eignes Haar